Helmut Sakowski

Die Erben von Klevenow

Helmut Sakowski

Die Erben von Klevenow

Roman

Aufbau-Verlag

ISBN 3-351-02889-X

1. Auflage 2000

Einbandgestaltung Henkel/Lemme
Druck und Binden Clausen & Bosse, Leck
Printed in Germany

www.aufbau-verlag.de

Ich bin der Rabe im Baum. Meine Ahnen zählen zu den Auserwählten, die Noah in den Kasten nahm, und mein Ur-Rabenvater, der Gedächtnis hieß, hatte auf Odins Schulter gesessen. Er hat uns die Fähigkeit zur Entsinnung vererbt. Ich weiß alles, bis auf das wenige, das Gott für sich selber behielt.

Ich kenn die Geschichte vom Brudermord, als sich Kain wider Abel erhob und schlug ihn tot und wurde verbannt vom Angesicht des Herrn, der ihn verfluchte. Schon damals, beinahe seit Anbeginn, mußten die Menschen jenseits von Eden leben.

Es geschah, daß Jörn seinen Bruder Jan Tiedemann erschoß. Da hat sich Gesine, die Mutter, von ihrem Erstgeborenen losgesagt und ihren jüngsten Sohn auf dem Gottesacker in Klevenow begraben. Dann fuhr sie davon, um Heimat und Häusung zu suchen, und nahm Mala mit sich, Jans Liebste, ein jüdisches Mädchen, das schwanger war. Roman Koschoreck führte das Pferd und lenkte den Wagen. Sie brachen auf am Tage nach Sedan, als die Glocken stürmten und von den Wällen Güstrows Viktoria geschossen wurde zur Feier des glorreichen Sieges der deutschen Truppen über das französische Kaiserreich.

Ich bin der Rabe und habe im Baum gesessen, als Gesine mit Koschorecks Hilfe und Malas Geld zu Laudeck im Pommerland einen Katen baute, damit sie mit den Ihren sicher wäre hinter den eigenen vier Wänden.

Jörn, Gesines erster Mann, ist gestorben, und Roman

Koschoreck starb, und ihre Kinder starben, bis auf den erstgeborenen Sohn, der zum Brudermörder geworden war. Aber Gesine lebt, wie ich geweissagt habe, und ist beinahe so alt wie ein Baum. Sie setzt all ihre Hoffnungen auf Staaf Tiedemann, der zu Palmarum 1910 konfirmiert werden soll.

1

Halt stille, Staaf!

Da steht er, der Junge, Gustav Tiedemann, für eine Weile stocksteif. Kein Mensch weiß, wer auf den Einfall gekommen ist, ihn mit der letzten Silbe des Vornamens zu rufen. Eine von den drei Weibern der Familie wird es gewesen sein. Zwei von ihnen zupfen und zerren an dem Jungen herum, während Gesine ihre Arme verschränkt hält und blinzelnd verfolgt, was geschieht.

Mutter und Großmutter bereiten den Jungen auf seine Konfirmation vor, und er duldet es nur mit Widerwillen.

Muß das sein? Stich mich nicht!

Halt still!

Grete hat einen dunkelblauen Anzug von feinstem Tuch gekauft, ein paar Nummern zu groß. Ein gutes Kleidungsstück geht ins Geld, todsicher wird der Junge wachsen, wenn er Jacke und Hose in Ehren hält, kann er beide noch zu seiner Hochzeit tragen. Die Hosenbeine müssen umgeschlagen werden, fünf Zentimeter mindestens. Die Mutter tut es. Sie rutscht auf dem Boden und steckt die Säume fest. Mala, längst über fünfzig, reicht ihrer Schwiegertochter die Nadeln zu.

Da steht er also, Staaf Tiedemann, vierzehn Jahre alt, nicht allzu groß, kräftig von Statur, beinahe schwarzhaarig, mit einem mageren Gesicht, in dem die dunklen Augen brennen. Wer hat diesem Pommernjungen das fremdländische Aussehen vererbt? Gesine weiß es. Mala, Staafs Großmutter, eine geborene Rosenzweig, ist jüdisch. Von den Leuten in Laudeck kann's niemand ahnen, sie hat es für sich behalten. Wenn es sein muß, geht sie wie alle anderen zur Kirche und sagt murmelnd das Vaterunser auf. Dem Herrn wird es gleich sein, wie wir ihm dienen.

Als Mala dem Enkel ins Jackett hilft, rutschen die Ärmelenden bis zu den Fingerspitzen.

Wir krempeln sie erst einmal auf.

Grete erhebt sich seufzend, und Mala faßt den Staaf bei seinen Schultern, um ihn behutsam so zu drehen, daß ihn Gesine betrachten und bewundern kann.

Die Alte tritt nahe an den Jungen heran. Mit achtzig sind die Augen nicht mehr scharf, und sie ist auch schon ein bißchen zittrig, aber beinahe noch ungebeugt, die alte Frau im schwarzen Zeug, bis heute die Herrin der Tiedemanns. Auch Staaf muß das respektieren. Er blickt ihr, verlegen lächelnd, entgegen. Aber für eine Weile scheint es, als würde ihn Gesine gar nicht erkennen.

Wen sieht sie, als sie auf den Jungen starrt?

Meint sie, der Jörn stünde vor ihr, den sie geliebt hatte, und der ihr viel zu früh gestorben ist.

Sieht sie Roman Koschoreck, der später ihr Helfer und ihr Liebster war? Sie hat ihn vor zwanzig Jahren begraben müssen, mitten im Winter, bei solch klirrendem Frost, daß sie Mühe hatten, ein ordentliches Grab in die Erde zu hacken.

Seit diesem Tag trägt sie alle Lasten allein.

Denkt sie an Jan, ihren Sohn, wenn sie diesen Jungen sieht? Jan Tiedemann, den der eigene Bruder in blindem Haß erschossen hatte.

Niemand weiß, was Gesine sieht oder denkt, bis sie endlich ihrem Urenkel zulächelt.

Wir haben wieder einen Mann in der Familie. Das sagt sie mit einer Stimme, tief wie eine Glocke, und mit solcher Genugtuung, daß auch Mala und Grete lächeln müssen, als wäre gewiß, daß ab Palmarum 1910 den Tiedemanns kein Unheil mehr drohen könnte.

Wir haben wieder einen Mann in der Familie, sagt Gesine und setzt erleichtert hinzu: Nun kann ich endlich davon.

Staaf umarmt die Großmutter. Bleib mal noch ein bißchen bei uns.

Nicht so stürmisch, Junge.

Die alte Gesine kann immer noch wie ein Mädchen lachen, und das Lachen verjüngt sie. Jedenfalls sieht sie nicht aus wie eine Greisin, die sich nach der Grube sehnt.

Staaf gab die Alte frei, und nun halfen ihm Mala und Grete vorsichtig aus dem Anzug, der voller Nadeln steckte. Er konnte endlich wieder in die mürben Alltagshosen steigen und sich davonmachen.

Hogan wartet auf den Freund. Er ist von den Eltern in eine Internatsschule bei Stettin gesteckt worden und kommt nur noch in den Ferien nach Laudeck. Die beiden Jungen haben zu tun, gemeinsam die Tage zu nutzen für ihre Gespräche, die kleinen Abenteuer, die Entdeckungen, und nur während der wenigen Wochen, die Hogan auf Laudeck weilt, kann sich Staaf in die Bibliothek einschleichen, heimlich mit sich nehmen, was in einen Beutel paßt, um die Bücher bei Gelegenheit wieder zurückzubringen.

Staaf muß das halbe Dorf umrunden, manchen Zaun überspringen, sich hinter manche Hecke ducken, bis er ungesehen die Rückseite des Schlosses erreicht.

Wir haben wieder einen Mann in der Familie, hatte Gesine gesagt. Was sollte das heißen?

Schon als Zwölfjähriger konnte er Holz hacken, ein Brett annageln, ein Kaninchen in der Schlinge fangen. Aber jetzt wollten sie ihm womöglich die ganze Verantwortung für die Familie aufbürden. Gesine soll bloß nicht ans Sterben denken, nicht jetzt schon, nicht solange sie so gut die Zügel führt.

Soweit er zurückdenken kann, bestimmt die alte Frau, was im Hause geschieht. Sie legt den Tag fest, an dem das Schwein geschlachtet wird, sie sagt, wer das Messer wetzt oder das Gewürz besorgt, und wieviel von jedem. Sie weiß, was gegen Krankheit hilft oder wann der Arzt gerufen werden muß. Sie allein bringt es fertig, den Herrn Seifert, den Buchhalter des Gräflich Laudeckschen Rentamtes, abzuwimmeln, wenn er im Dezember vorspricht, um höchstpersönlich die fällige Zinszahlung einzufordern. Die Tiedemannsche Büdnerei ist mit einer Hypothek belastet. Großmutter Mala kann nur mit Mühe einen Schreckenslaut unterdrücken, wenn dieser unheimliche Mensch erscheint. Man kann ihn schon von weitem hören, Seifert hat im Krieg 70/71 ein Bein verloren, seine hölzerne Prothese klopft bedrohlich auf die Steine, ehe der Eintreiber selber gegen die Türe schlägt und gar nicht auf das Herein wartet. Er öffnet, ist mit drei Schritten am Tisch, setzt sich, zieht den Quittungsblock aus der Tasche und sagt: Sie sind achtundfünfzig Mark und zweiundneunzig Pfennig schuldig.

Gesine verschränkt die Arme vor der Brust und sagt: Ich zahle zu Ostern. Das wollen wir auch heuer so halten. Und einen recht schönen Gruß der Frau Gräfin Armgard Schwan. Sie feiert die Weihnacht auf Schloß Laudeck, hat man gehört, und sie kennt mich von Klevenow.

Heute hat sie gesagt: Wir haben wieder einen Mann in der Familie, als gäbe es Alwin gar nicht, seinen Vater. Er hat die Familie verlassen. Warum?

Mala erzählt wunderliche Geschichten von ihrem Volk, das wandern muß und immer wieder Heimat suchen. Als das Schtetl brannte, ist sie fast noch ein Kind gewesen und hat davongemußt, um ein bißchen Glück zu suchen, und hat dann den Jan getroffen, seinen Großvater, und ihr Vater ist weitergezogen, kein Mensch weiß wohin. Kann sein, der Alwin hat das im Blut, das Wandern und Suchenmüssen. Und die Angst, nichts zu finden, hat ihn kaputtgemacht. Er trinkt.

Einmal kam er doch im Frühjahr zurück. Er trat schwankend ins Haus, langte in die Hosentasche und streute ein paar Münzen auf den Tisch. Die Frauen standen starr, sie sahen ihn vorwurfsvoll an.

Reicht das nicht?

Mutter sagte: Das ist zu wenig.

Er hob drohend die Hand, und ich stellte mich vor meine Mutter hin. Mich schlug er zusammen. Die Frauen schrien vor Angst. Ich lag da, gekrümmt, und dachte haßerfüllt, ich bin zwölf, schon jetzt bin ich stärker als der. Aber ich kann nicht auf den eigenen Vater los, und erdulde nur, daß er nach mir tritt, weil er sich sonst an den Frauen vergreifen würde. Sobald ich größer bin, setz ich mich zur Wehr. Ich schlage auf jeden zurück, der mich klein machen will, auch auf solch einen Vater.

Wir haben wieder einen Mann in der Familie.

Palmarum werde ich konfirmiert. Ich krieg einen neuen Anzug und einen Hut. Ich bin ein Mann.

Manchmal nachts fahr ich aus dem Schlaf, und halte meinen Steifen in der Faust oder muß in das Hemd krallen, um mir die Nässe vom Bauch zu wischen. Und immer die Angst, Mutter könnte was wegen der Flecken sagen.

Die Sorge hat Hogan nicht. Auf Laudeck kümmern sich Mägde um seine Wäsche. Hogan und ich, wir können über alles reden, und manchmal hatten wir Spaß, uns vorzuzeigen und zu vergleichen. Meiner ist dicker als seiner. An Hogan ist alles fein und weiß. Und nicht mehr lange, dann können wir es den Weibern machen. Die Stubenmädchen warten ja bloß darauf, sagt er. Natürlich mußt du sie die Beine spreizen lassen, Mensch. Wie sollst du sonst hinein?

Endlich war es Staaf gelungen, sich über den Wirtschaftshof zu schleichen. Er stieg eine der hinteren Turmtreppen hinauf und gelangte dahin, wo Hogans Zimmer lagen, ohne einem Bediensteten zu begegnen. Er klopfte das Zeichen, Hogan öffnete grinsend.

Endlich!

Die Freunde begrüßten sich überschwenglich, boxten einander vor die Brust und veranstalteten eine Scheinprügelei, bis es Hogan gelang, Staaf in einen Sessel zu werfen. Dort lag der Junge, Beine von sich gestreckt, und japste sich aus.

Du bist spät dran, sagte Hogan.

Staaf entschuldigte sich, immer noch keuchend: Die Konfirmationsvorbereitungen, die Anzugprobe.

Hogan winkte ab. Auch auf Laudeck war der Teufel los. Und sie beide können wahrscheinlich heute nachmittag gar nicht mehr zur hintersten Koppel hinaus, um die verabredeten Reiterspiele in Szene zu setzen. Wegen der Einsegnung reiste die Alte nämlich heute schon an.

Die Alte ist Hogans Großmutter, die Erblandmarschallin Armgard, Gräfin Schwan auf Klevenow. Und Hogan ist der Spitzname ihres Enkels, der auf den Namen Jost getauft worden war.

Hogan heißt der unerschrockene Kämpfer für Gerechtigkeit, der Held eines Abenteuerromans, den beide Jungen wiederholt verschlungen hatten. Dem jungen Grafen gefällt, daß ihn Staaf bei diesem Namen nennt.

Staaf stapelte die mitgebrachten Bücher auf den Tisch.

Hogan fragte: Bist du jetzt gescheiter?

Ein bißchen schon.

Dann weißt du also, daß die Schwäne niemals wendisch waren, sondern deutsch. Sie kamen mit Heinrich dem

Löwen geritten. Das mecklenburgische Herzoghaus der Prybislawen regiert seit achthundert Jahren in ununterbrochener Reihenfolge, unser Haus ist älter. Das mußt du dir mal vorstellen. Solange gehören uns schon Ländereien, Dörfer und Schlösser.

Und warum erzählst du mir das?

Was so lange dauert, das muß seine Ordnung haben, das ist von Gott gewollt.

Du redest Scheiße, sagte Staaf. Er sprang auf, griff sich eins der dicken Bücher. Hier kannst du lesen, wie es damals zugegangen ist. Das Land gehörte den Wenden, als man sie niedermachte im Namen des Christentums. Wer der Ausrottung entging, mußte zu Kreuze kriechen. Als ich das las, habe ich erst mal kapiert, was die Redensart bedeutet, zu Kreuze kriechen müssen, so richtig im Dreck liegen und um Gnade winseln. Wer das fertigbrachte, durfte das Leben behalten. Das Land haben sich die deutschen Ritter unter den Nagel gerissen. Deine Vorfahren, Hogan.

Was redest du bloß, rief Hogan zornig. Du redest nicht wie ein Deutscher.

Ich bin kein Schwan, ich bin ein Tiedemann, du dämlicher Hund, schrie Staaf.

Und dann fielen sie übereinander her, schlugen sich wahrhaftig nicht nur zum Schein und zerrten aneinander herum, bis Staafs Jacke zerriß.

Hogan hielt erschrocken inne und keuchte: Ich hol dir eine von mir.

Staaf winkte ab. Er sagte: Eine Freundschaft zwischen zwei so gegensätzlichen Menschen wie uns funktioniert eben nicht.

Hogan widersprach. Wir sind vielleicht nicht aus gleichem Holz, aber von gleichem Geist, denke ich, du bist gescheit, du bist erst vierzehn und kannst schon besser reden als der Pastor.

Meinst du das wirklich?

Hogan nickte.

Dann laß dir mal was sagen. Es zahlt sich am Ende nicht aus, wenn der Adel auf Teufelkommraus seine Vorrechte verteidigt und dafür so vielen Leuten Gottes Gerechtigkeit verweigert.

Große Worte, warf Hogan spöttisch ein.

Ich hab sie von Gesine, die liest oft in der Bibel.

Mit einemmal waren die Freunde bei der französischen Revolution. Damals hatten sie sogar den König von Frankreich aufs Schafott geschleppt, und wenig später seine Königin Marie-Antoinette, weil beide dem Volk die Menschenrechte vorenthielten. Die sollten für jedermann gültig sein: Freiheit, Gleichheit, Brüderlichkeit.

Wie stehst du dazu, Hogan?

Viele Männer aus meiner Familie haben als Offiziere dem König oder Kaiser gedient. Wahrscheinlich gehe auch ich zum Militär. Ich bin ein Royalist, und ich muß einer bleiben. Und du, Staaf, auf welcher Seite stehst du?

Ich bin ein Jacobiner und scheiß auf den Kaiser. Aber ich bleibe dein Freund, Hogan, und sollte dich einer zur Guillotine schleppen und ich käme dazu, dann würde ich rufen: Den nicht!

Ja, so würde Hogan auch handeln, ginge es um Staaf.

Einer steht für den anderen ein, versprachen sie sich in die Hand und lagen sich mit einemmal in den Armen.

In diesem Augenblick wurde die Tür aufgerissen. Hogans Vater stürmte herein, Walter Graf Schwan, ein hübscher Mann, noch jugendlich, um die vierzig vielleicht, und ein wenig zu füllig. Er starrte auf das Paar, das sich hastig trennte.

Das ist mein Freund, sagte Hogan.

Das ist kein Umgang für dich. Und nun Beeilung, bitte! Großmutter Armgard erwartet dich.

Verschwinde! befahl er dem Staaf, und eilte davon.

Hogan hielt seinen Freund zurück. Du wirst dich nicht über den Dienstboteneingang davonschleichen. Ich möchte dich endlich meiner Großmutter Armgard vorstellen. Ja, das ist auch eine Gräfin, aber eine ganz normale Frau, und du wirst ihr gefallen.

Staaf sträubte sich, aber Hogan zerrte ihn weiter. Komm, wir werden Eindruck machen mit unserer Zirkusnummer.

In den Sommerferien hatten die beiden Jungen oft genug trainiert, Kopfstand auf trabenden ungesattelten Pferden, Überschläge und andere Kunststücke. Die Nummer auf dem Geländer war dagegen eine Kleinigkeit.

Am Fuße der sanft geschwungenen Hallentreppe standen die Dienstboten aufgereiht, die Köchin mit ihren Helferinnen, die Zimmermägde, die Zofen, alle in Grau oder Schwarz mit frisch gestärkten Schürzen und Hauben, die Hausknechte in tadelloser Livree, Brümmer an ihrer Spitze, und alle miteinander lächelten der alten Gräfin schon ein wenig starr ins Gesicht. Die Köchin trat von einem Bein auf das andere, wie jemand, der dringend zum Abtritt muß, vielleicht sorgte sie sich aber um ihren Braten. Jedenfalls warteten alle schon viel zu lange auf einen Wink der Hausfrau, der Gräfin Lenelotte, einer geborenen von Ziethen, damit sie sich endlich auf die zahlreichen Gepäckstücke der alten Gnädigen stürzen konnten, um die Koffer, Kasten, Schachteln und Taschen in den Gästeflügel hinauf zu schleppen.

Die Gräfin winkte nicht. Sie war ganz nach der neuen Mode gekleidet, in ein märchenhaftes mit Blumen besticktes Gewand, und wie eine Waldfee anzusehen.

Die alte Armgard betrachtete ihre dünne Schwiegertochter mit zustimmendem Kopfnicken, aber es hörte sich boshaft an, als sie sagte: Hübsch siehst du aus, Rapunzelchen.

Sie, die Erblandmarschallin, hätte sich auf solch anmutige Weise nicht kleiden können, sie war derb und bäuerisch von Statur, trug eine Art Männerjacke von bestem Tuch, einen wadenlangen, rotschottischen Rock und ähnelte einer Kaufmannsfrau auf Reisen. Das Antlitz der beinahe Sechzigjährigen war immer noch anziehend, große dunkle Augen blitzten aus einem kugelrunden Gesicht, und das schneeweiße Haar trug sie kurzgeschnitten wie ein Page.

Jetzt erkannte sie den Enkel auf der Galerie und patschte auffordernd in die Hände. Hallo, hallo!

Und als wäre es das Zeichen zum Auftritt gewesen, begann die Vorstellung. Zwei Knaben schossen, einer hinter dem anderen, auf dem Treppengeländer herab, breitbeinig, mit hocherhobenen Armen, fielen am Ende auf die Hände, überschlugen sich beinahe synchron und sprangen auf, um den Applaus entgegenzunehmen.

Bravo!

Nur Gräfin Armgard schlug ein paarmal in die Hände. Gut gemacht! Sie zog ihren Enkelsohn an die Brust und fragte schließlich, auf Staaf deutend: Und wen haben wir da? Einen Treskow oder einen Ziethen?

Das ist ein Tagelöhnerbengel! Graf Walter winkte dem Brümmer, daß er den Jungen unverzüglich aus dem Hause werfen solle.

Aber Hogan nahm den Freund beim Arm und sagte: Er heißt Tiedemann, und du darfst ihm ruhig die Hand geben.

Die alte Gräfin wies Brümmer, der sich dem Jungen schon genähert hatte, zurück und reichte dem Staaf tatsächlich die Hand.

Der wußte nicht, ob er sie etwa küssen sollte, und verbeugte sich vorsichtshalber tief.

Ein Tiedemann, fragte Gräfin Armgard und wollte den Jungen offenbar in ein Gespräch ziehen.

Das Gesinde konnte noch immer nicht davon. Es wurde

unruhig in der Halle. Brümmer schüttelte den Kopf, weil er den Bengel nicht hatte abführen dürfen, und blickte fragend auf Graf Walter. Der hob die Schultern, Gräfin Lenelotte verdrehte die Augen, in der Dienerschaft wisperte es.

Die Erblandmarschallin fragte: Lebt Gesine Tiedemann noch?

Ja, Euer Gnaden. Meine Urgroßmutter ist über achtzig, aber immer noch gut zugange.

Grüß sie von mir.

Das werde ich tun, sagte Staaf. Und Sie sehen sie ganz sicher an Palmarum in der Kirche. Ich werde zusammen mit Hogan konfirmiert.

Hogan?

Mein Spitzname, erklärte der junge Erbgraf.

Nun wurde es aber wirklich Zeit. Graf Walter sagte vorwurfsvoll: Mama.

Die Alte sah ihren Sohn ein Weilchen an. Vielleicht ging ihr durch den Kopf, daß es besser wäre, diese uralte verworrene Geschichte gar nicht bis an ihr Ende zu denken. Sie patschte in die Hände und rief der Dienerschaft zu: Warum haltet ihr immer noch Maulaffen feil! An die Arbeit! Hopp, hopp!

Da liefen die schwarz und grau gekleideten Hausmädchen so eilig durch die Halle, daß ihre frisch gestärkten Rüschenunterröcke aufrauschten. Die Knechte packten das schwere Gepäck, und die Treppe ächzte unter ihrem Tritt, als sie es zur Galerie hinaufwuchteten. Graf Walter und Gräfin Lenelotte traten lächelnd der Alten zur Seite, und Brümmer, der sich endlich als Büttel bewähren wollte, mußte sich gefallen lassen, daß Hogan ihm zurief: Hau ab!

Der junge Graf legte den Arm um seinen Freund und gab ihm das Geleit.

2

Pastor Wegener hatte tagelang gebangt, ob man zu Laudeck die Auferstehung des Herrn bei Sonnenschein und guter Laune würde feiern können, wie in Goethes unvergleichlichem Gedicht beschrieben: Vom Eise befreit sind Strom und Bäche durch des Frühlings holden, belebenden Blick …

Noch vierzehn Tage vor Ostern hatte das Hoffnungsglück nicht grünen wollen und der Winter nicht daran gedacht, sich in das Gebirge zurückzuziehen. Im Gegenteil, er ließ heftige Schneeschauer zwischen den Häusern und Höfen toben. Die Konfirmanden, Mädchen wie Jungen, fürchteten, sie könnten beim Gang zur Kirche ihre nagelneuen Staatskleider oder Anzüge nicht vorführen, sondern müßten sich vermummen wie zur Fastnacht. Aber zu guter Letzt hatte die Sonne doch gesiegt, und an Palmarum zeigten sich in den Bauerngärten die Märzenbecher, einzelne Krokusse blühten, gelb und blau, die Saat prahlte mit frischem Grün, die Stämme des Birkenhains hinter dem Schloß glänzten weiß und schwarz, und ihr Gezweig erschien wie violettes Gewölk vor dem Frühlingshimmel.

Ausgangs des Dorfes standen sechs schmucke Ziegelhäuschen aufgereiht. Das ansehnlichste gehörte den Tiedemanns. Nach dem Sieg über Frankreich hatte das deutsche Kaiserreich reichlich Kontributionen einfordern können, und die Lande wurden von wirtschaftlichem Aufschwung erfaßt.

Gesine Tiedemann war allerdings nicht durch eine Kriegssteuer zu Geld gekommen, vielmehr hatte ihr Mala, die Schwiegertochter, das Abschiedsgeschenk des Vaters Schmul Rosenzweig überlassen, blanke hundert Taler courant, die hatten genügt, die Büdnerei ein wenig großzügiger als die der Nachbarn zu bauen, nämlich mit einer Einliegerwohnung, einem bescheidenen Altenteil sozusagen, Stube, Kammer, Küche, die sich Gesine und Roman Koschoreck eingerichtet hatten. Seit dessen Tod teilte sie mit Mala die Wohnung.

Die Stube ist bescheiden, aber behaglich möbliert. Auf der Holzbank liegen der Bequemlichkeit halber einige Kissen, und die Wand darüber wird von einem gerahmten Buntdruck geschmückt, eine Jagdszene im grünen Walde, der Jäger hat schon angelegt, aber der Hirsch, aufgeschreckt durch ein Liebespaar, sucht mit gewaltigem Sprung das Weite. Über Eck steht der Glasschrank mit ein paar Schaustücken, die immer wieder das Entzücken der Kinder erregen. Das schönste davon ist eine gläserne Kugel mit zwei Rehen und einem Tannenbaum, sobald die eingeschlossene Flüssigkeit bewegt wird, findet heftiger Schneefall statt. Gesine betrachtet ab und an ein paar hohe Tassen, Geburtstagsgeschenke Roman Koschorecks, eine mit einer goldenen 50 im Vergißmeinnichtkranz und eine mit einer 60 geschmückt, und zur Erinnerung an Roman, der katholischer Konfession gewesen ist, hängt immer noch ein Marienbild neben der Tür, Gewand wie Krone der Gottesmutter sind mit bunten Glassplittern verziert, die aufglitzern, sobald sie ein Sonnenstrahl trifft.

An Palmarum waren Gesine und Mala schon zu früher Stunde für die Einsegnungsfeier gerüstet. Merkwürdigerweise schien die nicht einmal sechzigjährige Mala die Ältere zu sein, matronenhaft und ganz nach Altweiberart gekleidet, in ein Gewand von schwarzem Satin, mit biesenverziertem Oberteil, um den Hals trug sie ein dunkles Samtband, geschmückt mit einer funkelnden Agraffe.

Als Gesine am Morgen die Kleidertruhe geöffnet und darin gekramt hatte, war das blaue Festkleid zum Vorschein gekommen, sie hatte es herausgehoben, um es am Fenster bei kaltem Morgenlicht hin und her zu wenden. Sie hatte dieses Kleid nur bei seltener Gelegenheit getragen, zum erstenmal bei der Hochzeit mit Jörn, der erst spät und hier in Laudeck Heiratskonsens erhielt, und dann viele Jahre nach dem Tode des Mannes, als sie mit Roman Koschoreck auf der Tenne bei Rogalla wild getanzt hatte. Das ganze Dorf war geladen gewesen, und niemand hatte damals vorausahnen können, daß ein paar Wochen später Krieg sein würde.

Fünfzig Jahre alt ist das Kleid, von feinstem Tuch, bei einem jüdischen Händler preiswert gekauft und tadellos bis heute, keine Verfärbung, kein Mottenloch, nichts.

Hilf mir hinein, Mala.

Die breithüftige Schwiegertochter schüttelte den Kopf, staunte aber, als sie der alten Frau das Gewand über den hageren Leib gestreift und am Rücken geknöpft hatte. Es saß wie am Tage der Hochzeit, und Gesine lächelte, als sie vor dem Spiegel stand. Sie strich das weiße Haar zurecht, das schon schütter war, aber immer noch über den Schläfen gelockt und gewellt wie in ihrer Mädchenzeit.

Aber du bist achtzig. Du wirst doch, du kannst doch nicht …, stammelte Mala.

Ich will, sagte Gesine, ich will dieses schöne Kleid zum letztenmal in meinem Leben tragen. Leih mir dazu dein schwarzes Dreiecktuch.

Mala legte es ihr um die Schultern, und mit einemmal kam ihr nicht mehr unpassend vor, wie ihre Schwiegermutter gekleidet war. Sie rückte Gesine einen Stuhl zurecht und strich ihren steifen, mattglänzenden Rock glatt, um sich ebenfalls niederzulassen. Es würde noch dauern, bis Staaf erschien, um sie zum Kirchgang abzuholen.

Nach einer Weile sagte die alte Frau: Bring mir die Bibel, und Mala erhob sich ächzend, um das alte Buch aus der Truhe zu holen. Es war mit schweren Metallschließen versehen und diente nicht nur der Erbauung oder Ermutigung der beiden Witwen.

Die letzten, frei gehaltenen Seiten der Bibel waren zu einer Familienchronik der Tiedemanns geworden, begonnen von Jörn, der notiert hatte, daß er mit seiner Liebsten 1848 im Gefolge der Gräfin Iduna Schwan Schwan von Klevenow nach Laudeck im Pommernland aufgebrochen war, um das Glück zu suchen, und daß er 1850 tatsächlich Erlaubnis erhalten hatte, Gesine zu heiraten. Da war sie längst Mutter dreier Kinder.

Gesine öffnete die Schließen, schlug die Bibel auf und las ab, was sie schon vor Jahren aufgeschrieben hatte: Mala Rosenzweig, genannt Tiedemann, soll nach meinem Tode zugehören die Büdnerei in Laudeck mit einem Viertel Garten- und Ackerland. Hier steht es, Mala, und ist also gültig. Du bist meine Erbin.

Aber die Schwiegertochter konnte sich nicht freuen, sie wußte, daß ihr mit Gesines Tod auch die Schulden zusterben würden. Alwin, ihr Sohn, ein Spieler und Luftikus, war schon vor längerer Zeit in schlechte Gesellschaft geraten und in so dunkle Geschäfte verwickelt worden, daß ihm der Schuldturm drohte. Gesine hatte beim Gräflichen Rentamt eine Hypothek auf die Büdnerei aufnehmen müssen, um mit dem Geld Alwins Gläubiger zu bezahlen, aber dieser mißratene Kerl hatte es der alten Frau weder durch Reue noch einen gebesserten Lebenswandel gedankt.

Mala jammerte: Wir haben die Zinsen nicht tilgen können. Wir haben Schulden.

Gesine sagte ungerührt: Hol mir Feder und Tinte, bitte.

Und als sie beides vor sich hatte, tunkte sie die Feder ein, strich sie am Rande des Fäßchens ab und schrieb: Palmarum 1910. Gustav Tiedemann konfirmiert.

Da klopfte es schon, und bald stürmten sie herein ins Ausgedinge, Staafs Geschwister, gefolgt von ihrer Mutter und dem Konfirmanden.

Auch Grete Tiedemann hatte sich feingemacht, so gut es ging, und sah mit Befremden auf die Staatskleider der alten Frauen. Sie mußte sich mit Rock und Bluse zufrieden geben, aber sie hatte die Jugend für sich, war ja gerade erst Mitte Dreißig und hübsch anzusehen, wenn auch ein wenig vergrämt. Der Kummer um Alwin und die tagtägliche Sorge, das Notwendige für die Kinder heranzuschaffen, waren wohl schuld an ihren abfallenden Mundwinkeln. Jedenfalls war ihr der Mißmut ins Gesicht geschrieben wie bei einem Menschen, den das Leben benachteiligt hat.

Staafs Brüder, der zwölfjährige Hein und der elfjährige Max, umschlangen Gesine heftig. Die fünfjährige Lina, mit einer riesigen rosa Haarschleife geschmückt, wollte es den Brüdern nachtun und drängte sich so eng an ihre Urgroßmutter, daß diese sich lachend wehren mußte.

Staaf zog den Hut und wollte der alten Frau heute auf Erwachsenen-Weise Reverenz erweisen.

Ach, gebt doch Ruhe, ermahnte Grete ihre Kinder. Ihr zerreißt sie ja.

Die hatte aber eine Hand freibekommen, zog auch den Konfirmanden in ihre Nähe und fragte dann: Haben wir nicht eine prächtige Sippe von Tiedemanns herangezogen, wir drei Weiber?

Da riefen auch schon die Glocken.

Wir müssen aufbrechen, rasch!

Grete schob ihre Kinder hinaus auf den Hof und hielt für die beiden alten Frauen die Türe auf.

Nun formierte sich der kleine Zug auf der Straße.

Gesine bat: Führe mich, Staaf.

Der Junge rückte seinen Hut zurecht und winkelte den Arm, damit sie sich bei ihm einhaken konnte, sie war einen halben Kopf größer als der Urenkel. Die Sonne leuchtete ihr ins Gesicht und glättete ihre Falten. Sie lächelte, als sie, geleitet von Staaf, einherschritt in ihrem lavendelblauen, schwingenden Festkleid, das fein gehäkelte schwarze Tuch trug sie beinahe wie eine Mantille, und sie war anzusehen wie eine Erscheinung, die von weit her kommt.

Hinter dem merkwürdigen Paar stolzierten Hein und Max, die ihre kleine Schwester in der Mitte führten. Die Kinder bemühten sich, große wiegende Schritte zu machen. Und hinter diesen ging Mala neben Grete, die es genoß, daß die Tiedemanns heute Aufmerksamkeit erregten.

Mehr und mehr Kirchengänger traten vor ihre Häuser. Da aber viele von Gesines Anblick verblüfft waren und ihr nachschauen wollten, mußten sie warten, bis die Tiedemanns vorübergewandelt waren, und konnten sich dann erst dem festlichen Zug anschließen.

Auch von der entgegengesetzten Seite des Dorfes wanderten aufgeputzte Bauern- oder Häuslerfamilien auf die Kirche zu. Immer noch Glockengeläut, in das sich aber bald Peitschenknall mischte, Hufschlag, das Rasseln von Rädern. Vom Schloß her preschten Kaleschen heran, vier hintereinander, besetzt mit der Grafenfamilie und deren Gästen, und die Leute vom Oberdorf flüchteten sich an den Straßenrand. Männer wie Knaben zogen ihre Hüte oder Mützen, verneigten sich und konnten bestenfalls, von unten heraufschielend, einen Blick auf die vorüberrollenden Herrschaften werfen. Die Frauen und Mädchen waren besser dran, sie versanken röckeraffend im Knicks und staunten offenen Mundes.

Die Gräfin Lenelotte von Schwan ist wunderschön, im fliederfarbenen gerüschten Kleid, das spitze Kinn auf eine fischbeinversteifte Halskrause gestützt, das dreieckige Gesicht von einem wagenradgroßen Hut verschattet. Und was sagt man zu der alten Gnädigen, der dicken Erblandmarschallin von Klevenow? Sie trägt eine Uniformjacke der mecklenburgischen Ritterschaft aus rotem Samt und ein schwarzes Barett.

Lakaien in Schwanscher Livree helfen den Damen herunter. Einer von ihnen ist ungeschickt. Esel! schilt ihn lauthals die Gräfin Armgard. Sie kommt nur mit Mühe herab, einer ihrer Röcke hat sich am Trittbrett verhakt. Die Frau des Inspektors springt ihr hilfreich zur Seite.

Und nun hat die Erblandmarschallin das Bedürfnis, eine Zigarre anzurauchen. Sie bittet den Grafen Walter um Feuer.

Der legt die Stirn in Unmutsfalten. Wir sind nicht in Klevenow, Mama.

Der Einspruch zeitigt keine Wirkung. Mach hin, befiehlt die alte Dame.

Graf Walter klopft die Taschen nach Hölzern ab, entzündet eins von ihnen und hält es seufzend seiner Mutter hin.

Die hebt plötzlich das Kinn.

Angeführt von Gesine und Staaf schreiten die Bewohner der Laudecker Katenzeile auf die Kirche zu. Und nun passiert Merkwürdiges.

Die Erblandmarschallin rafft mit der einen Hand ihre Röcke und geht den Tiedemanns ein paar Schritte entgegen. Gesine bleibt stehen. Ihre Hand, die das schwarze Tuch zusammenhält, verkrampft sich ein wenig. Sie sehen sich in die Augen, Gesine und Armgard Schwan, bis die Gräfin Guten Morgen! sagt.

Guten Morgen, Euer Gnaden!

Die Erblandmarschallin läßt ihre Zigarre achtlos in den

Sand fallen. Die ist kostbar, soviel weiß Staaf Tiedemann und bückt sich, um sie der Dame zurückzugeben.

Du darfst sie selber rauchen, junger Mann, sagt die Gräfin von Klevenow. Vielleicht denkt sie, daß Jörn, der Sohn dieser Alten, ihr, seiner Gräfin und Liebsten, bis heute daheim in Klevenow in Treue dient, vielleicht belustigt sie der Gedanke, daß diese Tagelöhnerin, wenn man nicht das Kirchenbuch, sondern die Bettlaken aufschlüge, als ihre Schwiegermutter gelten könnte. Jörn ist Blut vom Blut dieser Frau, und ihr Sohn Walter ist ebenso Blut vom Blut dieser Frau. Ob es die Alte weiß? Sie fragt: Du bist Gesine Tiedemann, die ich von Klevenow kenne?

Ja, Euer Gnaden, die bin ich.

Es geht dir gut?

Ich bin schon alt, sagt Gesine, manchmal ein bißchen müde, aber ich hab einen jungen Tiedemann an der Seite, der gibt mir Halt.

Ich kenne ihn. Er ist ein Freund meines Enkels Jost. Wie nennst du ihn?

Hogan, antwortet Staaf grinsend.

Die Gräfin schüttelt lächelnd den Kopf. Dann sagt sie: Ich möchte mit dir reden, Gesine.

Das will ich nicht, Euer Gnaden, nach so langer Zeit?

Die Erblandmarschallin ist nicht gewohnt, daß man ihr widerspricht. Komm zu mir aufs Schloß.

Gesine schüttelt den Kopf. Ich bin sehr alt und gehe ungern aus dem Haus.

Soll ich dir eine Kutsche schicken?

Gesine sagt: Ich wohne in einem der Katen am Dorfausgang. Jedermann wird Euch den Weg weisen.

Die Glocke schlägt nicht mehr, zehn ist vorüber, und Gräfin Lenelotte Schwan kann nicht länger dulden, daß sich die alte Erblandmarschallin ausgerechnet an Jostens Ehrentage mit diesen Tagelöhnern verplaudert. Sie winkt dem Pastor, sie winkt ihrem Gatten, und nun ordnen sie sich, je zwei und zwei, zum festlichen Einzug in die Kirche, die Damen in sonntäglicher Robe, viele der Herren im bunten Rock der Offiziere. Graf Jost führt die Mama.

Die Erblandmarschallin sieht den Ihren in aller Gelassenheit entgegen.

Bis bald, Gesine.

Wenn Euer Gnaden es wünschen, bis bald.

Und dann wird Gottesdienst gefeiert. Die Orgel braust, und für eine Weile sind sie im Choral vereint, die hohen Herrschaften im Grafengestühl und das Volk in den Bänken. Großer Gott, wir loben dich.

Hogan und Staaf hatten es so eingerichtet, daß sie in der Konfirmandenreihe nebeneinander standen.

Hogan zischelte: Ich hab eine Flasche Samos auf die Seite gebracht, ganz schweren Wein. Besuch mich oben im rechten Turm. Heute abend. Hier ist der Schlüssel.

Staaf steckte ihn grinsend ein. Er flüsterte: Wird ja auch Zeit, daß wir lernen, uns wie Männer zu betrinken. Als sie dem Pastor nachsprechen mußten, was er ihnen vorbetete, taten es die beiden Jungen ohne Anteilnahme: Ich entsage dem Teufel, all seinen Werken und Wesen und übergebe mich dir, du dreieiniger Gott, im guten Glauben, und verspreche, dir treu zu sein und gehorsam bis an mein letztes Ende.

Zur Überraschung der Leute aus der Laudecker Katenzeile hielt noch vor dem Osterfest die gräfliche Kalesche vor der Tiedemannschen Büdnerei. Herab stieg, auf die Hand eines Lakaien gestützt, die Erblandmarschallin Armgard Schwan zu Klevenow. Der Bedienstete ergriff einen Korb, der angefüllt war mit guten Dingen, die aus den Vorratskammern und Kellern des Schlosses stammten, und die Gräfin befahl ihm, frühestens in einer Stunde wieder vorfahren zu lassen.

Mala mußte die schwere Familienbibel holen, dann wurde sie von Gesine davongeschickt. Sie verließ gekränkt die Wohnung und rätselte darüber, was die Frau Gräfin und Gesine wohl miteinander auszuhandeln hätten.

Das blieb für lange Zeit Geheimnis.

Nur zwei Dinge waren gewiß, die beiden Frauen hatten Wein getrunken, und Geld mußte ins Haus gekommen sein, denn Staaf erhielt eine Lehrstelle bei Schlossermeister Thedran in Frauenburg, dazu eine ordentliche Unterkunft, und die Meisterin fand sich bereit, den Jungen an ihrem Tisch zu beköstigen, was ein entsprechendes Entgelt erforderte.

Daß er eine Lehrstelle bekam, empfand Staaf Tiedemann als das reine Glück. Selbstverständlich hätte er zu Hofe dienen können, wie das die Tiedemanns seit Generationen hatten tun müssen, bis auf seinen Vater Alwin, der als Wanderarbeiter davongezogen war. Aber der Junge fühlte sich zu Stall- oder Feldarbeit nicht hingezogen. Er wollte ein gutes Handwerk erlernen, er wollte ein Meister werden oder gar ein Ingenieur.

Damals, um die Jahrhundertwende, kamen die Lokomobilen auf, gewaltige Dampfmaschinen, die nicht dazu bestimmt waren, eine Kette von Eisenbahnwaggons über Schienengeleise zu ziehen, sondern sich langsam über das Feld bewegten, eine der anderen ein paar hundert Meter gegenüber, um zwischen sich einen Pflug über den schweren Acker hin und her zu ziehen, was kinderleicht anzusehen war und Pferde ebenso überflüssig machte wie einen Menschen, der den Pflug hielt und den Tieren hinterherstolpern mußte. Staaf träumte davon, eines Tages Herr zu sein über große Maschinen, die schwere Arbeit leichter machten.

Eines Tages kam schlimme Nachricht aus dem Zuchthaus von Stettin.

Alwin Tiedemann war im Frühjahr 1912 von seinen Kumpanen in eine mörderische Geschichte hineingezogen worden. Er hatte vor Gericht seine Unschuld beteuert und war dennoch zu Kerkerhaft verurteilt worden. Nach ein paar Wochen war er tot. Alwin hatte sich am Fensterkreuz seiner Zelle erhängt, und die Gefängnisleitung ließ den Leichnam auf dem Anstaltsfriedhof beisetzen.

Die Kostenrechnung lag bei.

Mala schluchzte sich die Seele aus dem Leib. Aber Gesine war ruhig. Sie strich der weinenden Schwiegertochter über das Haar und sagte: Er war ein Getriebener. Niemand von uns hat ihn halten können. Jetzt soll er seinen Frieden haben, deshalb ist es unsere Pflicht, ihn ehrlich zu machen. Wir müssen den Betrag für die Beisetzung per Post überweisen. Wein dich aus, Mala, und wenn du damit fertig bist, geh hinüber und hol mir den Staaf. Er soll das Geld in Frauenburg einzahlen, damit es hier kein Gerede gibt.

So wurde es auch gehalten.

An einem Sommerwochenende war Staaf von Frauenburg herübergekommen, hatte aber außer Gesine niemanden von der Familie im Haus vorgefunden. Mutter wie Großmutter und sämtliche Geschwister hatten auf Geheiß des Leutevogtes zum Heuen auf die Wiesen gemußt. Der Sonnabendnachmittag war heiter, der Himmel blau, und Staaf wollte den Seinen nach. Aber Gesine hielt ihn zurück. Sie richtete eigenhändig die Vespermahlzeit, brühte Kaffee, schmierte Butterbrote, dann sah sie zu, wie es ihm schmeckte, und begann, von den Tiedemanns zu erzählen, was die Familienbibel verschwieg.

Das ging dem Jungen so nahe, daß er bald den Brotteller zur Seite schob.

Jörn, Gesines Mann, war zu Festungshaft verurteilt worden, weil er Gerechtigkeit eingefordert hatte für Gesine und die armen Leute von Wargentin. Und noch vor seiner Festnahme war sie selber ins Graue Haus von Güstrow geworfen worden, wie später ihre Mutter und ihre jüngeren Geschwister. Sie alle waren Zuchthäusler gewesen. Und Schmul Rosenzweig, Malas Vater, hatte in der Korrektionsanstalt sogar auf die Tretmühle gemußt. Das kam der Folter gleich. Die Büttel wollten ihn zwingen, einen Fraß zu verschlingen, der nicht koscher war, was gegen seinen Glauben verstieß.

Gesine war weder jüdisch noch aufrührerisch. Weshalb hatte sie in das Graue Haus gemußt?

Ach, Junge, ich war keine Zwanzig, und wieder schwanger, das hatte die Gräfin Agnes Schwan der Frau des Pächters Haberland auf Wargentin verraten. Jörn und ich, wir hatten keinen Heiratskonsens, und die Pächtersfrau fürchtete, ich wollte zu Wargentin in die Wochen, und sie hätte ein Armenbalg mehr zu versorgen. Das paßte ihr nicht.

Diese schreckliche Nacht hab ich mein Lebtag nicht vergessen.

Sie waren zu dritt gekommen. Der Stockmeister trat die Türe ein, der Büttel warf die blakende Fackel auf den Herd, da hatten sie Licht. Als letzter kam der Gutsschreiber Schlöpke herein. Mutter und meine Schwestern richten sich erschreckt auf. Ich spring halbnackt aus dem Bett und stell mich vor Jörn, weil ich denke, der ist es, den sie holen wollen. Ich starre dem Sekretarius Schlöpke ins Gesicht. Der sagt:

Gesine Wollner, du hast die Schwangerschaft vor der Herrschaft verborgen, deshalb und wegen fortgesetzter Hurerei wirst du ins Arbeitshaus nach Güstrow verbracht.

Jörn sagt voller Verachtung:

Wir sind nicht schuld, daß uns Häusung wie Heiratskonsens immer wieder verweigert werden. Schon dreimal habe ich nachgesucht. Das weißt du so gut wie ich, Mensch. Du führst die Gutstagebücher.

Ja, sagt Schlöpke, aber nun habe ich einen Haftbefehl. Ich muß Gesine Wollner mit mir nehmen. Draußen steht der Gefangenenwagen.

Jörn hat vor dem Grafen gegen das Unrecht aufbegehrt und dafür auf die Festung Dömitz gemußt. Es war am Heiligen Abend, als ich im Grauen Haus zu Güstrow in die Wehen kam und einen Jungen geboren hab, den nannte ich wie seinen Vater Jörn.

Gesine erschöpfte sich beim Erzählen. Manchmal keuchte oder hüstelte sie, aber sie wollte die Geschichte zu Ende bringen. Wer weiß, wann wieder Gelegenheit war, unter vier Augen mit Staaf zu reden. Sie sagte:

Wir, die Frauen der Tiedemanns, haben erdulden und erleiden müssen, was als gottgegeben galt. Und der Pastor hat uns geraten, nach Petrus zu handeln: Ihr Knechte seid euern Herrn untertan, nicht allein dem Gütigen und Gelinden, sondern auch dem Wunderlichen, was heißen soll, dem Bösen sogar.

Jörn, mein Mann, hat sich daran nicht halten können. Er hat eine Botschaft hinterlassen, ich verwahr sie für dich in der Bibel. Sie entfaltete einen Zettel. Das hat er in seiner Festungszeit aufgeschrieben.

»Jeder Mann soll eine Stimme haben, eine Stimme, die wiegt. Und jede Frau soll eine Stimme haben.« Präg es dir ein, mein Junge.

Es war, als machte ihr das Sprechen mit einemmal Mühe. Sie winkte den Jungen ganz nahe zu sich heran und flüsterte ihm Worte ins Ohr, die ihn zurückschrecken ließen. Er blickte die Alte ungläubig von der Seite an.

Sie sagte: Es ist wahr, und vielleicht nützt dir, daß du es weißt. Er lebt in Klevenow, dieser Jörn, aber er heißt nicht

Tiedemann, sondern Schlöpke. Der Mann, der mich ins Gefängnis verbringen ließ, der hat ihn adoptiert. Jörn Schlöpke, den Namen merke dir. Und nun bin ich müde vom vielen Erzählen, und nun weißt du alles, jetzt kannst du getrost zu den anderen gehn.

Sie legte sich auf das Sofa, mit dem Gesicht zur Wand.

Staaf deckte die alte Frau mit einer Decke zu, und genauso fanden die Tiedemanns Gesine, als sie am Abend von der Arbeit kamen. Sie war tot.

3

Der Zug schleppte sich durch stockfinstere Nacht irgendeinem Ziel entgegen, welchem, das mochte der Teufel wissen oder die oberste Heeresleitung. In den Viehwaggons hatten es sich, so gut es ging, die Mannschaften bequem gemacht. Immerhin war so viel Platz, daß sich auf den Planken jedes Wagens an die dreißig Männer ausstrecken konnten. Sie lagen in grobe Decken gehüllt, Tornister als Kopfstütze, Leib an Leib gepreßt. Der Oktober 1918 war gerade zu Ende gegangen, und es war bitterkalt.

Die Offiziere reisten I. Klasse. Graf Schwan von Klevenow und Staaf Tiedemann hatten ein Abteil für sich und genossen einigen Komfort. Die plüschbezogenen Polstersitze ließen sich zur Schlafstätte verwandeln, indem man sie gegeneinanderschob, und der Oberleutnant teilte das Bett mit Staaf auf so selbstverständliche Weise, wie das im Mittelalter die Ritter und ihre Knappen getan hatten.

Jost war es gelungen, den Staaf bald nach dessen Rekrutenausbildung zum Burschen zu bestellen, zu seinem ganz persönlichen Betreuer also, und der Freund war es zufrieden gewesen. Jedenfalls hatte er beteuert, die dienende Stellung bedrücke ihn nicht, im Gegenteil, er ziehe Vorteil daraus, niemand dürfe ihn wie ein gemeines Frontschwein in den Schützengraben abkommandieren, es sei denn, sein Oberleutnant inspiziere die Feuerlinie. Er schien gern der Schatten seines Herrn zu sein, und auch während der Truppenverlagerung genoß er den Muschkoten gegenüber Privilegien. Er mußte sich nicht mit einer verwanzten Strohschütte im Waggon begnügen oder, wenn es ihn ankam, in irgendeine Ecke scheißen. Er ruhte seinem Oberleutnant zur Seite, der ihm immer noch erlaubte, ihn Hogan zu nennen, solange kein Dritter zugegen war, und der Preis für solche Bevorzugung erschien Hogan angemessen, er verlangte von Staaf bloß Freundlichkeit und Dienstbarkeit und als dessen Vorgesetzter ein wenig Subordination. Dennoch waren sich beide Männer nicht mehr so nahe, wie es sich der junge Graf wünschte. Er litt schwer an den Folgen einer Verwundung, die er sich an der Ostfront zugezogen hatte, war auf den Beistand seines Burschen angewiesen und ließ ihn nur ungern von seiner Seite.

Quietschende Bremsen, ein Ruck, Halt auf offener Strecke. Jost fuhr aus dem Schlaf, aufgeschreckt von der plötzlichen Stille, die zu summen begann, als hielte er die Meeresmuschel ans Ohr. Das blanke, schneckenhausförmige Ding war eines der Schaustücke im Salon seiner Mutter, ab und an hatte er es aus der Vitrine nehmen und an das Ohr pressen dürfen, um bei geschlossenen Augen das Rauschen zu vernehmen. Was machte dieses unheimliche Geräusch? Was hörte er da? War es das anbrandende Meer, aus dessen Tiefe die Muschel stammte, oder waren es gar die Gestirne, die sich in der Unendlichkeit des Alls sausend umeinander schwangen? Jost fühlte sich winzig und einsam. Nirgends ein Stern, der tröstlich zwinkerte. Novembernacht.

Dann wieder ein Ruck, rhythmisch schlagende Achsen, anzuhören wie untermalende Musik, man kann sich eine Melodie dazu denken, ein Lied: Unstete Fahrt, habt acht, habt acht! Die Welt ist voller Morden.

Jost war hellwach. Eine Erektion machte ihm zu schaffen. Als er Staafs tastende Hand spürte, die nach dem Mantel suchte, der ihm im Schlaf verrutscht war, ergriff er sie und drückte sie gegen seinen Schenkel. Vielleicht hat er

Lust, mich zu trösten. Sie waren grade erst über Zwanzig hinaus, und manchmal, wenn das Geschlecht sie quälte, hatte es sich ergeben, daß sie sich über Kreuz zu fassen kriegten, um sich gegenseitig zu befreien. Es ist nicht unnatürlich, im Gegenteil, die Natur selber ist es, die uns zwingt. Wie sollen wir uns helfen, wenn Weiber partout nicht zur Stelle sind. Staaf muß meinen Steifen fühlen. Warum läßt er ihn los? Warum dreht er sich knurrend zur Seite und wickelt sich in den Mantel ein?

Nach einer Weile fragte Jost: Schläfst du?

Ach, schon lange nicht mehr.

Du entziehst dich mir.

Ich hab nicht so oft Lust wie du.

Ich sage es allgemein.

Und ich bin es leid, sagte Staaf. Den Krieg bin ich leid, dich bin ich leid. Das verdammte vaterländische Getue.

Du wirst dich noch mal um Kopf und Kragen reden in deiner Renitenz. Mensch, Staaf, willst du zu guter Letzt noch von einem Standgericht an die Wand gestellt werden?

Hatten wir nicht eine Verabredung, wenn es hart auf hart kommt, steht einer für den anderen ein? Erinnere dich an Dünaburg.

Niemals wird Jost diesen schrecklichen Wintertag vergessen, den öden Landstrich, er kann ihn vor sich sehen, er liegt wie ausgestorben unter dem schmuddligen Schnee, alles erscheint grau an diesem Tag, der verdreckte Soldatenmantel, die verlauste Uniform, auch die Türme der Stadt, am Horizont nur schemenhaft zu erkennen, sind grau in grau mit dem Himmel, das Dorf, wenige Steinwürfe entfernt, das Kirchlein, die Feldsteinmauer des Friedhofs, und hinter der Mauer werden die mausgrauen armseligen russischen Muschkoten hocken, in Erwartung unserer Übermacht.

Kannst du es hören, Staaf, das vereinzelte hilflose Tackern?

Er liegt an meiner Seite, ein wenig unter mir an der Böschung, und hinter uns die Reste der Kompanie immerhin gut zwei Dutzend Soldaten. Ich reiche das Fernglas zurück an Staaf, ich sage: Ein Maschinengewehrnest in der Kirche. Nichts ist den Russen heilig.

Er widerspricht seinem Offizier, und das in vorderster Linie. Er redet wie ein Meuterer und das in einer Kampfsituation. Er sagt: Was wir tun, ist abscheulich. Wir greifen an, und jeder weiß, daß sie Frieden wollen, die Russen.

Ja, Mensch, aber nicht zu unseren Bedingungen, und deshalb schlägt Deutschland noch einmal richtig zu. Daß er es nicht begreifen will.

Der Erfolg hat der Heeresleitung schon wenig später recht gegeben. Deutschland hatte endlich die ersehnte Rückenfreiheit im Osten und die Möglichkeit, wieder an der Westfront anzugreifen.

Grau in grau der öde Landstrich, das Dorf, die Türme in der Ferne, der Himmel. Blick auf die Uhr. Gleich ist es soweit, und es geschieht auf die Sekunde. Ich höre das Pfeifen der Granaten, Geschützdonner der deutschen Artillerie. Ich sehe vor mir die Einschläge, die gewaltigen Dreckfontänen, und endlich kommt Farbe in die Tristesse. Rot flackernde Gehöfte, die Scheunen lodern, Reetdächer heben sich funkensprühend vom Gebälk. So machen wir den Russen Feuer unterm Arsch.

Jetzt ist es Zeit. Ich springe hoch. Ich ziehe meine Pistole als Zeichen zum Angriff.

Ich brülle: Sprung auf! Marsch, marsch! und stürme als erster über die Böschung hinweg, jage der Kirche zu, schräger Blick zurück. Sie folgen mir gehorsam, alle, alle. Und Staaf ist mir am nächsten. Red was du magst, solange du mir treu zur Seite bist, du dämlicher Hund. Wir fliegen der

Feldsteinmauer entgegen, hinter der die Russen kauern. Keine Gefangenen machen, so der heimliche Befehl. Wir haben ja selber kaum das Nötigste zu fressen. Und plötzlich mörderisches Feuer.

Der Schlag und der Schmerz. Da stehe ich und erstarre. Mir ist, als wäre ich verrückt geworden. Ich höre nichts mehr, aber ich sehe sie an mir vorüberschweben wie große graue Vögel, meine Soldaten, in der Luft rudernd mit Händen und Füßen, bis man einen nach dem anderen herunterschießt, bis auch der letzte zu Boden fällt, bis ich selber in die Tiefe falle, in die Finsternis, in einen schweren Traum, und es gelingt mir erst nach einer Unendlichkeit, die Lider zu heben. Da sehe ich das Feuer, die Funken, und weiß, daß ich nicht in der Hölle angekommen bin. Ich lieg vor Dünaburg, inmitten meiner toten Kameraden, und sehe die Flocken, sie schweben weich und schwer und bedecken uns mit einem schneeweißen Leichentuch.

Aber dann hebt sich ein Körper zum Sitzen, klopft das Weiße vom Mantel, nimmt den Stahlhelm ab und streicht verwundert über die Delle im Helm. Dann stemmt er die Handflächen gegen den Boden und versucht, in die Höhe zu kommen, ganz langsam, wie einer, der staunend erfährt, daß er seiner Glieder noch mächtig ist, daß er tatsächlich mit beiden Beinen im Leben steht. Er steht da. Es ist Staaf.

Da schießen sie, die Russen, die Hunde, von der Kirche her.

Staaf brüllt, als könnte man mit seinem Gegner reden, als könnte der unsre Sprache verstehen, als könnte man sich seinem Feind verständlich machen. Hört auf! Laßt das sein!

Dann sehe ich, wie er zwischen den Toten tanzt, wie er sich dreht, von da nach dort springt und versucht, den Schüssen auszuweichen. Er schleudert sein Gewehr zur Seite, wirft den Stahlhelm von sich, er tanzt verzweifelt mit erhobenen Armen. Hätte ich Stimme, ich würde rufen: Geh in Deckung, Mensch! Wirf dich zu Boden, Staaf!

Er muß wahnsinnig geworden sein in der Todesangst. Er schreit: Ich will nicht mehr schießen. Ich habe die Schnauze voll. Und dann hab ich mit eigenen Augen gesehen, daß er den Mantel hebt und die Hosen runterläßt. Er zeigt den Russen seinen blanken Arsch und schreit: Ich scheiß auf den Kaiser! Ich scheiß auf den Krieg!

Plötzliche Stille.

Mag sein, daß sich die Russen in die klammen Fäuste lachen dort hinter der Friedhofsmauer, daß sie den armen Irren verschonen. Sie schießen nicht mehr.

Staaf knöpft mühsam die Hose zu, stolpert auf mich zu, steht über mir mit nassem Gesicht. Er weint und stammelt: So viele Tote, so viele Tote.

Mein Gott, er wird mich doch nicht liegen lassen.

Wir wechseln kein Wort. Wir starren einander in die Augen, und es dauert eine Ewigkeit, bis er sich endlich beugt, um mich aufzuheben. Staaf ist nicht freundlich und nicht behutsam, und ich schreie im Schmerz, als er sich meinen zerschundenen Leib wie einen Sack über die Schulter wirft. Die Sinne wollen mir schwinden, aber soviel sehe ich noch zu meinem Entsetzen, er tappt Schritt für Schritt auf die Kirche zu, er will mit mir zu den Russen hin.

Kehr um, Staaf, oder wirf mich ab!

Er sagt schluchzend: Du wolltest doch unbedingt noch nach Dünaburg.

Und endlich, endlich dreht er sich. Es wird dunkel um mich her, aber ich höre noch den haßerfüllten Satz: Hätte ich dich nicht auf dem Halse, Graf Schwan von Klevenow!

Jost rollte sich zur Seite auf seiner Bank im Coupé, umklammerte den Freund und preßte ihn an sich, wie er es früher manchmal getan hatte, wenn sie sich nach langer

Trennung wiedersahen oder Freude über einen gelungenen Streich demonstrieren wollten. Er sagte:

Ich werde niemals vergessen, was du für mich getan hast, und selbstverständlich gilt unser Schwur. Jetzt müssen wir erleben, wie unsere Welt zusammenstürzt. Du hast Angst, ich habe Angst. Kein Wunder, daß wir uns streiten.

Staaf antwortete nicht, aber er klopfte Hogan begütigend auf den Rücken, löste sich aus der Umarmung und verkroch sich im Mantel.

Jost hätte gern geredet und Staaf anvertraut, was ihm von Studtmann verraten hatte. Der Regimentskommandeur besaß einen direkten Draht zur obersten Heeresleitung und hatte ihm kürzlich im Casino hinter vorgehaltener Hand von Ludendorffs riskanten Plänen erzählt. Trotz der erreichten Rückenfreiheit im Osten nach dem Vertrag von Brest-Litowsk war nämlich die Sommeroffensive der Westfront schmählich gescheitert, höchste Gefahr also für das Reich, und daß der Kaiser Berlin verlassen hatte, um sich im belgischen Spa unter den Schutz der Obersten Heeresleitung zu begeben, weil er sich offenbar in keiner seiner Residenzen sicher fühlte, sprach für die Krisenhaftigkeit der Situation.

Die militärische Führung hatte sich längst die Niederlage Deutschlands eingestehen müssen, weigerte sich aber, das Scheitern auf die eigene Kappe zu nehmen. Niemand sollte an der Legende von der erfolgreich und fanatisch kämpfenden Truppe zweifeln. Ein Sündenbock mußte her. Ludendorff hatte ihn bald gefunden. Dieser biedere Sattlermeister Ebert mit seinen proletarischen Kumpanen, die man in die Regierung hieven würde, sollte unverzüglich bei Wilson, dem amerikanischen Präsidenten, um Frieden bitten und den Makel des Friedensschlusses mit all seinen entehrenden Bestimmungen auf sich ziehen, damit man später sagen könnte: Deutschland, im Felde unbesiegt.

Jost vermochte den hämischen Hintersinn der Ausführungen von Studtmanns ebenso wenig zu verstehen wie den Spaß, den der Mann bei seinem Vortrag empfand, aber soviel begriff er doch, bei einem unverzüglichen Friedensschluß konnte der völlige Zusammenbruch der Front verhindert, die Armee also intakt gehalten werden, um sie straff geordnet auf deutsches Reichsgebiet zurückzuführen und so zu verhindern, daß in Deutschland russische Verhältnisse einzogen, das bolschewistische Chaos.

Er wollte darüber reden, aber Staaf knurrte:

Laß mich doch schlafen, Mensch.

*

Als der Morgen heraufdämmerte, gelang es Staaf, das Schild der Bahnstation zu entziffern, die der Zug grade passierte, und er rieb sich verwundert die Augen. Blick auf das nächste Schild, kein Zweifel, sie waren nicht, wie sie vermutet hatten, unterwegs nach Berlin, um von dort aus die Westfront zu erreichen, sie fuhren Stettin entgegen, sie waren in Pommern, in ihrer Heimat, Laudeck war ganz nahe. Eine der nächsten Stationen muß Frauenburg sein. Womöglich gibt es dort einen Halt.

Bis jetzt hatte es die Zugführung so eingerichtet, daß am frühen Morgen auf irgendeinem Nebengleis gerastet wurde, damit die Soldaten nach der Nacht die Blase entleeren oder zum Donnerbalken eilen konnten. Oft warteten jenseits der Latrinen Schwestern vom Roten Kreuz oder freundliche Damen der Christlichen Mission, um heißen Tee auszuschenken, und noch immer hatte auf den Stationen die Plumpe funktioniert, so daß Staaf mit dem Eimer laufen und dann seinem Oberleutnant die Blechschüssel füllen konnte. Hogan bestand darauf, sich morgens zu waschen, und von ihm hatte Staaf auch erfahren, daß es für den kultivierten Mann ein Gebot der Hygiene war, zwei Waschlappen zu gebrauchen, zwei Stück, jawohl, den einen für oben, den anderen für die unteren Körperregionen. Staaf erinnerte sich nicht einmal, ob daheim in Laudeck für jeden aus der Familie ein gesondertes Handtuch am Nagel gehangen hatte oder gar zwei, eins für über und eins für unter dem Nabel. So verschwenderisch gingen die Tiedemanns nicht mit ihrer Wäsche um.

Er rüttelte den Oberleutnant kräftig an der Schulter.

Was ist los?

Wir sind beinahe daheim, Hogan. Und in Frauenburg, ich hab's im Gefühl, ist längerer Aufenthalt. Wenn nicht, werd ich die Notbremse ziehen.

Wozu, wozu?

Damit wir auf jeden Fall aussteigen können. Wir unterbrechen die Fahrt für ein oder zwei Tage, du hinkst, du könntest ein bißchen auffälliger hinken, Hogan, damit jeder sieht, der Mann braucht einen Arzt. Ich telefoniere mit Schloß Laudeck. Die Frau Gräfin wird unverzüglich anspannen und sich nach Frauenburg kutschieren lassen, um ihren Sohn in die Arme zu schließen. Für den getreuen Staaf wird ein Plätzchen auf dem Bock der Kalesche sein.

Hogan lachte. Unerlaubte Entfernung von der Truppe?

Wir nehmen drei Tage Urlaub auf Ehrenwort. Könnte ja sein, daß sich die Feldgendarmerie gegenüber einem windigen Hund wie mir mißtrauisch verhält. Vor dem Grafen Schwan von Klevenow wird sie kuschen. Spiel mit, Hogan. Ich wäre so gerne wieder einmal daheim.

Tatsächlich, der Oberleutnant ließ sich beschwatzen. Der Zug hielt in Frauenburg, und sie mußten gar nicht lange auf dem Bahnhof warten, schon nach einer guten Stunde fuhr die Schwansche Kutsche vor.

Brümmer, der Erste Diener und Vertraute des gräflichen Paars, saß höchstpersönlich auf dem Bock, Zylinder, rote Ohren. Die Frau Gräfin lehnte im Fond, sie trug eine runde

Pelzkappe und darüber ein feines Tuch, das sie unter dem Kinn verknotet hatte. Sie war beinahe so schön wie die Uta von Naumburg anzusehen, deren Bildnis auf Postkarten vertrieben wurde.

Staaf schleppte das Gepäck des Oberleutnants zur Kutsche, dort nahm er die Hacken zusammen, wie es beim Militär verlangt wird, sobald man einer höhergestellten Persönlichkeit gegenübersteht, und verneigte sich knapp.

Konnte es sein, daß die Gräfin seine Ehrenbezeugung ungnädig entgegennahm, oder war sie so stark auf den Sohn konzentriert, daß sie gezwungenermaßen an Staaf vorbeisehen mußte? Sie verließ ihren Platz nicht, neigte das Gesicht gerührt zur Schulter hin und öffnete die Arme. Staaf half dem Jost mit kräftigem Schub hinauf, daß ihn die Mama endlich weinend umhalsen konnte.

Zuletzt hakte er die Persenning ein, kletterte zu Brümmer auf den Bock, und ab ging die Post durch die Wälder, durch die Auen. Er hätte singen, er hätte in den Wind schreien mögen vor lauter Lust, und das Herz schlug ihm kräftiger, als er an die Seinen dachte. Der Katen war der einzige Ort in der Welt, an dem er sich geborgen fühlte.

Er war schon über zwanzig, wurde aber ab und an, wie während seiner Lehrjahre in Frauenburg auch, von heftigem Heimweh geschüttelt. Jetzt freute er sich auf zu Hause, und ihm war beinahe, als könnte er sie hören, die vertrauten Geräusche. Großmutter Mala hantiert in der Küche, sie summt eines ihrer traurigen Lieder, die Teller klappern. Ihm war, als könne er sie erschnüffeln, die vertrauten Gerüche. Sonnabends werden die Dielenbretter in der Stube mit grüner Seife gescheuert.

Hätte ich mich anmelden können, würde Mutter eines von den fetten Rodeländern geschlachtet haben. Ich kann mir vorstellen, wie sie mit dem Feuerhaken die eisernen Ringe vom Feuer nimmt, wie sie das gerupfte Huhn über der Glut dreht, bis die letzten Federkiele versengen. Selbst das rieche ich gerne, und wenn erst die Brühe brodelt, die mit Liebstöckel gewürzt ist, dann wird mir die Nase tropfen vor lauter Lust auf das Essen.

Er lächelte bei diesem Gedanken, aber sein Gesicht umdüsterte sich mehr und mehr, als Brümmer zu fragen und zu erzählen begann.

Wie lange ist Staaf ohne Nachricht von seinen Leuten?

Ein halbes Jahr wird nicht reichen. Die Feldpost funktioniert nicht mehr.

Dann weiß er also gar nicht, daß sein Bruder Max an der Westfront gefallen ist?

Staaf überlief es eiskalt. Max ist tot? Den haben sie noch eingezogen? Er war der jüngste von uns Brüdern.

Ja, ja. Noch keine achtzehn, da hat er fortgemußt. Und vorher, trotz seiner Jugend, hatte er der Anna Ettner ein Kind gemacht.

Der Anna Ettner?

Das ist eine Fremde, und sie steht nicht in bestem Ruf. Eine Zugewanderte. Ja, weiß er denn nicht, daß seine Mutter hatte Einlieger ins Haus nehmen müssen? Die paar Groschen Mietzins braucht sie wohl. Sie hat Schulden. Es steht nicht gut um die Tiedemannsche Büdnerei.

Nichts hatte Staaf gewußt. Nun weiß er also, daß sein kleiner Bruder gefallen ist, und ihm kommen die Tränen. Max ist tot.

Vor vier Wochen hatte es im Frauenburger Anzeiger gestanden.

Die vertraute Landschaft, die Wiesen, die Wälder, sie verschwammen vor seinem Auge. Staaf schluchzte auf, aber er wußte, Brümmer, der gräfliche Diener, war niemals ein Freund der Tiedemanns gewesen, der sollte sich nicht weiden können an seinem Schmerz. Er schneuzte sich, fragte heiser:

Und Hein?

Der ist ausgemustert, der ist mit einem kaputten Bein aus dem Lazarett gekommen.

Sie rollten an der Katenzeile von Laudeck vorüber. War es Grete, seine Mutter, die einen Spülichteimer vor dem Haustritt entleerte?

Brümmer dachte nicht daran, vor dem Haus zu halten. Erst vor der Freitreppe des Schlosses machte die Kalesche halt, und Staaf mußte das Gepäck seines Oberleutnants bis hinauf in dessen Gemächer transportieren, ehe man ihn entließ.

Hogan sagte: Du weinst, Staaf? Was ist passiert?

Mein kleiner Bruder ist gefallen.

Versuch, es wie ein Mann zu tragen, wie ein Soldat.

Staaf kamen die Gefallenen und die Sterbenden vor Dünaburg in den Sinn, die der Schnee zugedeckt hatte, und die Wut stieg in ihm auf. Vielleicht war auch sein Bruder wegen einer sinnlosen Attacke in den Tod gejagt worden.

Ich laß dich rufen, sagte Hogan, sobald es Zeit ist, und du wirst pünktlich zur Stelle sein.

Das weiß ich nicht, antwortete Staaf aufsässig. Aber dann knallte er doch die Hacken zusammen und führte die Fingerspitzen zur militärischen Ehrenbezeigung an seinen Mützenrand.

Staaf setzte sein Bündel vor dem Haustritt ab und zögerte. Am liebsten hätte er sich ins Haus geschlichen, wäre lautlos bis vor die Stubentür getappt, um sie mit einem Ruck aufzureißen und allen, die um den Tisch saßen, einen freudigen Schreck einzujagen. Hallo, ich lebe. Ich bin wieder da. Aber gewiß trauerten seine Leute um Max und wollten keinen Spaß.

Er mußte zweimal klopfen, bis seine Mutter öffnete. Sie

starrte ihn an, lachte und weinte zur gleichen Zeit und fragte: Wo kommst du denn her?

Aus dem Krieg, Mutter.

Grete Tiedemann neigte nicht zum Überschwang, aber nun riß sie den Staaf an sich, küßte und herzte ihn mit solcher Inbrunst, als wolle ihr jemand den Heimgekehrten im nächsten Augenblick entreißen.

Als er seiner Mutter über die Schulter blicken konnte, sah Staaf, wie sich Großmutter Mala über die Schwelle tastete und die Arme nach ihm ausstreckte. Grete gab ihren Sohn nur ungern frei, damit sich die Alte an ihn klammern konnte.

Der Junge stammelte: Großmutter, ist ja gut, ist ja gut.

Und mit einemmal stehen sie in der Tür, offenen Mundes lachend, alle, die der Katen behaust, der Bruder Hein, Lina, die kleine Schwester. Der ausgemergelte alte Mann muß Ettner sein, der Einlieger. Er macht einen Schritt zur Seite, und nun erscheint sie im Vordergrund, eine blonde Frau mit klarem Gesicht und braunen Augen. Das kann nur Anna Ettner sein. Sie trägt ein Kind im Arm, aber sie strahlt nicht das Geringste von der Demut einer Madonna aus. Da steht eine Frau, die ist sich ihrer kühlen Schönheit bewußt, mit achtzehn Jahren herrisch und stolz.

Staaf kommt von ihrem Blick nicht los, und sie wird ihn ein Leben lang nicht loslassen, Anna Ettner. Und sie ist es, die ihn einlädt, endlich einzutreten.

Staaf lächelt. Dann sagt er: Ich bin von oben bis unten verlaust.

Großmutter Mala weiß Rat. In die Waschküche mit ihm!

Grete fragt ihre Schwiegertochter Anna in einem Ton, der keine Absage duldet: Kannst du dich um das Essen kümmern?

Das kann sie selbstverständlich, aber erst, nachdem ihr Grete den Speisekammerschlüssel zugeworfen hat.

Der Raum ist ungemütlich und kahl, mit gefliestem Boden, Futterküche und Waschhaus in einem. In der Ecke steht der große Waschkessel, mit Backstein ummauert, und an der Rückwand befindet sich die Attraktion der Tiedemannschen Büdnerei, eine hochmoderne Schwengelpumpe, direkt über den darunterliegenden Brunnen montiert.

Grete hat ein Höllenfeuer entfacht. Hein bedient die Pumpe. Er schleppt Eimer um Eimer das Wasser zum kupfernen Kessel hin, bald ist es erwärmt und in den größten Bottich umgefüllt.

Zieh dich aus, Staaf. Und du, Hein, füllst mir den Kessel zum zweitenmal, damit wir sein Zeug so lange kochen können, bis keine einzige Laus und keins von ihren Eiern überlebt.

Mala bückt sich und nimmt mit spitzen Fingern auf, was Staaf zu Boden wirft.

Haben wir genügend Schmierseife im Haus?

Ein voller Eimer steht im Regal.

Her damit, ruft Grete. Die Hälfte brauch ich.

Da steht er, der Staaf, splitternackt, behaart an Brust und Bauch, kräftige, gerade gewachsene Glieder, ein bißchen zu stuckig vielleicht, aber ein schöner Kerl mit schwerem Gemächt, den Grete mit Stolz betrachtet. Ein Mann.

Und nun, Staaf, wirst du noch einmal mein kleiner Junge sein. Steig in den Bottich, tauch unter und steh wieder auf. Was, du genierst dich vor uns alten Weibern? Ein Klaps auf den Hintern wie in Kindertagen.

Die Mutter seift ihren Jungen ein und nimmt dazu dieselbe scharfe Schmiere, mit der sie später seine Dreckwäsche wäscht und ihre Dielen säubert.

Unten mach ich es allein.

Na gewiß.

Dazu brauch ich einen zweiten Lappen.

Sei froh, daß du einen hast.

Hogan meint, die Bazillen aus der Tiefe dürfen nicht mit denen aus der Nase zusammenkommen.

Großmutter Mala schüttelt sich vor Lachen. Und Grete holt sich noch eine Handvoll Schmierseife aus dem Eimer. Wir müssen deine Haare waschen, Staaf. Womöglich nistet dort noch Ungeziefer.

Staaf stöhnt beinahe wollüstig, als ihm die Mutter mit kräftigen Fingern die Kopfhaut massiert, und er kreischt vor Vergnügen, als ihm die Großmutter zu guter Letzt einen Eimer Wasser über den Kopf stürzt.

Als er triefend aus dem Bottich gestiegen ist und sich die Wassertropfen aus den Ohren hüpft, erscheint lächelnd Anna Ettner. Sie trägt frische Wäsche auf den flachen Händen und geht dem Staaf entgegen, der, naß und nackt, das Zeug entgegennimmt und nicht anders kann, er küßt Anna zum Dank auf den Mund.

Grete sieht es mit solchem Widerwillen, daß sie sich mit einem Ruck zur Seite kehrt, und Mala flüstert: Daß die sich nicht schämt.

Und dann rüsteten die Tiedemanns zu einem Fest, freilich nicht ganz so prächtig wie jenes zu biblischer Zeit, das ein Vater für den verlorenen Sohn gestiftet hatte. Sie hatten kein Kalb im Stall, aber Anna fand eine Gans in der Kammer, die dort noch von Martini hing, nicht allzu groß, doch Grete, die eine gute Köchin war, füllte den Gänsebauch mit gewürzter Semmel, mit Zwiebel und dem gehackten Leberlein, so daß der Braten für alle reichte. Und eine Kerze brannte auf dem Tisch, und jeder bekam einen Schluck Wein in sein Glas, so hatten sie alles, um heiter zu sein. Aber die Fröhlichkeit hielt nicht lange.

Mala schob Staaf eine Anzeige zu, die sie säuberlich aus dem Frauenburger Anzeiger geschnitten hatte und die geschmückt war mit einem großen schwarzen Kreuz, dem Zeichen für Tapferkeit vor dem Feind.

Die Traueranzeige für unseren Max, sagte Mala unter Tränen.

Mein Gott, muß sie das jetzt tun, dachte Grete und bedachte die Schwiegermutter mit strafendem Blick.

Staaf nickte, dann schaute er Anna an und das kleine Wesen auf ihrem Arm. Wie heißt sie?

Gesine.

Gesine, das ist ein schöner Name, sagte Staaf und wandte sich an die Mutter. Und es ist schön, daß ihm ein Kind lebt, dem armen Max.

Grete Tiedemann widersprach. Schön ist das nicht. Das ist eine Sorge in diesen Zeiten.

Staaf wollte der Mutter heftig entgegnen, ließ es aber, als er sah, wie abgerackert sie war, und hörte, wie sie sich verteidigte.

Der Junge war ja nicht einmal achtzehn, als er ins Feld mußte. Wie hätte ich da die Vermählung zugeben können.

Sie redet wie die Schloßgräfin, dachte Staaf. Sie hat Vorbehalte gegenüber Anna. Und die junge Frau stand seiner Mutter an Heftigkeit wenig nach.

Sie sagte: Nun sitz ich da mit dem Kind. Nicht mal eine Kriegerwitwe. Ich bekomme keinen Pfennig.

Aber, sagte Staaf in großer Verlegenheit, er wollte die Mutter nicht kränken, er wollte Anna nicht weh tun, hier bist du erst einmal sicher mit seinem Kind. Und wenn der Krieg zu Ende ist, wenn ich erst wieder zu Hause bin, werden wir weitersehen.

Die Anna lachte spöttisch.

Mala und Grete sahen einander an, hoben die Schultern und ließen sie wieder sinken. Der Junge war aus dem Krieg gekommen, erst ein paar Stunden daheim. Sollte man ihm jetzt schon den Kummer aufbürden, mit dem sich die Tiedemanns und ihre Einlieger herumschlagen mußten?

Grete seufzte. Erinnerst du dich an Palmarum 1910, an Gesine und was sie gesagt hatte?

Er hat's nicht vergessen. Er kann die Achtzigjährige vor sich sehen, kann hören, was sie mit einer Stimme, tief wie eine Glocke, spricht: Wir haben wieder einen Mann in der Familie.

Und Mala, nun wird sie auch schon alt und ein bißchen zittrig, sagte: Du bist dabeigewesen, als sie aus der Bibel las, was auf der letzten Seite eingetragen war. Die Büdnerei mit einem Viertel Acker und Gartenland soll zugehören meiner Schwiegertochter Mala.

Ja, ich weiß. Staaf nickte.

Da reichte ihm seine Mutter einen Brief des Gräflichen Rentamts zu Laudeck, in dem zu lesen war, die und die Summe stehe aus. Wenn Mala Tiedemann nicht zahlen könne, würde die Zwangsversteigerung eingeleitet.

Staaf blickte auf. Das will mir nicht in den Kopf.

Hein sagte: Vater hatte Schulden gemacht, oder die Frauen hatten Schulden gemacht, Vaters wegen. Ich bin jünger als du, aber das weiß ich noch, wie Jahr für Jahr dieser Seifert vom Rentamt erschien, vor dem Jahresende, die Zinsen für die Hypothek wären fällig. Und unsere uralte Gesine hat dagestanden, stolz wie eine Fürstin. Ich zahle zu Ostern.

Endlich ein Grund zu lachen.

Wir wollen an Gesine denken. Wir wollen auf sie trinken. Und dann stießen sie an. Auf Gesine!

Auf die Frauen der Tiedemanns. Sie sollen leben!

Staaf stieß mit Anna an. Er sah ihr in die Augen, und sie brauchten kein Wort zu sagen, sie lächelten sich auf eine Weise an, daß sicher war, sie würden heute nacht miteinander schlafen.

Aber erst brachte sie das Kind in der Einliegerwohnung

zu Bett. Mala sah es mit Mißbilligung. Hätte sie nicht eine Weile warten können? Jetzt stehen wir beiden Alten allein mit diesem Riesenabwasch da.

Grete sagte: Wir wollen ihr manches nachsehen, solange sie gut ist zu dem Kind.

Bald klapperten die Frauen mit den Tellern herum und hantierten in der Spüle.

Die drei Männer saßen am Tisch unter dem gelblichen Schein der Petroleumfunzel, und Ettner erzählte.

Schönes Geld hatte ich auf der Werft verdient, da wo die Kriegsschiffe gebaut werden, schönes Geld, fünfundzwanzig Mark die Woche. Mit einemmal war es so gut wie nichts. Die Miete allein neunzehn Mark. Alles, was du essen willst, mußt du teuer bezahlen. Ein Pfund Fleisch achtzig Pfennig. Kartoffeln unerschwinglich, auf Zuteilung gibt es aller zehn Tage zwei Pfund. Dann starb die Frau. Anna interessierte sich nicht für den Haushalt. Ich kriegte es mit dem Magen. Ein paarmal mußte ich krankfeiern. Es kam ihnen gelegen. Sie haben mich bis zum Hofarbeiter runterschikaniert. Ich bin Sozialdemokrat. Ja, und die Anna war jung, die war schön. Ich hatte Angst, daß sie mir unter die Räder käme. Bin ich fort von Stettin. Zum Landarbeiter taug ich immer noch. Hab ich zugesagt, als die Grete wegen einer Einliegerwohnung annoncierte. Ist mir nicht unsympathisch, eure Mutter. Vielleicht wird es was mit uns beiden.

Ja, das wäre schön. Die Söhne nickten, sie tranken dem Ettner zu, der war ausgemergelt, der sah aus wie abgewrackt, der würde wohl kaum imstande sein, Mutters Bettlade zum Krachen zu bringen. Aber der ist längst keine fünfzig. Wenn er sich aufrappelt, kann er vielleicht noch ein paar Jahre machen und der Mutter helfen, die Büdnerei wieder hochzubringen.

Als ihm das durch den Kopf flog, wußte Staaf, daß er sich niemals mit einem Tagelöhnerleben in Laudeck begnügen würde. Er wollte hinaus ins Leben, er war auf Abenteuer aus.

Da sagte Ettner: Mir ist, als käme dem Grafen gelegen, daß die Frauen in Verlegenheit sind. Er will das Haus an genehmere Leute geben.

Hein schlug die Faust auf den Tisch. Mit dem müßte man mal russisch reden.

Was meinst du damit, fragte Staaf.

Hein grinste. Der Ettner und ich, wir gehen zu jeder Landarbeiterversammlung. Wir fahren mit unseren Rädern sonstwohin. Und wir hören manches. Wir erfahren was über unsere Rechte. Wir wollen uns nicht mehr alles gefallen lassen. In Rußland hat der Adel nichts mehr zu sagen.

Dem Staaf wurde himmelangst, als er den Bruder so reden hörte. Er hatte vor Dünaburg gelegen und wußte, was sich zugetragen hatte. Die deutschen Adelsherren im Baltikum, eine Handvoll Grundbesitzer, hatten beim Kaiser durchgesetzt, daß Lettland, Estland und Litauen von deutschen Heereseinheiten besetzt wurden, kaum daß mit dem Frieden von Brest-Litowsk die Eigenstaatlichkeit dieser Länder in Kraft getreten war. Der Kaiser höchstselbst hatte sich dafür stark gemacht, daß man die Privilegien des baltischen Adels mit Waffengewalt schützte. Und wehe, wenn da ein Landarbeiter muckte oder Reformen verlangte oder sich gar auf Meuterei einließ. Die deutschen Soldaten, die Baltikumer, wie sie sich selber nannten, fühlten sich als Elitetruppe, als die Haudegen der Nation in Feindesland, als verwegene Nachfahren der Kreuzritter, und sie verhielten sich ebenso gnadenlos. Die Roten trieben sie über die Felder vor sich her und schossen sie ab wie die Hasen.

Sei vorsichtig, Hein, warnte Staaf seinen Bruder.

Ettner betete höhnisch her, was man ihm in der Schule eingebleut hatte:

> … entbehre gern, was du nicht hast.
> Ein jeder Stand hat seinen Frieden,
> ein jeder Stand hat seine Last.

Staaf lehnte sich zurück, verschränkte die Arme hinter dem Kopf und sagte: Wartet mal ab. Wenn der Krieg verlorengeht, und der ist ja schon verloren, dann wird das Dreiklassen-Wahlrecht abgeschafft. Auch die Frauen dürfen wählen. Dann ist jede Stimme gleich, meine und eure und Mutters und die des Grafen Schwan, und es muß zwangsläufig mehr Gerechtigkeit in Deutschland geben.

Ettner schüttelte den Kopf. Ach du Träumer.

Schließlich erschien Staafs Mutter in der Stube und wollte sein Lager richten.

Der Junge lächelte verlegen, blickte bittend auf seinen Bruder und auf Ettner und sagte: Annas Vater hat noch auf einen Schnaps nach drüben eingeladen.

Hein erhob sich. Ich bin müde. Ich hau mich gleich aufs Ohr.

Es kann spät werden. Ich könnte bei Ettner auf dem Sofa schlafen, meinte Staaf.

Grete Tiedemann sagte enttäuscht: Ach so ist das.

Als Staaf die Tür zur Kammer öffnete, sah er Anna, die halb entblößt auf der Bettkante saß und dem Kind die Brust gab. Der Anblick rührte ihn, ehe er ihn erregte. Für eine Weile lehnte er wortlos am Türbalken und wagte sich erst näher, als das Mädchen im Wäschekorb zur Ruhe gelegt worden war.

Er küßte Anna vorsichtig, streifte ihr das Nachthemd ab und staunte das Fleisch an. Endlich wagte er, ihre Brüste zu wiegen, und ihm war, als glänzte noch ein Tröpfchen an der einen. Das schleckte er ab, und sie warf den Kopf zurück, schloß die Augen und genoß seine Zärtlichkeit. Sie standen sich gegenüber. Er liebkoste mit der Zunge immer noch ihre Brust, während seine rauhen Hände schon über ihren Hintern glitten, der so blank war und so spiegelglatt, daß er meinte, die Hände müßten ihm abrutschen. Jedenfalls flüsterte er ihr das schmeichelnd ins Ohr. Sie kicherte und wollte wissen, warum er gar nichts von sich selber sehen lasse. Da riß er sich das Hemd über den Kopf, stieg hastig aus den Hosen, und Anna maß ihn anerkennend, zuerst mit ihren Blicken und dann mit ihren Fingern. Sie kniete ihm zu Füßen, als sie sagte: Du bist noch stärker als dein Bruder. Und jetzt war sie es, die ein glänzendes Tröpfchen entdeckte, das sie fortküssen wollte.

In dieser Nacht schliefen sie siebenmal miteinander und waren erst dann satt von der Liebe.

Nach all den Strapazen kostete es Jost bis zur Neige aus, das wundervolle Gefühl, daheim zu sein auf Laudeck bei den Eltern, die sich übertrafen, den genesenden Sohn zu verwöhnen. Er hatte ausgiebig gebadet und seine Leibwäsche der verständnisvollen Frau Brümmer anvertraut, die auch im Krieg die Ratgeberseite der »Gartenlaube« studierte und wußte, daß kräftiges Bügeln der Nähte mit dem heißen Eisen jedem Ungeziefer den Garaus macht.

Ihr entfuhr ein kleiner Schreckenslaut. Ihr Mann hatte während der Fahrt von Frauenburg bis Laudeck Seite an Seite mit diesem Tiedemann gesessen, womöglich hat ihm der Mensch bei dieser Gelegenheit eine Laus in die Livree gesetzt. Ob man nicht der gnädigen Frau Mama einen Wink geben müßte?

Kein Wort, gebot Jost, und Frau Brümmer zog sich knicksend zurück.

Am Abend saß die kleine Familie plaudernd vor dem Kamin, die Gräfin, zu Ehren des Heimkehrers im Abendkleid, konnte sich nicht satt sehen an Jost. Daß er endlich vor ihr saß, hielt sie sich selber zugute. Mein Gott, wie oft hatte sie in der Schloßkapelle auf den Knien gelegen und den Allerhöchsten um Beistand angerufen. Sie dankte dem Herrn, daß Jost tatsächlich am Leben war, wenn auch versehrt. Das gibt sich, mein Junge. Das heilt ab mit der Zeit. Du bist ja noch jung. Alles wird gut.

Danke Mama. Jost hob ihr das Glas entgegen.

Sein Vater wollte den Überschwang der Gräfin ein wenig dämpfen und meinte: Vom Ende gut, alles gut, könne leider nicht die Rede sein. Niemand glaube mehr an einen deutschen Siegfrieden, dennoch, was Jost betreffe, wenn der Junge über den Hund gekommen wäre, käme er wohl zu guter Letzt auch über den Schwanz. Darauf wolle er trinken.

Sie ließen die Gläser klingen und lächelten einander zu.

Wie lange könne Jost auf Laudeck bleiben?

Für die Weile eines Wäschewechsels in aller Ruhe, sagte der Oberleutnant verschmitzt. Er habe keinen regulären Urlaub, sondern einen auf Ehrenwort genommen. Sein Bursche Staaf Tiedemann und er hätten wegen heftigen Heimwehs an Frauenburg einfach nicht vorbeigekonnt, sondern sich auf dem Wege zu ihrer Einheit für kurze Zeit seitwärts in die Büsche geschlagen, sozusagen verpißt.

Die Gräfin amüsierte sich. Du kannst ja ordinär sein.

Ich bin Soldat, Mama.

Der Vater stieß sich nicht an der Redeweise seines Sohnes, mißbilligte aber dessen leichtfertiges Verhalten als Offizier. Du kannst in Teufels Küche kommen, Junge.

Walter Schwan galt als einer der bestinformierten Männer seiner Kreise, er stand nämlich den Leuten um den Kanzler Max von Baden nahe und wußte zudem über die Vettern aus der schleswig-holsteinischen Nebenlinie der Schwäne, zu denen ein Flottenadmiral gehörte, über die Situation in den

Marinehäfen Bescheid. Die Westfront konnte nicht länger standhalten, und die miserable Verpflegung der Matrosen wie ihre Kriegsmüdigkeit hatten auf einigen Kriegsschiffen zu Widersetzlichkeiten geführt. Die Kapitulation Deutschlands vor den Siegermächten stand unmittelbar bevor.

Könne dann Jost nicht das Ende bei den Eltern auf Laudeck abwarten, verwundet und also kriegsuntauglich, wie er ohnehin sei? fragte die Gräfin.

Jost wie sein Vater verneinten.

Mein Gott, ist die Lage wirklich so prekär?

Wahrhaftig, das ist sie, Mama.

Niemand weiß, was auf den Friedensschluß folgen wird.

Jost erzählte von Ludendorffs raffiniertem Plan, nicht die deutsche Heeresführung, sondern eine umzubildende Regierung mit dem Makel eines entehrenden Friedensschlusses zu behaften, und in dieser Regierung werden die Sozialdemokraten dominieren. Sie haben ja auch treu für die Kriegskredite gestimmt, und der deutsche Staatspräsident wird Friedrich Ebert heißen.

Das ist doch dieser Sattlermeister aus Baden?

Walter Schwan trank einen Schluck, setzte behutsam das Glas ab und sagte lächelnd: Ihr alle, mein lieber Sohn, vom Leutnant hinauf bis zu den Generälen, werdet eure Vorbehalte um der deutschen Sache willen zurückstellen müssen. Die Ebert-Leute sind augenblicklich in der Überzahl und also zwangsläufig unsere Verbündeten. Das Allerschlimmste wird sich vermeiden lassen, wenn es in Deutschland zu einer Koalition der Vernunft kommt, selbstverständlich unter Führung der nationalen Elite, des alten Offizierskorps, und deshalb darf Jost nicht länger auf Laudeck verweilen oder gar die Waffe aus der Hand geben. Unser Feind steht jetzt im Innern. Der Kampf geht gegen alles Undeutsche im Land, gegen Radikalismus, Bolschewismus, Spartakismus. Und eben aus diesem Grunde paktiert General

Groener, Ludendorffs Nachfolger, mit den Mehrheitssozialisten unter Ebert. Hindenburg billigt diesen Pakt.

Aus welchem Grunde sollte Ebert mit uns gehen?

Er will an die Macht, und er will sie behalten, sagte der Vater, und nur wir, die Militärs, sind in der Lage, Eberts politische Rivalen, das ganze Linksgesocks, das sich um Luxemburg und Liebknecht schart – ich will mal so sagen – auszuschalten!

Walter Schwan erhob sich und sagte: Trinken wir in dieser Nacht auf unser liebes Vaterland, das Gott und Groener uns erhalten mögen.

Sie tranken sich zu und küßten sich.

*

Josts Abreise wurde für den späten Vormittag des nächsten Tages angesetzt. Der Junge sollte versuchen, sich nach Kiel durchzuschlagen und sich dort bei Alexander Schwan, dem Admiral, melden. Der Vetter sei mit General Groener bekannt und werde Jost dort einsetzen, wo es am sinnvollsten erscheine.

Die Frühstückstafel zum Abschied war im kleinen Speisesaal so festlich und reichlich gedeckt wie sonst nur am Morgen des Weihnachtstages. Frau Brümmer war noch mit der Wäsche des jungen Grafen beschäftigt, eine heikle Aufgabe, wie Jost wußte. Ihr Mann bediente die gräfliche Familie mit der Gravität eines Butlers aus bestem britischen Hause.

Jost wollte wissen, ob Staaf Tiedemann über die vorzeitige Abreise verständigt sei, und Brümmer bestätigte das mit knapper Verbeugung.

Noch Kaffee?

Aber gern.

Walter Schwan schob seinem Sohn einen Brief zu, er war für den Admiral Graf Schwan aus Holstein bestimmt.

Alexander wird dir beistehen für den Fall, daß es Unannehmlichkeiten wegen Unterbrechung der Fahrt gibt. Nein, ich danke sehr, Brümmer, ein Ei genügt mir am Frühstückstisch, obwohl man hört, daß Bismarck vier Stück davon verschlungen haben soll. Übrigens, er blickte ernst auf seinen Sohn, übrigens hat dich dieser Tiedemann schon als Bengel zu nichts als Unfug angestiftet.

Lange her, meinte Jost.

Wirklich, keine ordentliche Familie, sagte seine Mutter eindringlich. Von der Tiedemannschen Büdnerei geht Unruhe aus. Ettner, der Einlieger, soll Spartakist sein. Nicht wahr, Brümmer, es ist doch so?

Der Diener senkte die Stimme, als gäbe er eine Verschwörung preis: Er will einen Landarbeiterverband gründen, hier bei uns, auf Gräflich Laudeck.

Die Gräfin war beunruhigt. Sie verbünden sich gegen uns. Wer weiß, was noch passieren kann. Die Zarenfamilie, man hat sie mir nichts, dir nichts umgebracht.

Liebste, wir leben nicht dort hinten, weit in der Türkei. Wir sind in Deutschland und treffen Vorsorge. Aber in einem, Jost, hat Mama recht, geh auf Distanz zu diesem Burschen, schaffe ihn ab.

Jost wurde der Antwort enthoben, denn mit einem Male war von der Halle her Lärm zu vernehmen, lautes Stimmengewirr, hohes Weibergekeif, dazwischen ein brummiger Baß, Getrampel und Getrippel. Die Gräfin hielt lauschend den Kopf schief.

Was ist los? fragte ihr Gemahl unwillig.

Der Diener öffnete unverzüglich die Tür.

Da sah sich die Gesellschaft mit der imponierenden Rückfront der Frau Brümmer konfrontiert. Sie stand mit ausgestreckten Armen vor Staaf Tiedemann und verwehrte ihm so den Zutritt. Sie hatte Oberarme, so dick wie Männerschenkel, wer wollte daran vorbei.

Im Hintergrund der Halle drängten sich ein paar Mägde aneinander und hielten ängstlich ihre Finger vor den Mund. Staaf mußte sich auf die Zehenspitzen erheben, um der Frau Brümmer über die Schulter zu blicken.

Wenn man vom Teufel spricht, flüsterte die Gräfin.

Nun wandte sich die Beschließerin um, knickste und brachte zu ihrer Entschuldigung vor: Ich hatte das Portal zur Halle geschlossen, wie mir geheißen, Euer Gnaden. Niemand sollte Zutritt haben. Da ist dieser Mensch von hinten durch die Küche gekommen. Der Mamsell ist im Schreck eine Meißner Schüssel heruntergefallen. Mich hat er vor sich hergeschoben, und einen Gummibaum hat er umgeworfen, dieser Tiedemann.

Es ist gut, Frau Brümmer, sagte Jost und erhob sich, um seinem Burschen zu Hilfe zu eilen, indem er die aufgebrachte Frau zurück in die Halle drängte. Es ist gut, wiederholte er und winkte auch dem Diener Brümmer, den Frühstückssaal zu verlassen, dann schloß er die Tür und führte seinen Freund den Eltern zu. Das ist er, mein Bursche, Ritter des Eisernen Kreuzes.

Staaf nahm die Hacken zusammen und verneigte sich vor dem gräflichen Paar.

Willst du dich setzen? fragte Jost.

Seine Mutter ließ die Lider flattern und blickte so irritiert, daß Staaf verneinte.

Die Sache duldet keinen Aufschub, sagte er. Es ist nämlich so, Hogan, daß du ohne mich weiterreisen mußt.

Wie das? Jost lächelte ungläubig. Urlaub auf Ehrenwort, so war's ausgemacht.

Ich kriege Unannehmlichkeiten, wenn Sie mir verlorengehen, Gefreiter Tiedemann. Wir reisen in zwei Stunden. Blick zur Standuhr hin, also pünktlich um elf. Sie kümmern sich dann bitte um mein Gepäck.

Graf Walter sah mit Genugtuung, daß sein Sohn einen

Untergebenen in die Schranken wies. Die Angelegenheit schien erledigt. Er wedelte mit der Hand, um Tiedemann des Saales zu verweisen.

Staaf stand, wo er stand, und sagte: Herr Oberleutnant, nach dem Willen Ihres Herrn Vaters soll meine Familie aus dem Haus geworfen werden.

Sie wissen wohl auch, warum? rief der alte Graf.

Ja, ja, sagte Staaf erbittert, die Frauen haben es nicht geschafft. Ich bin im Krieg, ein Bruder ist gefallen, der andere kriegsversehrt. Wir konnten uns nicht kümmern.

Graf Walter erhob sich verärgert. Das Haus ist in meinem Besitz, sagte er. Ich habe einen Käufer. Er blickte ernst auf seinen Sohn, der sich hoffentlich an das Gespräch von gestern nacht erinnern würde, der Feind steht im Innern ...

Der Katen behaust diesen Ettner, einen Radikalen.

Er klopfte dem Sohn die Schulter. So ist das, Jost. Dann ging er hinüber zum Sekretär, um sich seine Morgenzigarre zu holen, die biß er sich zurecht und setzte sie in Brand.

Die Gräfin faltete ihre Serviette zusammen und wiederholte die Worte ihres Gemahls: So ist das, Jost.

Staaf ging manches durch den Kopf in diesen Augenblicken. Ihm fiel ein, was Gesine ihm anvertraut hatte, damals in der Stunde vor ihrem Tode. Manchmal neigte er zum Jähzorn, und am liebsten hätte er jetzt das Geheimnis preisgegeben, um den alten Grafen zu demütigen, und er war von Hogan enttäuscht, der ihm offenbar nicht beistehen wollte, sondern den Oberleutnant herauskehrte. Staaf pfiff auf das Reglement. Hogan, ich kann nicht mit dir gehen, um das Vaterland zu verteidigen. Ich werde vor unsrer Büdnerei auf Wache ziehen, in meiner frischgewaschenen Uniform, Eisernes Kreuz auf der Brust, Gewehr vorm Bauch, und jeden in die Flucht schlagen, der meinen Leuten zu nahe kommt, jeden, Herr Graf von Schwan.

Kalte Drohung, Dienstverweigerung, offene Meuterei,

dachte der alte Graf. Das ist das Tüpfelchen aufs I. Jost wird veranlassen, was in diesem Fall zu tun ist. Jost, Brümmer und ich, wir können diesen Menschen verhaften, überwältigen und festnehmen. Aber zu seiner Enttäuschung stellte sich der Sohn dem Tiedemann zur Seite und sagte:

Ich schäme mich. Habt ihr denn vergessen, daß Tiedemann der Soldat ist, dem ich das Leben verdanke? Ich bin in seiner Schuld, und deshalb muß ich von euch verlangen, daß seiner Familie geholfen wird.

Gräfin Christiane blickte hilfesuchend auf ihren Gemahl, der paffte seine Zigarre und sah an ihr vorbei. Die Gräfin erhob sich, neigte den Kopf anmutig zur Schulter hin und trat vor die beiden Männer. Wir wollen die Auseinandersetzung lassen, wir wollen Burgfrieden schließen bis nach dem Krieg, Herr Tiedemann.

Sie reichte dem Staaf sogar ihre Rechte zum Kuß. Der Mann aus dem Katen schüttelte ihr kräftig die Hand, dann nahm er wieder die Hacken zusammen und führte die Fingerspitzen zur Stirn.

Herr Oberleutnant, in zwei Stunden bin ich zur Stelle.

4

Der Novembertag war grau und verhangen. Schon am Morgen kam Wind auf, er trieb Regen vor sich her, und das klobige Gemäuer, das über der Stadt aufragte, nahm sich geradezu bedrohlich aus. Eine Zeitlang hatte es den mecklenburgischen Herzögen als Residenz gedient und als das schönste Renaissance-Schloß im deutschen Norden gegolten. Herzog Ulrich, der Erbauer, war mit einer dänischen Prinzessin vermählt und wollte Gotorp, den Sitz der Könige von Dänemark, übertreffen. Nun aber war Schloß Güstrow längst von Hof und Herrscher verlassen und schon während des vergangenen Jahrhunderts heruntergekommen zu einem Gebäude von üblem Ruf, denn hier wurde heimatloses Gesindel verwahrt, Landstreicher, Bettler, Huren und andere Übeltäter, damit es sich bei strengster Zucht zu ordentlichem Lebenswandel bekehrte. Der einstige Fürstensitz von königlichem Glanz mußte als Korrektionsanstalt herhalten, so die offizielle Benennung des Bauwerkes, das besser bekannt war und gefürchtet unter dem Namen das Graue Haus.

So hieß es im November 1918 immer noch und stand unter Direktion des Herrn von Tippelskirch, eines Rittmeisters a. D. des Großherzoglich Mecklenburgischen Dragonerregiments Nummer 17, der wegen fortgeschrittenen Alters nicht mehr gut zu Pferde saß und sich schon seit Jahren als Leiter des Zuchthauses die Sporen verdiente. Von Tippelskirch empfand sich als getreuer Diener des Großherzoglichen Hauses und, wenn er den bunten Offiziersrock auch längst hatte in den Schrank hängen müssen, ihm galt Wilhelm zwei noch immer als oberster Kriegsherr, den er verehrte, und womöglich ahmte er aus diesem Grunde die Barttracht des deutschen Kaisers nach, er trug die Schnurrbartenden schneidig hochgezwirbelt und bevorzugte Zivilkleider von militärisch knappem Schnitt.

Diesen Herrn von geradester Denkungsart hatte es ins Mark getroffen, als er von der Abdankung des Kaisers erfuhr, aber ihm kam nicht der Gedanke, das goldgerahmte Bildnis Seiner Majestät aus dem Amtszimmer zu entfernen, es hing immer noch wie eine Ikone ihm zur Seite, wenn er an seinem übergroßen Schreibtisch mit den Löwentatzenbeinen saß, und segnete gewissermaßen seine Entscheidungen: die frühzeitige Entlassung, die Verschärfung einer Strafe oder die Vollstreckung eines Todesurteils. Er war sich eins mit Kirche und Thron, und niemals hatte ihn der Zweifel geplagt.

Dennoch wurde Herr von Tippelskirch heute in den Zustand größter Unsicherheit versetzt. Sein Sekretär Pfahl nämlich, ein Mensch, der seinem Namen Ehre machte, weil er lang war und schlank, was ihm erlaubte, sich eindrucksvoll zu verneigen, indem er einknickte, als müßte er zerbrechen, dieser Pfahl hatte ihm gerade, auf solche Weise dienernd, einen Zettel über den Schreibtisch geschoben, keinen ordentlichen Brief, sondern ein angeschmuddeltes Stück Papier.

Von Tippelskirch nahm den Kneifer ab, nachdem er gelesen hatte, was dort geschrieben stand, und starrte den Sekretär aus stumpfen Augen an, als könnte der ihm raten.

Eine Abordnung des Soldatenrates will mich gegen zehn Uhr sprechen?

Tatsächlich, Herr Rittmeister, bestätigte Pfahl, der Soldatenrat.

Was machen wir denn da?

Sekretär Pfahl senkte die Mundwinkel und hob die Schultern bis an die Ohren.

Nun wollte sich der Rittmeister erst einmal in Schwerin absichern, aber die Telefonleitungen waren gekappt. Hatte er nicht schon auf der Kadettenanstalt gelernt, daß im Falle der Eroberung eines feindlichen Terrains zuerst das Telegraphenamt zu besetzen sei?

Herr von Tippelskirch kratzte sich den Kahlschädel.

Wegen des Regens hatte Staaf Tiedemann in einem Torbogen unterhalb des Grauen Hauses Schutz gesucht und wartete auf seine neuen Freunde, mit denen er Klock zehn verabredet war und zwar vor der langen Treppe zum Schloß hinauf. Ist er zu früh, ist er zu spät? Wo sind die anderen? Vielleicht finden sie auch erst im allerletzten Moment aus dem Bett, so wie es ihm nach dieser wilden Nacht ergangen ist. Sie sind ja alle noch jung, die Abgesandten des Soldatenrates. Der Älteste ist Redepennig, der Maat, grade mal fünfundzwanzig Jahre alt, ein rotgesichtiger starker Mann, dem das Körperhaar aus dem Kragen wächst. Dem hatten sich gestern abend gleich zwei Weiber an den Hals geworfen, und prompt hat er sich von beiden abschleppen lassen. Der traut sich was zu, doppelte Ration im Bett, kann aber auch für zwei Männer fressen.

Das war ein Fest. Sie waren zu fünft und nahmen im Goldenen Anker Quartier, dem Maat gefiel das Wirtshausschild.

Für die Männer hatte sich das Leben von einem Tag zum anderen verkehrt. Sie waren Vertreter der Macht, von der Menge durch Zuruf erwählt, und hatten überhaupt nicht gelernt, korrekt und gewissenhaft wie Beamte mit ihren Mandaten umzugehen. Und das wollten sie auch. Die Macht war ihnen zugefallen oder, noch einfacher, sie hatten sie sich genommen, in Kiel oder Bützow oder in Schwerin. Noch gestern sind sie Muschkoten gewesen, gemeine Matrosen, Untergebene, einem gnadenlosen Reglement unterworfen, nun waren sie mächtig und frei. Morgen erwartete sie die Bürgerpflicht, heute wollten sie erst einmal genießen, was ihnen Krieg oder Offiziere so lange vorenthalten hatten.

Sie waren im Goldenen Anker erschienen, im Schlepptau des Maats, der war im schlingernden Seemannsgang bis zur Theke geschritten. Wo ist der Wirt?

Der kommt, erblickt die verwegene Truppe mit den roten Binden am Arm, und zeigt augenblicklich Respekt wie seine Gäste übrigens auch. Jedes Gespräch erstirbt im Raum.

Also, ich bin Redepennig, der Maat. Das ist der Herr Unteroffizier Meier von den Ludwigsluster Ulanen, und dieser hübsche Junge, wahrhaftig, das hat er gesagt, ist Staaf Tiedemann. Dann hätten wir noch den Herrn Breitfeld, einen Volksschullehrer, der nicht bloß mit dem Rohrstock umspringen kann. Tritt nach vorne, mein Freund, und erweise der Wirtin Reverenz.

Angelockt von der Kommandostimme ist die hübsche, dicke Frau gerade aus der Küche gekommen und trocknet sich die Hände an der Schürze ab.

Breitfeld verneigt sich übermütig, indem er mit der Mütze den Bogen fegt.

Und als letzter kommt Schulz an die Reihe, der Töpfergeselle, ein kleiner schüchterner Mann, der errötet, als er der Gesellschaft in der Kneipe vorgestellt wird, und so verlegen lächelt, daß der Maat fürchten muß, seine Mannschaft würde nicht den stärksten Eindruck machen. Deshalb ruft er grimmig zum Schluß: Wir sind die Abgesandten des Soldatenrates in Schwerin.

Beifall von einigen der Gäste.

Da hat uns der Wirt den besten Tisch gewiesen und

eigenhändig die Stühle gerückt. Die Wirtin hat aufgetischt, Brot, Eier und Speck, dann wurde Bier ausgeschenkt, daß die Krüge überschäumten.

Wie halten wir es mit der Rechnung, Herr Wirt?

Ihr seid meine Gäste.

Darauf müssen wir gleich einen trinken.

Später kommen die Weiber, gierig, am gedeckten Tisch zu sitzen, geil, sich satt zu essen, scharf auf kräftige Männer, die im November 1918 noch rarer sind als Kartoffeln.

Ich hab eine aufs Zimmer mitgenommen, die lustig war. Wir hatten viel Spaß, und beim zweitenmal hab ich's ihr richtig gezeigt. Jetzt mal im Stehen! Bück dich vor dem Bett! Noch tiefer. Stütz dich auf die Kante, und nun tret ich hinter dich.

Zuerst hat sie protestiert. Ich bin doch kein Schwein. Dann kam sie in Fahrt und hat mir in der Rage beinahe den Sack abgerissen.

Und jetzt schlägt die Stunde vom Turm, neun Uhr. Ich bin viel zu früh.

*

Vor drei Tagen sind wir von Laudeck aufgebrochen, Hogan und ich, und erreichten in Frauenburg einen Militärtransportzug, auf ähnliche Weise zusammengestellt wie jener, mit dem wir aus dem Osten gekommen waren, wenige Wagen I. Klasse für die Offiziere und eine lange Kette Viehwaggons, in denen die Mannschaften reisten.

Andere Stimmung als vor ein paar Tagen. Weitgeöffnete Schiebetüren, Soldaten drängten sich trotz der Kälte in den Luken, sie fuhren heimwärts und freuten sich, sie sangen ausgelassene Lieder: Maria und Josef, die hatten in Jerusalem ein Buttermilchgeschäft … in der Heimat, in der Heimat, da gibt's ein Wiedersehn.

Als ich Hogans Gepäck über den Bahnsteig schleppte, schrie einer: Von wo kommt ihr?

Wir sind hier zu Hause.

Und wollt noch mal zusteigen?

Wir müssen.

Viele lachten und zeigten Hogan einen Vogel.

Wir fanden einen Fensterplatz, bessere Stimmung als bei unserer Ankunft in Frauenburg, auch zwischen Hogan und mir.

Gute Gespräche mit den Eltern, sagte er. Sein Vater ist der bestinformierte Mann seiner Kreise. Nun weiß auch Hogan, was in Deutschland nach dem Kriege passieren wird. Halt dich in meinem Schatten, Staaf, und es kann dir nicht schlecht ergehen. Er redet von dem Pakt der Obersten Heeresleitung und dem künftigen Reichspräsidenten und nennt den Namen General Groener, der die Sozialdemokraten einwickeln wird.

Das glaub ich nicht. Ich unterbreche ihn. Danke noch mal, Hogan, sage ich, und habe Lust, ihn zu ärgern, vielen Dank für den Burgfrieden zwischen den Schwänen von Laudeck und den armen Leuten aus der Büdnerei Tiedemann. Als ich mit der Nachricht nach Hause kam, sind mir die beiden alten Frauen um den Hals gefallen und die schöne Anna hat mich, eine Stunde vor der Abfahrt, am hellichten Vormittag zur Belohnung in ihr Bett geholt. Und dann habe ich damit geprahlt, wie oft ich es der Anna gemacht habe, siebenmal in dieser kurzen Nacht und zweimal in der Morgenstunde.

Er sieht mich an, ein wenig angewidert.

Tatsache, sag' ich, er stand mir und stand, und die Anna ist noch beim neunten Mal wie beim ersten im Feuer gewesen.

Hogan schweigt und wickelt sich in seinen Mantel ein. Er verpennt die nächsten Stationen und schläft immer noch, als die Abteiltür aufgerissen wird.

Zwei Offiziere schauen herein, beide Baltikumer, wie ich an ihren Kragenspiegeln erkennen kann.

Der Erste befiehlt mir: Auf, Mensch!

Also räkele ich mich schwerfällig hoch, lange nach meiner Muschkotenmütze und versuch eine Ehrenbezeigung.

Der andere fragt: Was haben Sie in einem Abteil der I. Klasse verloren? Dazu noch am Fenster.

Genieße die Aussicht, Herr Leutnant.

Die Truppe reist im Viehwaggon. Verpiß dich!

Er zieht die Pistole. Also muß ich die Hände heben.

Da kommt mir Hogan zur Hilfe. Er wickelt sich aus dem Mantel, tastet nach seinem Stock und spielt den Unbeholfenen, so meisterlich, daß ich ihm beispringen muß.

Danke, Staaf. Dann verneigt er sich in Richtung der Offiziere. Graf Schwan von Klevenow und Laudeck, Sturmbataillon von der Goltz.

Ein Baltikumer?

Hogan nickt. Eine Zeitlang hatte es uns nach Livland verschlagen.

Und nun stellen sich die Herren Offiziere vor, von Wustrow der eine und der andere von Ahrensberg, beide auf Sonderurlaub. Sie haben in der Nähe von Riga Treibjagd auf die Bolschewiken gemacht, leider nicht alle zur Strecke gebracht. Der eine der Menschenjäger, der Herr von Ahrensberg, hat ein Gesicht, edel und glatt, wie das eines Mädchens, blondes, streng gescheiteltes Haar, Augen von strahlendem Blau, und er lächelt, als er erzählt: Wir haben die Roten auf dem Felde vor uns her gejagt und abgeknallt. Am Schluß wurden die Kadaver zueinander geschleift, ordentlich die Strecke gelegt, wie es Brauch ist nach einer erfolgreichen Jagd.

Und wieder winkt von Wustrow, daß ich mich endlich davonmachen soll.

Hogan sagt: Ich wurde vor Dünaburg verwundet, und dieser Mann ist zu meiner Bedienung abkommandiert worden. Er deutet auf den Fensterplatz ihm gegenüber, damit ich mich endlich wieder setzen kann, und bietet auch den beiden Baltikumern Platz, aber beide lehnen dankend ab.

Von Ahrensberg wünscht meinem Oberleutnant gute Reise, und von Wustrow setzt hinzu: Und bald eine schöne Krankenschwester anstelle dieses Stinktiers.

Dann schieben sie die Abteiltür zu.

Wie kam es, daß Hogan und ich uns dann auf dem Bahnhof von Bützow wie Feinde gegenüberstanden? Daß ich für die große Sache und den großen Spaß zu gewinnen war, während ihm eine Welt zusammenbrach?

Wir steigen aus. Der Zug endet hier. Irgendwann soll die Fahrt weitergehen. Wir wollen hinüber zum Wartesaal und sind mit einemmal im Gedränge. Verwundete Soldaten umringen uns, einige an Krücken humpelnd, andere gebrauchen die geschienten Arme wie Ruder in der Menschenflut.

Halt dich an mich! Bleib auf Tuchfühlung, Hogan!

Häßlicher Bahnhof, rostiges Stahlgestänge, schadhaftes Dach, verrußte Reklamebilder, Kathreiners Malzkaffee, schmutziges Grau der Uniformen, und dazwischengesprenkelt die schneeweißen Hauben der blassen Schwestern vom Roten Kreuz. Am Pfeiler hockt ein bettelnder Krüppel, Mann ohne Beine, der mit dem Bogen über die vibrierende Säge streicht, jammernde Melodie über dumpfbrausendem Bahnhofslärm: Argonnerwald um Mitternacht, ein Grenadier steht auf der Wacht …

Ich such nach einem Groschen in der Tasche, als mich der gellende Pfiff einer Lokomotive schreckt. Signal eines zweiten Zuges, der auf dem Nebengleis Einfahrt hat.

Kriegsgefangene aus Rußland zurück! brüllt einer, dann kreischen die Bremsen bis zum Halteruck. Die Männer drängen sich in den offenen Luken. Sie jubeln, sie sind nicht zu halten, sie werfen sich wie auf der Flucht mit ihren Gepäckstücken aus den Waggons. Sie hüpfen auf die Gleise, manch einer springt dem andern ins Kreuz. Sie nehmen's wie einen Spaß und grölen im Übermut ein säuisches Lied:

Der Krieg ist aus,
die Männer wieder da,
fick, fick, fick, fick, Viktoria!

Hinter uns kämpfen sich von Ahrensberg und von Wustrow verbissen durch den fröhlichen Menschenschwarm, der sich plötzlich aufstaut, einer rennt gegen den anderen an.

Was ist los?

Die Nachricht geht von Mund zu Mund: Die Zugänge zur Bahnhofshalle sind abgesperrt.

Warum?

Offiziere, Soldaten, mal herhören!

Der Bahnhofskommandant hat einen Karren erklommen, damit er die Leute überblicken kann, und schwingt die Glocke. Er brüllt: Nur Urlauber und Verwundete können die Sperre am Bahnsteig A passieren, einzeln bitte. Sie melden sich im Wartesaal wegen der Registrierung und Weiterleitung!

Da brodelt es dumpf in der Menge und grollt wie vor dem Ausbruch eines Vulkans. Spitze Schreie steigen wie Lavaspritzer hoch, wozu das? Faxen dicke, Schnauze voll!

Wieder die Glocke und wieder die Kommandostimme:

Die aus Rußland entlassenen Offiziere und Soldaten begeben sich unverzüglich in die Waggons zurück! Befehl der Obersten Heeresleitung, der Zug wird in Richtung Westfront weitergeleitet!

Totenstille.

Sie dauert grade so lange, daß einer dem anderen mit diesem Das-kann-doch-nicht-wahr-sein-Blick in die Augen schauen kann. Dann bricht die Hölle los mit einem Urschrei aus Hunderten von Kehlen zugleich, mit einem Ruf unbändigen Zornes. Und wir stehen eine Weile wie festgekeilt, von Ahrensberg, von Wustrow, mein Graf und ich.

Die Herren haben einander die Arme um die Schulter gelegt, um Halt zu haben. Hogan zieht mich hinein in den Kreis, und von Ahrensberg spricht, als wären wir Verschworene: Von jetzt an gilt es, den Feind im eigenen Land zu jagen.

Da lös ich mich aus der Umschlingung und will davon, wüßte ich nur, wohin in dem Getümmel.

Plötzlich schlägt die Wut der Menge in Heiterkeit um. Der wilde Haufen weicht nach beiden Seiten zurück, und ich seh mich am Rande einer Gasse. Ein paar kräftige Soldaten haben sich des Transportkarrens bemächtigt, den der Bahnhofskommandant erklommen hatte. Sie stoßen das Gefährt vor sich her, bis es von selber über den Bahnsteig schießt, den taumelnden Offizier als Fracht.

Kreischendes Gelächter.

Fort hier! Hogan packt meinen Arm, und ich reiß ihn zurück, als der Kommandant auf seiner Höllenfahrt an uns vorüberprescht.

Der ist aus dem Wege, der ist bis auf die Knochen blamiert. Ich fasse lachend Hogans Gepäck. Halt dich an mich! Bleib auf Tuchfühlung.

Die Bahnsteige leeren sich, denn die Soldaten haben die Sperren zerschlagen. Aber schon in der Bahnhofshalle gibt es den nächsten Stau, und nun ist es die Neugierde, die alle Ausgänge blockiert. Unter der Bahnhofskuppel wird eine wüste Messe zelebriert.

Ein Soldat hat das Dach eines Kiosks erklommen. Woher hat er die rote Fahne, die er wie ein Banner schwingt?

Er ruft: Ich bin einer, der aus russischer Gefangenschaft entlassen ist.

Wir auch, antworten viele, wir auch, wir auch!

Und der Soldat fragt: Was haben wir uns geschworen? Kein Hieb mehr, kein Schuß mehr, kein Haß!

Und Hunderte skandieren, als folgten sie einem frommen Ritual: Kein Hieb mehr, kein Schuß mehr, kein Haß!

Fehlt nur noch ein Pastor im Talar, der nach dem Gelöbnis das Amen spricht, aber hier ist kein Pastor, hier ist nur heiliger Zorn, der das Ende will, damit es einen Anfang gibt. Hier ist kein Offizier, der noch ein Machtwort wagt. Hier rufen Hunderte mit einer einzigen Stimme: Nieder mit dem Krieg!

Hier ist kein Mensch, der weiß, wie es weitergehen soll.

Doch, einen gibt es: Redepennig, den Maat. Dunkelblaue Marinekluft, rote Binde am Arm, Matrosenmütze verwegen in die Stirn gerückt. Er kommt im rechten Augenblick.

Nur ein paar Schritte entfernt beginnen sich meuternde Soldaten mit den Offizieren herumzuprügeln. Sie reißen ihnen die glitzernden Rangabzeichen von den Schultern. Sie wollen einem Leutnant das Eiserne Kreuz abnehmen, und ich sehe, wie von Wustrow nach der Pistole tastet. Da höre ich den Maat: Laßt doch dem Leutnant das Kreuz! Er wird es sich verdient haben.

Und bald steht der Maat neben dem Soldaten mit der roten Fahne auf dem Kioskdach, breitbeinig, Stirne gesenkt, Hände halb erhoben, Ruhe bitte!

Kameraden, ruft er, laßt euch nicht provozieren! Niemand darf euch wieder an die Front schicken. Redet mit den Offizieren, verhandelt.

Vereinzelter wütender Widerspruch. In den Arsch treten! Zum Teufel mit denen!

Verhandeln, sag ich, ruft der Maat. Bildet Soldatenräte wie in Rostock und Kiel! Verbindet euch.

Und dann ertönt, von einer einzelnen jungen Stimme gesungen, dieses wundervolle Lied, in das nach und nach andere einstimmen. Die aus Rußland Kommenden werden es dort gehört und gelernt haben. Staaf findet sich im Nu in die Melodie, er hat schon bei der zweiten Strophe den Refrain:

Feindliche Stürme durchtoben die Lüfte,
drohende Wolken verdunkeln das Licht.
Mag uns auch Schmerz und Tod nun erwarten,
gegen die Feinde ruft uns die Pflicht.
Wir haben der Freiheit leuchtende Flamme
hoch über unsern Häuptern entfacht …

Dann das Kommando: Baltikumer zu mir!

Und schon kommen sie gelaufen, um Hogan und die beiden Offiziere sammeln sich an die zwei Dutzend Landser von verwegenem Aussehen.

Hogan deutet auf das Gepäck und befiehlt: Beeilung, Staaf.

Aber der sagt zu dem von Ahrensberg: Mein Oberleutnant ist nicht gut zu Fuß, und er hat keinen Burschen mehr. Vielleicht macht einer von Ihren Leuten den Gepäckträger.

Von Ahrensberg fragt: Hast du den Arsch offen, Kerl?

Ich bin traurig, weil ich weiß, daß wir uns trennen müssen. Ich sage: Hogan, zu den Baltikumern will ich nicht, aber wenn du mit mir gehst, schlepp ich deine schweren Koffer aus reiner Freundschaft weiter.

Er spuckt mir vor die Füße. Er nennt mich einen Verräter. Da heb ich mein Bündel und gehe und habe Angst, daß mich einer von Hogans Kumpanen hinterrücks niederschießt. Erst neben dem Maat fühle ich mich sicher.

*

Es schlug klock zehn vom Turm, als der Sekretär Pfahl vorsichtig klopfte, ins Amtszimmer des Herrn von Tippelskirch huschte, vor dem Schreibtisch einknickte und flüsternd meldet, daß sie tatsächlich erschienen sei und im

Vorzimmer warte, die Abordnung des Arbeiter- und Soldatenrates Schwerin.

Ich empfange nicht, sagte Herr von Tippelskirch mit großem Nachdruck, und Pfahl tappte rückwärts zur Tür.

Als er sie öffnete, prallte er mit den fünf Männern zusammen. Es machte keinen Eindruck, daß er: Wir bedauern! stammelte. Sie drängten ihn zur Seite, traten ein und nahmen respektvoll die Hacken zusammen, wie es sich für ordentliche Soldaten geziemt.

Von Tippelskirch erhob sich, er stemmte die gespreizten Finger auf den Schreibtisch und fragte ärgerlich: Wer ermächtigt Sie?

Das Volk, guter Mann, sagte Redepennig. Aber auch der Garnisonsälteste von Güstrow, Herr von Viereck. Es muß sich doch bis zu Ihnen herumgesprochen haben, was gestern vor dreißigtausend Menschen im Großen Garten von Schwerin verkündet worden ist, daß nämlich die militärische und öffentliche Gewalt in Mecklenburg vom Arbeiter- und Soldatenrat ausgeht, vorübergehend selbstverständlich, bis wir ordentlich gewählt haben. Stellt euch vor, Freunde!

Herr von Tippelskirch meinte bissig, er wisse nicht, ob er nun Angenehm! sagen solle, und der Maat antwortete im gleichen Ton, das sei ihnen scheißegal.

Worum geht es denn überhaupt?

Der Volksschullehrer Breitfeld zückt ein Taschenmesser und läßt die Klinge springen. Ihm geht es zum Beispiel um die Gummistempel. Aus jedem müsse der Korrektheit halber das Wort Großherzoglich herausgeschnitten werden. Großherzoglich gibt es nicht mehr, folglich ist der Begriff auch auf jedem Kopfbogen der Behörde zu streichen.

Breitfeld blickte suchend über den Schreibtisch hin und sagte, als er dort weder Bogen noch Stempel entdeckte, er werde sich schon mal im Vorzimmer an die Arbeit machen.

Der Obermaat nickte: Und dann wollen wir das Graue Haus inspizieren. Sie begleiten uns bitte, Herr von Tippelskirch.

Haben Sie wirklich nichts Besseres zu tun?

Für mich ist der Besuch wichtig, sagte Staaf. Aus meiner Familie waren hier, warten Sie mal, vier Frauen, ein Säugling und ein alter Mann eingesperrt. Ob man die Eintragungen noch finden kann?

Hier herrscht Ordnung, meinte Herr von Tippelskirch.

Gesine hat ihm so bildhaft geschildert, was im Grauen Haus geschah, daß es sich in Staafs Gedächtnis gebrannt hat, daß er es vor sich sehen kann, als wäre er selber dabeigewesen.

Da ist das Außentor der Korrektionsanstalt. Er kann sich vorstellen, wie es sich krachend hinter Gesine schließt, daß sie verzweifelt ist und nur eines denken kann: Warum? Warum widerfährt das mir? Was habe ich verbrochen, daß Gott mich straft und dies alles erdulden läßt? Sie ist entstellt von der Schwangerschaft, aber immer noch hübsch, und wahrscheinlich dauert sie den Sergeanten, der sie am Außentor übernehmen und ins Innere der Anstalt führen muß. Geh! sagt er freundlich.

Aber sie kann sich nicht bewegen, sie steht vor dem hölzernen Steg, der den Burggraben anstelle einer Zugbrücke überspannt. Sie sieht, wie er sich zum Ende hin verjüngt auf ein weiteres Tor zu. Sobald sie geht, ist sie endgültig gefangen. Sie wird ihr Kind im Zuchthaus gebären müssen, sie werden es ihr wegnehmen, es zu einer Engelmacherin tragen. Sie spürt die saugende Tiefe des Grabens, der Grund ist Felsgestein. Ein Sprung, und alles wäre vorüber. Verzeih mir, Jesus Christus.

Komm, sagt der Sergeant.

Wieder fällt eine Tür ins Schloß. Sie muß tun, was man

sie heißt. Sie zieht sich splitternackt aus, und mit ihren Kleidern fällt alles ab von ihr, ihre Würde, jeder Gedanke an Jörn und jeder Gedanke an Gott und also jede Hoffnung. Da ist ein Arzt, der sie taxiert und betastet. Sie muß in den härenen Kittel schlüpfen, in das Büßergewand, und weint drei Tage und drei Nächte lang. Sie läßt sich gehen, läßt sich fallen und wäre abgestürzt ins Bodenlose, hätte sie nicht plötzlich das Kind in sich gefühlt, hätte sie nicht die mitleidigen Augen der Weiber gesehen, die den Schlafsaal mit ihr teilen.

Sie legt die Hände auf ihren Leib, fühlt das Leben und ist in der vierten Nacht getröstet, läßt sich zurücksinken in den Schlaf und erwacht mit Zuversicht.

Von diesem Morgen an erspart sie sich alles, was an ihren schwachen Kräften zehrt, die Tränen, das Aufbegehren gegen die Wächter, das Sichnichtfügenkönnen, die Angst, den Streit mit Mitgefangenen. Mitten in der Hölle des Grauen Hauses gewinnt sie wieder Hoffnung.

Jedenfalls ließ sie sich nicht unterkriegen, und eines sehr späten Abends, als der Werkmeister sie und ein Dutzend anderer Weiber endlich aus der Arbeit entlassen hatte, hörte sie Geschrei und erkannte unter den Frauen und Kindern, die bei Fackelschein eingetrieben wurden, ihre Mutter und ihre jüngeren Schwestern. Gesine blieb mitten auf dem Gefängnishof stehen und breitete die Arme aus. Die alte Wollner, Rieke und Stine liefen auf sie zu. Die Büttel duldeten es eine Weile sahen, daß sich die vier Frauen in den Armen lagen. Gesine war damals gerade achtzehn Jahre alt, aber eine starke Frau, anderen ein Halt und hatte lächelnd gesagt: Wie gut, daß wir zusammen sind. Nun können wir uns beistehen. Das ist ein Gewinn.

Als Staaf Tiedemann in Begleitung des Anstaltsdirektors und seiner Freunde vom Soldatenrat den weitläufigen, grobgepflasterten Hof überquerte, konnte er sich ein Bild machen, wie es seinen Leuten damals ergangen war, aber jetzt wollte er seinen Augen nicht trauen. Die Stundenglocke schepperte heiser, das mit schweren Eisenbändern gesicherte Turmtor öffnete sich knarrend und heraus schritten, je zwei und zwei, männliche Gefangene in einer gespenstischen Prozession. Sie waren wie Mönche in härene Kutten gehüllt, die Kapuzen hingen ihnen ins Gesicht, und jeder von ihnen ging gebeugt, als müßte er, wie weiland der Herr, das Kreuz nach Golgatha schleppen. Der Leidenszug wurde begleitet von stockbewehrten Bütteln.

Mein Gott, was ist das? rief Staaf.

Er und seine Kumpane blieben stehen, um die Männer an sich vorüberziehen zu lassen.

Von Tippelskirch erklärte: Schichtwechsel sozusagen. Wir haben humanen Strafvollzug. Und das meinte er im vollen Ernst. Kein Gefangener müsse länger als vier Stunden auf der Tretmühle arbeiten, es sei denn, es handele sich um ganz und gar verstockte Elemente. Selbstverständlich wären die Leute nach der Strapaze erschöpft und verschwitzt und müßten der Vorsorge halber diese Kutten tragen.

Vielleicht als einzige Zuchtanstalt in deutschen Landen verfügte das Graue Haus zu Güstrow über die kunstvolle technische Einrichtung, die schon in der Antike bekannt war, eine von Menschenkraft betriebene Maschine, ähnlich einem Göpelwerk, in welchem Pferde oder Ochsen im Kreise gehen. Das Mahlwerk schrotete Getreide jeder Art, zum Vorteil des Hauses wie der Stadt. Es konnte sogar Mehl von feinster Qualität mahlen, und das bei geringsten Kosten, denn die Arbeitskräfte brauchten nicht entlohnt zu werden.

Diese Maschine war Ende des achtzehnten Jahrhunderts in einem der Ecktürme des einstigen Residenzschlosses eingebaut worden. Ein gewaltiger Wellenbaum führte von der ebenerdig gelegenen Mühle durch eine Öffnung des Gewölbes bis hinauf unters Dach des Turmgeschosses. Auf der kreisrunden Arbeitsfläche von beträchtlichem Radius war die Welle in Brusthöhe der Gefangenen mit einem Gestänge versehen, es strebte wie die Speichen eines gewaltigen Wagenrades von der Achse ab, und die Gefangenen hatten nichts anderes zu tun, als sich gegen das Holz zu stemmen und es stundenlang vor sich her zu schieben.

Die Luft im Turm war feucht und schwül, als die fünf Leute vom Soldatenrat die Arbeitsbühne betraten. Es stank wie in einen Raubtierkäfig, und die Abgeordneten fühlten sich ins finsterste Mittelalter versetzt. Sie sahen ein Dutzend Männer wie Galeerensträflinge ans Holz gefesselt, dort hingen sie nackt bis zum Gürtel in den Sielen, der Schweiß floß ihnen von der Stirn über den Leib. Und jetzt erinnerte sich Staaf, daß ihm Mala von ihrem Vater Schmul Rosenzweig erzählt hatte, die Qualen seien unerträglich gewesen, weil man sich der gefesselten Hände wegen nicht einmal ins Gesicht habe fassen können, um sich den ätzenden Schweiß aus den Augen zu wischen.

Es war brütend heiß im Turm, und die Mühle rumpelte und ratterte, daß kein einziges Wort zu verstehen war. Die Männer vom Soldatenrat mußten Herrn von Tippelskirch ganz nahe rücken. Der Direktor stand an der Wand und verteidigte die Torturen. Verwahrloste, Streuner, Diebe, Ausländer, heruntergekommene Arbeiter. Renitent und aufsässig alle miteinander.

Staaf schrie: Das rechtfertigt die Folter nicht!

Und von Tippelskirch brüllte zurück: Die Kriminalität, sie steigt und steigt. Es scheint, als hätte das Volk allen Halt verloren.

Redepennig, der Maat, begriff sehr wohl, daß der Anstaltsdirektor nicht nur die Delinquenten beschimpfte, sondern ebenso ihn und seinesgleichen meinte, die es wagten, in Frage zu stellen, was seit hundert Jahren für Recht und Ordnung gegolten hatte.

Halten Sie das Maul, sagte Redepennig. Er zog eine Trillerpfeife, die er an einem goldenen Kettchen in der Brusttasche verwahrte, und verschaffte sich mit gellenden Pfiffen Gehör.

Aufhören! Anhalten!

Anhalten! Anhalten! riefen die Sträflinge einander zu.

Das Poltern der Mühle ebbte nach und nach ab, bis sie schließlich stille stand, und die Büttel brauchten nur ein Weilchen, um die Gefangenen von ihren Ketten zu lösen, dann lagen sich die gequälten Männer und ihre Befreier in den Armen, einige weinten fassungslos.

Von Tippelskirch betrachtete die Szene mit kaltem Widerwillen. Das wird Folgen haben.

Hoff ich doch sehr, meinte der Maat. Aber zunächst sollte der Herr Kommandant eine Zeitlang am eignen Leibe erfahren, was er den armen Menschen Tag für Tag zugemutet hatte. Er ließ sich einen Schlüssel reichen, und einige der Häftlinge waren nur zu gerne bereit, von Tippelskirch zu packen und unter dem Gejohle der Mitgefangenen an das Gestänge zu ketten.

Staaf Tiedemann hatte inzwischen mit Unterstützung zweier eingeschüchterter Wärter ein gutes Dutzend Beile aus der Werkstatt des Zuchthauses herbeigeschafft, und nun tobte sich für wenige Minuten der lang aufgestaute Haß aus. Die Gefangenen zerschlugen und zerhackten die Tretmühle wie im Rausch. Nicht einmal die uralte Riesenwelle hielt der Wut der Gefangenen stand, sie brach unter den Hieben. Zum Schluß war nur noch ein einziger Streben intakt, nämlich jener, an dem von Tippelskirch hing.

Der Maat rief: Feierabend!

Er warf dem Sekretär Pfahl den Schlüssel zu, und dann verließen sie die Folterstätte.

Als der Sekretär seinen Dienstherrn von der Kette löste, fragte von Tippelskirch: Sind die Namen dieser sogenannten Volksvertreter registriert?

Alle, versicherte der Sekretär Pfahl mit Genugtuung, und er mußte Herrn von Tippelskirch führen und stützen, denn dem war während des wüsten Spektakels der Kneifer zertreten worden.

5

Das ist Klevenow …

Staaf Tiedemann war, von Malchin kommend, zur Höhe hinaufgeradelt. Nun schaute er ins Land.

Alle Fluren, die sich bis zum Horizont breiteten, in der natürlichen und anmutigen Abfolge von Wiesen, Feldern, Gewässern, Dörfern und Waldungen, gehörten den Schwänen von Klevenow und würden wahrscheinlich einmal Hogans Eigentum sein, der fest glaubte, es sei von Gott gewollt, daß die Schwäne durch ihren Besitz erhoben waren über das Volk in den Hütten und Häusern.

Die Weiden und Koppeln prangten beinahe sommerlich unter der Novembersonne und schwangen sich abwärts bis zu den Bäumen des Parkes, die eine Rasenfläche umringten, groß genug, um Hunderte von Rindern grasen zu lassen.

Dahinter ragte das Schloß. Es galt als eines der stolzesten und größten in Mecklenburg und hätte gut und gerne die herzogliche Familie mit dem gesamten Hofstaat beherbergen können.

Staaf, wie er dort oben stand, auf das Fahrrad gestützt, und schaute, war angerührt vom Liebreiz der Landschaft.

Graf Friedrich II. Schwan, Hogans Urgroßvater, hatte in der Mitte des vorigen Jahrhunderts, genauer gesagt im Revolutionsjahr 48, mit Agnes Schlieffenbach, einer Dame aus dem Potsdamer Adel, Hochzeit feiern wollen und Sorge gehabt, Mecklenburg könne seiner feinsinnigen Braut zu roh und ungestalt erscheinen. Das wollte er ändern. Die

Schlieffenbachs besaßen Einfluß bei Hofe in Berlin und hatten den jungen Grafen mit Peter Josef Lenné bekannt gemacht. Von dem redete alle Welt, seit er Sanssouci so prachtvoll aufgeschmückt hatte. Friedrich einigte sich mit dem Mann, und so kam es, daß der Gärtner des Königs von Preußen den Schwänen von Klevenow dienstbar wurde. Der geniale Landschaftsgestalter hatte über lange Zeit hinweg ein ganzes Heer von Tagelöhnern beschäftigt, die bei knappestem Entgelt und mit einfachstem Gerät die Region um Klevenow dem Gesetz der Schönheit unterwarfen. Mitten ins offene Feld wurden Bäume gesetzt oder kleine Wäldchen gepflanzt, ergänzt durch gürtelartige Baumstreifen, die den Wind brechen und den Herden Zuflucht bieten sollten, bei großer Hitze wie bei rauher Witterung.

Friedrich Schwan, der passionierte Landwirt, freute sich über die neu angelegten Wege, die seine Triften und Schläge zweckmäßig verbanden, und für die junge Gräfin aus Potsdam war es wesentlich, daß alle Pflanzungen und geschwungenen Pfade auf ästhetische Wirkung berechnet waren. Sie wünschte sich Landschaft und Architektur zu einem harmonischen Ineinander der Dinge gefügt und verlangte deshalb, daß ihr Gemahl das Schloß aufstocken ließ, bis seine Dächer die Baumkronen überragten, und auch die Kirche mußte einen höheren Turm bekommen, damit er weithin künden konnte: Hier ist Klevenow, hier ist es schön!

Staaf genoß den Blick ins Land. Zwar standen die Bäume des Parkes unbelaubt, aber über ihnen leuchteten die roten Dächer des Schlosses, es wirkte, geschmückt mit Zinnen und Zacken und von einem Turm gekrönt, wie eine Burg aus dem Märchenbuch.

Als Staaf hinunterradelte, bemerkte er, daß sich sogar die Hütten der Tagelöhner hübsch und ordentlich ins Ganze fügten. Jedermann konnte sich durch Augenschein versichern, daß es selbst den Geringsten im Schatten des mächtigen Schlosses wohl erging.

Den Schwänen war es tatsächlich gelungen, ihre ästhetischen Prinzipien durchzusetzen. Staaf dachte an jene, die nicht ins Bild gepaßt hatten, wie die schwangere Gesine zum Beispiel, der doch die Frau Gräfin den Heiratskonsens verweigert hatte. Oder wie Jörn, Gesines Liebster, der damals aufbegehrt hatte. Sie alle wurden den Branntweintrinkern, den Dieben oder Streunern gleichgesetzt, nach Bützow oder ins Graue Haus verbracht. Graf Friedrich hatte zwar nicht die Armut besiegt, wohl aber die Armen verschwinden lassen.

Staaf lehnte sein Fahrrad gegen die Friedhofsmauer.

Er betrat den Kirchhof und schritt durch die Reihen der Gräber. Sie waren wegen des Totensonntags mit frischem Tannenreisig bedeckt und mit Wachsblumen geschmückt, aber er suchte vergeblich nach einem Stein, der den Namen Tiedemann oder Wollner trug. Später bemerkte Staaf, daß die Kirchentür offenstand, er nahm die Mütze ab und trat ein.

Der Chor lag in einem Dämmerlicht, an das sich das Auge erst gewöhnen mußte. Einige der prächtigen Epitaphien waren am Mauerwerk angebracht, grob aus dem Sandstein geschlagene Standbilder alter Ritter oder ihrer steifen Damen, alle aus dem Geschlecht der Schwäne. Manche waren bemalt und zeigten die hohen Dahingegangenen in altertümlicher Tracht, mit gefalteten Händen einander zugewandt, sie verstellten die Buntglasfenster und schwächten auf solche Weise das Tageslicht.

Am reichsten war die Apsis ausgestattet. Hinter dem schlichten Altar öffnete sich kein Flügelschrein, aber die gesamte Rückfront war mit den vergoldeten Wappenschildern der Schwäne wie ihrer hochadligen Gemahlinnen geschmückt, eine glänzende Ahnengalerie. So wurde auf einen

Blick offenbar, daß man die Kirche von Klevenow nicht nur zum Ruhme Gottes, des Allmächtigen, gebaut hatte, sondern ebenso zur Ehre des Geschlechts der Grafen Schwan.

Noch ehe er die Apsis erreichte, entdeckte Staaf Tiedemann vor der weiß gekalkten Wand, auf einem Balken ruhend, altersschwarzes Schnitzwerk mit dem leidenden Christus. Das mußte das Triumphkreuz aus Wargentin sein. Gesine hatte noch davor gebetet.

Und dann sah er den alten Mann, der mit einem feinen Pinsel an einem der Epitaphien strichelte, um die verwitterte Schrift zu erneuern: Die ehrenfeste fruwe Anna Schwanen, 1483.

Der Mann hatte gewiß seine siebzig Jahre auf dem Buckel, schneeweißes, dichtes Haar, war aber hoch gewachsen und rüstig. Er wendete sich um, legte den Pinsel beiseite und ging ein paar Schritte auf den Jungen zu, um ihn zu mustern. Staaf steckte immer noch in seiner Soldatenuniform, von der er alles entfernt hatte, was ans Militär erinnerte, die Kragenspiegel, die Schulterklappen, die blanken Knöpfe. Staaf deutete auf das schwärzliche Schnitzwerk und fragte: Ist es das Triumphkreuz von Wargentin?

Woher wissen Sie davon?

Meine Familie stammt aus Klevenow und Wargentin, sagte Staaf. Er zeigte auf die goldfunkelnde Apsis. Von den Mächtigen wird alles aufbewahrt, Geburtstag, Sterbetag, aber ich finde nichts, was an meine Leute erinnert. Kein Grab, keinen Stein, keinen Namen. Es ist, als hätten sie gar nicht gelebt.

Wie hießen sie denn?

Vom Vater her Tiedemann und Wollner mütterlicherseits.

Der Alte sagte kein Wort, und es dauerte eine Weile, bis er winkte. Bitte kommen Sie.

Er führte Staaf in die Sakristei und schleppte eines der

Kirchenbücher heran, in dem er blätterte und blätterte, bis er fand, was er dem Besucher zeigen wollte: Die Männer von Wargentin kamen unter das Beil, die Weiber samt der Kinder sind fortgeführt ins Graue Haus nach Güstrow.

Der Alte sah Staaf lange und forschend ins Angesicht. Es ähnelte einem anderen, das er vor einem halben Jahrhundert mit Haß betrachtet hatte. Niemals würde es verblassen in seiner Erinnerung, und es erschien ihm bis heute in seinen Träumen mit den Augen eines Racheengels, die ihm folgten, wohin er sich auch wendete. Er senkte den Blick ins Buch. Eine Träne sickerte ihm die Wangenfurche abwärts. Dann sagte er: Hier steht von einem Tiedemann: 1870, beigesetzt Jan Tiedemann, von dem schwanger ist Mala Rosenzweig. Sie soll schreiben dürfen: Mala, genannt Tiedemann.

Staaf lächelte. Das ist meine Großmutter.

Wieder starrte der Alte dem Jungen lange ins Gesicht. Er sagte endlich: Ich bin Jörn, der Bruder von Jan.

Staaf trat unwillkürlich einen Schritt zurück, als müßte er Abstand schaffen zwischen sich und diesem Menschen.

Der Mörder?

Der Alte nickte. Er deutete zur Türe hin. Ich zeig dir, wo sie liegen. Meine Schwester, die schon als Kind an Auszehrung starb, und mein Bruder, beide in einem Grab. Das hat Gesine so gewollt, damit die Kleine einen Helfer hat beim Jüngsten Gericht.

Sie verließen die Kirche, und der Alte führte Staaf bis zur Friedhofsmauer. Keine Einfassung, kein Stein, von rechts und links rückten die Grabstellen näher und bedrängten beinahe einen Totenkranz, der lehnte an einem Rosenstrauch mit armdickem Stamm. Die Rose war weit über das Feldsteingemäuer verzweigt und würde sommers überschäumend blühen.

Ich hab sie gepflanzt, sagte der Alte. Ich hab mich ein

Leben lang vor mir selbst zu rechtfertigen versucht, mich wund gegrübelt und angeklagt, und ein Leben lang gedient, Gott und meiner Herrschaft, um von meiner Schuld abzutragen. Ich bin Jörn Schlöpke. Bringst du es fertig, mich wie einen Verwandten beim Vornamen zu nennen?

Staaf mußte sich überwinden, ehe er den Namen wiederholte: Jörn.

Und wer bist du?

Ich bin Staaf, eigentlich Gustav Tiedemann, die Frauen in der Familie haben den Kosenamen erfunden. Ich war immer in der Obhut der Weiber. Großväter hab ich nicht gekannt. Mein Vater Alwin war der Sohn deines Bruders und ein Säufer. Er hat mich zusammengeschlagen. Ich war erleichtert, als er endlich zu Tode kam.

So hörte sich der Junge reden und erschrak mit einemmal, denn das klang beinahe, als wollte er sich dem Alten nähern im Gedanken an den tödlichen Haß, den sie beide empfunden hatten gegenüber einem Menschen, der ihnen verwandt war.

Ich wußte nicht, daß ich den eigenen Bruder getötet hatte.

Aber du hast ihn ohne Not erschossen.

Ich weiß, daß ich schuldig bin, sagte Jörn. Hast du Gesine noch gekannt?

Sie starb ja erst kurz vor dem Kriege.

Jörn sagte: Sie ist unbarmherzig gewesen, sie hat mich verstoßen. Das war meine bitterste Stunde. Ich hoffe zu Gott, daß er mir gnädiger ist, wenn seine Stimme erschallt, wenn er uns aufruft aus den Gräbern, damit wir uns vor dem Richterstuhl Christi offenbaren und empfangen, je nachdem wir gehandelt haben bei Leibesleben, es sei gut oder böse.

Staaf verblüffte ein wenig, wie bibelfest der Alte reden konnte. Er sagte: Meine Großmutter Mala ist auch eine fromme Frau.

Es hieß, sie ist jüdisch.

Staaf lächelte. Sie ist fromm, und sie ist gut.

Er neigte sich vor dem alten Grab. Dann wollte er zu seinem Fahrrad zurück.

Du willst fort. Warum jetzt schon? Und wohin?

Staaf hob die Schultern.

Der Alte wirkte, als wäre er bei bester Gesundheit, aber er war ja längst über siebzig und wußte, daß er Tag für Tag abnehmen mußte an Leibeskraft und Lebenszeit, und es erschien ihm wie eine Fügung, daß dieser junge Tiedemann gekommen war, möglicherweise, um ihn vor seinem Tode zu erlösen oder wenigstens abzulösen, beim Hüten des Rosenstrauches an der Mauer. Er wollte ihn zurückhalten, für eine Weile aufhalten.

Als er dem Jungen aber bis zum Friedhofstor nachgeeilt war, hielt dort die gräfliche Kutsche. Im Fond lehnte Armgard Schwan.

Staaf nickte ihr zu. Er kannte sie ja von Laudeck her und wunderte sich, daß er sie kaum verändert fand mit ihrem kugelrunden, glatten Gesicht unter der schneeweißen Pagenfrisur.

Da war der alte Jörn zur Stelle. Er öffnete den Schlag, um Staaf vorzustellen.

Das ist ein Tiedemann, Frau Gräfin.

Er kommt mir bekannt vor.

Von meiner Einsegnung, Frau Gräfin, sagte Staaf. Sie hatten eine teure Zigarre in den Sand geworfen. Ich hab sie aufgehoben und durfte sie behalten.

Hast du sie wenigstens aufgeraucht? wollte die Erblandmarschallin wissen.

Wir haben sie geteilt, der Hogan und ich, ebenso eine Flasche Samos, und hinterher um die Wette aus dem Turm gekotzt.

Herrlich, die alte Gräfin lachte. Und was suchst du in Klevenow?

Die Vergangenheit, sagte Staaf, aber auch Arbeit.

Ich möchte ihm helfen. Der alte Jörn sah der Gräfin grade ins Gesicht. Deshalb kann ich nicht mit dir aufs Schloß, liebe Armgard. Staaf und ich müssen hinunter zum Gärtnerhaus. Dort wird er erst einmal Quartier nehmen.

Die Erblandmarschallin winkte. Bitte steigt ein, ich laß euch nach Hause fahren.

6

Im Gegensatz zu dem klotzigen hundertfenstrigen Sitz der Schwäne in Klevenow ist Schloß Laudeck immer ein bescheidenes Herrenhaus gewesen, ebenerdig und mit hohem, gaubengeschmücktem Dach. Leider war es heruntergekommen, als dort vor Jahrzehnten Iduna Schwan Schwan residiert hatte, eine Roman- und Reiseschriftstellerin, die zu ihrer Zeit viel gelesen wurde, mit Vorliebe dort, wo ihre Geschichten handelten, in den gehobenen Kreisen.

Von Iduna Schwan Schwan stammte der Spruch, Poesie könne sich niemals entwickeln beim Blöken der Schafe, beim Klappern der Geräte oder gar dort, wo hungrige Kinder nach Brot schrien, deshalb sei ein großes literaturwürdiges Schicksal nur dem Adel vorbehalten.

Die Einnahmen aus ihrer Schriftstellerei hatten leider nicht ausgereicht, Schloß und Ländereien ordentlich zu unterhalten, so daß der Gutsbetrieb im Jahre 1870 per Gerichtsbeschluß stillgelegt werden mußte. Die Tagelöhner waren ohne Arbeit, und tatsächlich starben damals einige der Kinder aus den Katen am Hunger.

Laudeck fiel in den Besitz der Klevenower Schwäne zurück und erlebte, nach dem Sieg des deutschen Heeres über das französische Kaiserreich, eine triumphale Renaissance. Die Schwäne hatten in patriotischer Pflichterfüllung ihren riesigen Marstall beinahe vollständig geräumt, um die deutsche Kavallerie und Artillerie mit bestem Pferdematerial zu versorgen, nun partizipierten sie vom Kriegsgewinn. Das Laudecker Schlößchen konnte im modischen Tudorstil aufgestockt und erweitert werden und wurde sogar an jeder Ecke mit einem zinnenbewehrten Rundturm geschmückt, bald prangte es, schneeweiß gekalkt, vor den Bäumen des Parkes, unter ihnen immergrüne Nadelgewächse, hundertjährige Küstendouglasien und sogar ein noch älterer Mammutbaum mit dicker, rissiger Borke.

Im Jahre 1919 war Laudeck noch immer schön und majestätisch anzusehen, aber leider stand nicht alles zum besten. Walter Schwan und Gräfin Lenelotte hatten Sorgen, ihr Besitz war wieder einmal dem Bankrott nahe, und ein Siegfrieden für Deutschland, der sich auch für Laudeck ausgezahlt hätte, war nicht zustande gekommen.

Walter Schwan war niemals ein passionierter Landwirt gewesen, vielmehr ein großer Jäger vor dem Herrn, nun ein etwas übergewichtiger Mann, der sich leichtfüßig auf dem gesellschaftlichen Parkett bewegen konnte und sich bald nach der deutschen Niederlage parteipolitisch engagiert hatte. Als Mitglied bei den Deutschnationalen war er sogar in die Nationalversammlung gewählt worden und hoffte nun, daß ihm ein Regierungsamt in Berlin aus der finanziellen Misere heraushelfen könnte.

Das Bündnis zwischen General Groener und den Sozialdemokraten hielt nicht ganz, was sich Walter Schwan davon versprochen hatte. Ihn erbitterte die Unfähigkeit der Zivilisten in den Regierungsämtern, besonders die Hilflosigkeit des neuen Finanzministers Erzberger, der nicht in der Lage war, die Inflation zu stoppen. Er hatte sich eine einheitliche, progressive Einkommen- und Erbschaftssteuer ausgedacht, die auch die großen Vermögen belastete. Gottlob war es mit Hilfe der Sozialdemokratie in letzter Minute gelungen, diese Steuerreform zu verhindern.

So war die Lage, als Jost Schwan im späten Herbst nach Laudeck heimkehrte.

Bis zu diesem Zeitpunkt hatte er als Offizier gedient,

jetzt hatte er seinen Broterwerb, wie viele Hunderte anderer Militärs und Abertausende von Mannschaften, durch die Demobilisierung verloren. Deutschland wurde lediglich ein Hunderttausendmannheer zugestanden, also nicht mehr, als eine dürftig bewaffnete Bürgerkriegsarmee.

An der Abendbrottafel tröstete die Mutter den heimgekehrten Sohn.

Sieh es doch mal so, mein Junge, die Soldatenräte haben die gräßlichsten Dinge zu verantworten – in Kiel soll ein deutscher Offizier mir nichts, dir nichts erschossen worden sein –, diese Soldatenräte werden sich mit der Auflösung des Heeres ebenfalls in nichts auflösen. Da müssen wir ja den Alliierten direkt dankbar sein.

Sie lächelte, und Graf Walter hob seiner gescheiten Gemahlin das Glas entgegen.

Jost erzählte von dem Angebot, sich den baltischen Eliteeinheiten anzuschließen. Sie wurden von der Regierung als heimliche Militärreserve angesehen und boten gute Verdienstmöglichkeiten für Offizierskorps wie Truppe. Er hatte abgelehnt, weil ihn der Ordenscharakter abstieß, der fanatische Geist dieser schwarzen Reichswehr, die auf nationales Ethos eingeschworen war und die abscheulichsten Massaker an Andersdenkenden heiligte, jeden Fememord. Einige schwärmten davon, vom Baltikum aus in Deutschland die Monarchie wieder einzuführen. Er tauge ebenso wenig zum Schwärmer wie zum Fanatiker, sagte Jost.

Und das gräfliche Elternpaar nickte ihm beifällig zu, es war sich diesmal einig, daß Jost auf Laudeck abwarten solle, wie sich die deutschen Dinge entwickelten. Nach einem Politikwechsel wäre eine militärische Karriere nicht ausgeschlossen, er könnte notfalls auch studieren, und schließlich sei Großmutter Armgard, die Erblandmarschallin, auch noch da, leider kapriziös bis ins Alter und nicht bereit, den Laudeckern finanziell beizuspringen.

Ist es denn wirklich so schlimm? fragte Jost.

Gräfin Lenelotte nickte bekümmert, und Walter Schwan nahm sogar das Wort Konkurs in den Mund.

Großer Gott!

Klevenow ist dir als Erbe sicher, mein Sohn. Und die deutsche Politik kann es sich auf Dauer nicht leisten, den Großgrundbesitz zu benachteiligen.

Und nun erzählte Walter Schwan von einem Ereignis, das seine Hoffnung auf eine Wende nährte. Dieser Tage nämlich hatte die Nationalversammlung einen parlamentarischen Untersuchungsausschuß eingesetzt, der die Frage der deutschen Kriegsschuld klären sollte. Man war so unverfroren gewesen, den legendären Generalfeldmarschall Paul von Hindenburg vor den Ausschuß zu laden, und der Mythos von Tannenberg war erschienen, um dem Geschmeiß, unter das sich ein Mensch mit dem Namen Cohn gemischt hatte, eine Lektion zu erteilen. Er stand, hoch aufgerichtet, und beantwortete keine einzige Frage, sondern verlas eine Erklärung und berief sich auf einen englischen General, der gesagt hatte, die deutsche Armee sei von hinten erdolcht worden. Schluß und großer Abgang.

Der Winter gab sich grimmig in diesem Jahr. Für den Kirchgang am Heiligen Abend wählte Gräfin Lenelotte einen Nerz mit Kapuze, der ihr schmeichelte, Graf Walter hatte sich von Brümmer in den mit schwerem Biberpelz gefütterten Mantel helfen lassen, und das Paar schritt gemächlich die schön geschwungene Treppe zur Halle hinab. Neben dem Weihnachtsbaum stand Jost. Er trug Uniform, über die er den feldgrauen Soldatenmantel geworfen hatte. Auf solch schlichte Weise gekleidet, würde der junge Graf der Gemeinde der Gläubigen gefallen, wenn er an der Seite der hohen Eltern das weihnachtlich geschmückte Gotteshaus betrat.

Die Gräfin jedenfalls betrachtete ihren Sohn mit Wohlgefallen, sie zupfte korrigierend an seiner Kleidung herum, wie das wohl alle Mütter tun, und küßte ihn zärtlich auf die Wange. Man wartete plaudernd, gleich würde Brümmer erscheinen, um zu melden, daß die Kutsche vorgefahren sei.

Da wurde mit einemmal energisch gegen das Portal geschlagen. Der Diener war unterwegs, Jost mußte selber öffnen. Der Wind riß ihm beinahe die Tür aus der Hand, die Kälte wehte wie Rauch herein, und aus dem Nebel traten sechs junge Männer, nahezu vollständig uniformiert, immerhin trugen sie Tornister mit Sturmgepäck, hatten aber, um ihr martialisches Aussehen ein wenig zu mindern, seidene Tücher um den Hals geschlungen.

Jost schloß verblüfft das Portal, nachdem er die Männer eingelassen hatte. Gräfin Lenelotte faßte mit einer Hand den Pelz unterm Kinn, als fröstelte sie, und Graf Walter hob die Brauen. Der Führer des Fähnleins knallte die Hacken zusammen, um sich vorzustellen.

Von Ahrensberg.

Ich bin Walter Schwan, sagte der Graf ungehalten, und im Aufbruch, wie Sie sehen.

Jetzt erst erkannte Ahrensberg den Grafen Jost. Er trat auf ihn zu, um ihm kräftig die Hand zu schütteln. Das nenne ich eine Überraschung. Ahrensberg – Sie müssen sich erinnern, mein Lieber. Bahnhof Bützow – der unglaubliche Krawall.

Ja, ja. Jost fühlte sich unbehaglich und erklärte dem Vater: Das ist ein Kriegskamerad.

Der hob das Kinn und ergänzte: Baltikumer.

Jost mußte ihn seiner Mutter vorstellen. Mama, das ist der Freiherr von Ahrensberg. Herr von Ahrensberg, das ist Lenelotte Gräfin Schwan auf Laudeck und Klevenow, meine Mutter.

Er nannte die Adelstitel in voller Länge, Ahrensberg

sollte wissen, bei wem er eingedrungen war. Und wieder knallte der Offizier die Hacken zusammen, schien aber kaum beeindruckt.

Ob nun ein Freiherr oder nicht, kein Mensch hatte das Recht, die Schwäne in ihrer Gewohnheit zu stören, und niemand durfte sie hindern, an Weihnachten den Gottesdienst zu feiern.

Die Gräfin lächelte verbindlich. Vielleicht schauen Sie morgen mal auf einen Löffel Suppe herein. Sehen Sie – sie blinzelte nach den Schulterklappen, um den militärischen Rang des Fähnleinführers auszumachen –, Herr Oberleutnant, es weihnachtet sehr.

Von Ahrensberg scherzte unverfroren: Wir kommen heute schon, Gnädigste, nicht hoch vom Himmel her, sondern im Auftrag des pommerschen Staatsministeriums, und bringen gute Mär, nämlich Sicherheit für Ihre Familie. Er zog ein Legitimationspapier aus der Kartentasche, das übergab er an Walter Schwan und sagte dann: Die Männer können notfalls im Stall biwakieren wie die Heilige Familie seinerzeit. In Bethlehem hat's ja auch kein Hotel gegeben. Dann wurde er ernst. Wir sind vom Sturmbataillon Roßberg, bis tief in den Dezember hinein im Baltikum gewesen. Wenn ich mal vorstellen darf: Die Kameraden Binder, Billerbek und Köpke, Ebert und Witzke.

Die Herren verbeugten sich hackenknallend, und ihr Führer sagte schließlich: Bißchen müde nach all der Anstrengung, hungrig, aber unerschrocken wie eh und je, kampfesmutig, und wenn es sein muß, bereit, jedem Spartakisten den Schädel einzuschlagen.

Erst sollten wir zum Gottesdienst gehen, sprach Lenelotte Schwan.

Und so geschah es, daß am Weihnachtsabend 1919 die Familie des Patrons von Laudeck erst in allerletzter Minute die Kirche erreichte.

Viele ihrer Untertanen sprangen erschreckt aus dem Kirchengestühl auf, als Graf und Gräfin durch den Mittelgang schritten, gefolgt von einer uniformierten Kohorte, deren Nagelstiefel auf dem steinernen Boden hallten und knallten, während die Orgel hymnisch tönte:

Tochter Zion, freue dich …

Geflüster in der Kirche, Geraune, Verwunderung.

Die Unruhe wich erst, als Pastor Wegener die uralte Geschichte erzählte:

Es begab sich aber zu der Zeit, daß ein Gebot von dem Kaiser Augustus ausging, daß alle Welt geschätzt werde … da machte sich auch auf Joseph aus Galiläa mit Maria, seinem vertrauten Weibe, die war schwanger …

7

Es war spät am Heiligen Abend, als ein einsamer Wanderer durch die schneehelle Nacht stapfte. Staaf Tiedemann hatte in Stettin den Anschlußzug verpaßt und war erst gegen zweiundzwanzig Uhr in Frauenburg aus dem Abteil geklettert. Zum Glück traf er auf dem Bahnhof einen Frachtkutscher, der noch ein paar Kisten edler Festtagsweine an eines der Gutshäuser liefern mußte. Der Mann hatte sich überreden lassen, ihn bis zur Postsäule mitzunehmen, die sich dort erhob, wo die Straße nach Laudeck von der Chaussee abzweigt. Von hier war es nicht weit bis nach Hause.

Weiße Weihnacht. Alle Kinder würden jubeln, wenn sie am ersten Feiertag erwachten und an die Fenster traten.

Staaf kam im tiefen Schnee kaum von der Stelle. Er hatte sich einen Stecken aus dem trocknen Gezweig am Wegesrand gebrochen, den er beim mühsamen Vorwärtsgehen als Stab zur Hilfe nahm, und er trug schwer an einem Rucksack, der gefüllt war mit Geschenken für die Seinen.

Wer den Mann in der Heiligen Nacht zu Gesicht bekommen hätte, der hätte wohl gemeint, er wäre dem Weihnachtsmann begegnet. Im Sack steckte der feinste Schnaps, gute Butter, Konserven, sogar seidener Stoff, aus dem sich die Frauen Blusen machen konnten, die teuersten der Mitbringsel aber waren für Anna bestimmt, ein Parfümflakon und schmale goldene Ringe.

Staaf kamen Bilder in den Sinn, die ihn erwärmten, während er sich durch den Schnee dem Dorf entgegenkämpfte.

Er konnte sich Anna vorstellen, wie sie vor ihm stand in der Pracht ihres Fleisches, weiße Brüste, die eine mit dem Tröpfchen, das er hatte schmecken dürfen, er würde es heute Nacht durch eine Perle von Kölnisch Wasser ersetzen und am Morgen nach dem Frühstück im Beisein der versammelten Familie das Kästchen mit den Verlobungsringen öffnen.

Er fühlte sich gut. Er hatte ein bißchen Geld in der Tasche, trug einen schmucken Anzug, Knickerbocker unterm Wintermantel. Er war ein Glückspilz.

Und er vergaß nicht den einen Abend in Klevenow, als ihn der alte Jörn, bei dem er wohnte, ins Zimmer rief und bat, sich an den Tisch zu setzen.

Der Alte hatte aus einem der Schübe des Biedermeiersekretärs eine Kassette geholt, Papiere ausgebreitet und dem verblüfften Staaf eröffnet, er, Jörn Schlöpke, wolle wenigstens einen Teil seiner Schuld an einem Tiedemann wiedergutmachen. Er setze Staaf zum Erben ein und überlasse ihm jetzt schon das geräumige Gärtnerhaus von Klevenow sowie einiges an Ländereien. Ein Notar in Malchin hatte wenig später die Schenkung amtlich besiegelt. Durch Vermittlung der Gräfin Armgard Schwan bekam Staaf Arbeit in einer Teterower Maschinenfabrik und hatte nichts dagegen, als ein Protegé der Frau Erblandmarschallin zu gelten, es ermöglichte ihm, innerhalb von Jahresfrist den Meisterbrief zu erwerben. Das hatte seinen ganzen Einsatz gefordert, dafür war ihm aber auch einiges an Selbstvertrauen zugewachsen.

Dann und wann waren des Abends im Gärtnerhaus Abgesandte erschienen, die ihn wieder für die Politik interessieren wollten, Männer, die sich seiner Redegewandtheit wie seiner Kühnheit aus der Zeit der Soldatenräte erinnerten, Spartakisten, Vertreter der Landarbeiterverbände. Der alte Jörn musterte sie mit scheelen Blicken, aber er brauchte sich um seinen Zögling nicht zu sorgen, denn Staaf nahm keinen der Anträge an.

Ich werde vierundzwanzig und brauch im Augenblick meine Kraft, um die Chance zu nutzen, die mir in Klevenow geboten wird, sagte er ihnen. Ich will Meister werden, ein Spezialist auf dem Gebiet des Landmaschinenbaus. Klopft wieder an, wenn ich mein Diplom in der Tasche habe.

Und er verzettelte sich nicht um schöner Weiber willen, die sich leicht erobern ließen. Er schlief mit der einen oder anderen, aber band sich an keine, er hatte die stolze Anna noch immer im Sinn oder im Blut, die schrieb ihm drängende Briefe, und er hielt sie freundlich hin, in seinem möglicherweise übersteigerten Selbstgefühl, und meinte wahrhaftig, er sei ein Kerl, auf den zu warten sich lohnen müßte.

Ich komme zu Weihnachten, hatte er geschrieben, und das soll ein Fest werden, wenn wir voreinander stehen.

Endlich hatte der Wanderer die Katenzeile von Laudeck erreicht, es konnte nicht mehr weit von Mitternacht sein. Nur ein Fenster leuchtete gelb in der Finsternis, das in der Einliegerwohnung.

Staaf klopfte an die Scheibe.

Wer da? hörte er Ettner rufen und antwortete gut gelaunt: Der Weihnachtsmann.

Ettner ließ ihn herein.

Zu Staafs Überraschung erhob sich seine Mutter von einem der Küchenstühle.

Mein Gott, Staaf! Es war ihr nicht recht, daß sie der Junge in der Wohnung des Nachbarn fand.

Nur hier brannte Licht, Mutter.

Grete sagte ein bißchen unsicher: Mala kriecht am liebsten mit den Hühnern ins Nest. Ab und an brauche ich einen Menschen, mit dem ich reden kann.

Der Junge streifte der Mutter zärtlich mit den Fingerspitzen über die Wange, um ihr aus der Verlegenheit zu helfen. Sie nahm es dankbar an und faßte nach seiner Hand.

Einen Schnaps? Ettner nahm die Flasche und schenkte ein.

Staaf nickte. Ich bin ja halb erfroren.

Grete erhob sich, schob abschiednehmend ihren Stuhl unter den Tisch. Sie wollte ihren Sohn aus der Einliegerwohnung locken. Komm mit nach drüben, Junge. Ich hab noch Glut im Herd. Eine Tasse Tee wird dich wärmen, und hungrig bist du sicherlich auch.

Staaf trank den Schnaps und reichte das Glas an Ettner, damit er es noch einmal füllen solle. Weißt du, Mutter, ich war so lange fort. Ein ganzes Jahr bin ich in Klevenow gewesen, und auch ich hätte so gerne ein paar Worte geredet, am liebsten mit Anna. Sie weiß, daß ich komm.

Da stand sie schon, die Schöne, wie aufs Stichwort, und lehnte sich gegen den Türbalken, nur mit dem Nachthemd bekleidet, die Arme wie fröstelnd gekreuzt.

Grete schüttelte bekümmert den Kopf, als sie das Mädchen sah.

Staaf ging ganz langsam auf Anna zu. Er wollte sie küssen, aber sie wendete ihr Gesicht, und er dachte noch, die brauchte sich vor den Alten wirklich nicht zu genieren. Da sagte sie: Ach, Staaf –

Er kramte in der Tasche, bis er die Schachtel mit den Verlobungsringen fand, öffnete sie, zeigte ihr die schmalen goldenen Reife und nahm einen heraus, den wollte er ihr an den Finger stecken, da sagte sie wieder: Ach, Staaf …

Sie winkte ihn zur Schlafzimmertür hinüber, die sie sachte aufstieß, damit er in die Kammer blicken konnte, und er dachte, daß sie behutsam wäre wegen des Kindes, das nicht im Schlaf gestört werden durfte. Da erblickte er seinen jüngeren Bruder in Annas Bett. Hein grinste ihm dümmlich entgegen, und Staaf mußte ein Weilchen um Fassung ringen. Er verkrampfte die Hände zu Fäusten, und als er den Krampf wieder lösen konnte, warf er einen der Ringe seinem Bruder zu, den anderen gab er der bleichen Anna in die Hand.

Schenk ich euch.

Ettner sagte wie zur Entschuldigung: Das Aufgebot ist bestellt. Silvester soll die Hochzeit sein.

Staaf nickte. Er ging mit seiner Mutter fort.

Und dann kommt Silvester.

Laudeck erscheint dem Betrachter an diesem strahlenden Wintertag makellos schön und wie für die Postkarte zum Jahreswechsel gemalt. Die Dächer tragen Hauben aus wattigem Schnee, der Rauch steigt schnurgerade aus den Schornsteinen auf, die Sonne leuchtet orangerot im kalten Himmelsblau und vergoldet die Fluren.

Geschäftigkeit in jedem Haus. Man rüstet zum Fest.

Aufregung und fröhlicher Lärm in den Küchenräumen des Schlosses. Zwei Knechte haben gleich nach dem Frühstück eine Wanne mit lebenden Fischen treppab balanciert und dabei eimerweise das Wasser verschwappt. Dann steht der Bottich zu ebener Erde, randvoll mit dicken, zuckenden Karpfen. Ein jeder muß mit kräftigem Knüppelhieb getötet werden.

Die Köchin hat den Brümmer zur Hilfe gerufen, der Mann versteht sich auf den gezielten Todesschlag, dennoch entgleiten ihm ein paar Fische, sie glitschen zappelnd über die Fliesen hin, und die Küchenjungfern kreischen, als wollten ihnen die kalten, schleimigen Karpfen unter die Röcke.

Wollt ihr das Maul halten! Dämliches, albernes Weibervolk! Die Herrschaft muß sich ja erschrecken.

Die Mamsell zählt Pfannen und Kasserollen zum zweitenmal. Wird das Geschirr denn reichen? Heut sind die Roßberger bei der Herrschaft zu Tisch, sechs kräftige Männer, die sich satt essen wollen.

In beinahe jedem Laudecker Haus wird zu Silvester Fisch gereicht. Den Leuten kommt es auf die Schuppen an. Ein paar von ihnen muß man im Portemonnaie verstecken, Schuppen sind das Sinnbild für Geld, das ist knapp geworden in diesem Jahr.

Die Tiedemanns aber haben Schweinebraten für die Hochzeitstafel bestellt, sie wollen bei Rogalla in der Ausspanne feiern, Mala kämpft manchmal noch mit ihrem Gewissen, wenn sie an Schweinernes denkt, obwohl es ein halbes Jahrhundert her ist, daß sie genötigt war, koscher zu essen, aber Rindfleisch wäre zu teuer gekommen, wenngleich Ettner als der Brautvater die Kosten tragen will. Das ist mehr als billig, erstens will es der Brauch so, und außerdem war er es, der das halbe Dorf zur Tafel geladen hat, die Tagelöhner, die Mägde und die Knechte aus den Ställen, die Kollegen, wie er sagt. Nichts geht über gespicktes Rinderfilet in Sahnesoße mit Apfelrotkohl und Klößen, aber Rogalla versteht sich auch auf die Zubereitung preiswerter Gerichte, zum Beispiel eben auf Schweinefleisch, das er mit Rotwein beizt, er nennt es Burgunderschinken, dazu gibt es Sauerkraut mit Semmelknödeln und zur Öffnung des Magens erst mal ein Hochzeitssüppchen, eine Hühnerbouillon mit Eierstich.

Also auf zur Ausspanne. Sie liegt am anderen Ende des Dorfes, ein stolzes, gut erhaltenes Geviert von Schenke, Scheuer und Ställen, und Rogalla, der Wirt, sieht beinahe so aus wie sein Vater und Großvater, als sie um die fünfzig gewesen sind, stattlich, ein Mann mit Bauch. Rogalla ist kahlköpfig, dicknasig und hat einen glubschig geilen Blick, wenn er die Weiber taxiert, unter denen manchmal eine zu finden ist, die nach Feierabend im Hinterstübchen wartet, bis seine dicke Alte endlich in der Schlafkammer schnarcht.

Nachdem selbst der Kaiser im holländischen Exil das Küchenholz mit eigener Hand hacken muß, hat Rogalla gelernt, auch weniger honorige Gäste mit Respekt zu begrüßen, Hauptsache die Kasse stimmt in diesen Zeiten.

Er verneigt sich vor der jungen Frau Anna im weißen Hochzeitskleid. Sehr hübsche Person und viel zu schade für diesen spacken Hein.

Herzlich willkommen, die Herrschaften. Und nun hereinspaziert, bitteschön.

Die Gaststube mit der uralten Balkendecke ist zur Feier des Tages umgeräumt. Die Tische sind hufeisenförmig zueinander geschoben, mit Linnen und bestem Steinzeug gedeckt, Stühle für gut dreißig Gäste zurechtgerückt, Kerzen flackern wie bei feinen Leuten, und in der Ecke hat sich eine Zweimannkapelle plaziert, Geige und Ziehharmonika. Die beiden Musikanten sehen fremdländisch aus, womöglich Zigeuner, Rogalla wird sie im Auge behalten. Jedenfalls beherrschen sie ihr Metier, das Akkordeon dröhnt, als wäre ein halbes Orchester am Werk, und die Geige zwitschert einen Gassenhauer: Schenk mir doch ein kleines bißchen Liebe, Liebe …

Also hereinspaziert, bitte!

Rogalla läßt die Gäste vorbeidefilieren, er macht die Honneurs, zuerst der jungvermählten Anna und ihrem Mann. Niemals hat unter meinem Dach eine schönere Braut gefeiert. Da haben Sie aber Glück gehabt, Herr Tiedemann.

Schmeichelndes Wort, neidischer Blick.

Eine der Saaltöchter führt das Paar zu den hohen Stühlen an der Tafelmitte, die mit Girlanden umwunden sind.

Jetzt kommt Grete, weiße Bluse unter dem Umschlagtuch, das sie von der Schulter nimmt. Sie hat wieder den vergrämten Zug um die Mundwinkel.

Warum so traurig, Frau Grete? Heut ist ein schöner Tag für die Familie. Und großes Erstaunen, das ist Staaf Tiedemann?

Junge, hast du dich rausgemacht! Ingenieur für Maschinenbau, wie man hört.

Meister.

Gratuliere.

Nun tritt Mala ein, eine würdevolle Matrone in schwarzem, festlichem Kleid mit biesenverziertem Oberteil, und wahrhaftig, sie trägt das breite Samtband um den Hals mit der Agraffe aus falschen Steinen, immerhin funkeln sie wie echt. Sie hat Annas Tochter im Arm, ein reichliches Jahr alt ist die kleine Gesine, ein freundliches Kind. Es lächelt mit offenem Mäulchen und zeigt dem Rogalla die ersten beiden Zähnchen vor.

Niedliches Kind. Und Sie sehen ja geradezu majestätisch aus, Frau Tiedemann. Erst mal siebzig und schon eine Urgroßmutter. Gott, wie die Zeit vergeht.

Mala lächelt. Sie lauscht der Musik, sie hört die Geige und muß an Schmul Rosenzweig denken, ihren Vater, der an beinahe nämlicher Stelle, auf Rogallas Tenne, zum Tanz aufgespielt hat.

Mala darf sich mit ihrer Urenkelin neben dem Brautpaar niederlassen. Auf der anderen Seite sitzen Grete und Staaf.

Und nun können sie zusehen, wie der Wirt dem Ettner und seinen Kollegen vom Pommerschen Landarbeiterverband ihre Plätze an der Tafel zuweist. Viele der Leute kennt Staaf nicht mehr. Grete zischelt ihm zu, wer sie sind, Hans oder Heinz, Martha oder Minna, und schildert sie mit knappen Worten als fleißig oder faul, als geizig oder versoffen, und dieser schmucke, schlaksige Mensch dort ist Tadeusz Wiczorek, ein polnischer Melker, der hält jeden Groschen zusammen und wird es genießen, sich heute kostenlos den Wanst vollzuschlagen.

Beinahe als letzte kommt ein junges Mädchen herein, wohl kaum sechzehn Jahre alt, mit dünner Taille und schwerer Brust, sie knickst zum Brautpaar hin, sie lächelt dem Staaf entgegen, als kennte sie den seit einer Ewigkeit.

Grete sagt: Das ist Franzka, die Stumme, ein polnisches Stallmädchen. Sie wird überall herumgestoßen.

Kaum hat jeder Platz gefunden und seinen Stuhl zurechtgerückt, da wird schon von Rogallas Mägden die Suppe herangetragen. Sie dampft und duftet in den Tellern, die kleine Gesine bekommt den hungrigen Blick und stößt knurrende Laute aus.

Gleich, meine Hübsche. Mala bindet dem Kind eine gewaltige Serviette um und verknotet die Zipfel hinten am Hals.

Als die Musik verstummt, hört man es schlürfen und schmatzen, aus dreißig Mäulern zugleich, und die Löffel klappern den Takt dazu.

Jetzt erhebt sich Ettner und klopft ans Glas.

Ach, die Rede – Geseufz und Gezischel und endlich Ruhe im Saal. Ettner sagt: Hier sitzen die Tiedemanns, sechs seit heute, ein Ettner, na, und ihr, liebe Kollegen aus dem Stall und aus der Nachbarschaft. Ich bin Annas Vater, seit heute der Schwiegervater von Hein …

Auch Chef vom Pommerschen Landarbeiterverband, ruft Wiczorek vom Ende der Tafel dazwischen.

Richtig, Tadeusz. Ettner nickt. Also sag ich ruhig mal zu euch allen: Meine liebe, große Familie.

Beifall und Zustimmung von jedermann, Gelächter.

Meine liebe, große Familie. Endlich haben wir unsere Anna unter der Haube. Das Kind hat wieder einen Vater, niemand kann sich mehr freuen als ich …

An dieser Stelle wischt sich Grete die Augen und faßt nach Staafs Hand, die sich zur Faust verkrampfen will.

Also, niemand kann sich mehr freuen als ich.

Hein reckt den Arm in die Höhe. Ich!

Du kriegst ja auch ein gutes Mädchen, sagt Ettner und fährt fort: Ihr freut euch, wir freuen uns, den lieben Gott wird es freuen, daß wir so schön laut in der Kirche gesungen haben. Was kann uns passieren? Glückwunsch euch beiden. Es mag euch wohlergehen, uns anderen auch.

Lautes Stühlerücken, alle erheben sich, sie stoßen an und trinken. Wer sich mag, küßt sich schmatzend und sieht zu, daß er die Beine wieder unter den Tisch stecken kann.

Bloß Mala bleibt hochaufgerichtet stehen.

Setz dich, Großmutter, sagt Staaf. Aber die alte Frau denkt nicht daran.

Ich bin die Älteste von den Tiedemanns. Ich will auch eine Rede halten.

Leises Gemurre in der Runde. Auch das noch, wo man schon bei der Suppe gestört worden ist.

Grete ruft mahnend: Der Burgunderschinken, Mutter!

Die Alte läßt sich nicht beirren.

Ich bin lange auf der Welt und hab vieles erlebt, mehr Schlechtes als Gutes. Das Schtetl brannte, zu viel Feuer, zu viele Kriege, zu viele Tote, zu viele Tränen. Es ist schlimm, wenn die Jungen vor den Alten in die Grube müssen. Ich denke an unseren Max.

Als sie das sagt, schweigt auch der letzte, jeder starrt aufs Tischtuch, bis auf Anna. Sie blickt kalt aus dem Augenwinkel und sagt: Wir sind nicht auf einer Beerdigung, Großmutter. Sie will, daß es heiter zugeht an ihrem Hochzeitstag. Wozu ist Musik bestellt? Und nach dem Essen wird einer als Spaßmacher auftreten wie bei jeder ordentlichen Hochzeitsfeier, ein Mann, der die zweideutigen Witze erzählt.

Staaf schiebt den Stuhl zurück, er tritt neben seine Großmutter, um ihr begütigend eine Hand auf die Schulter zu legen.

Mala sagt zu ihrem Enkel: Ich hätte auch gerne so eine hübsche Hochzeit gefeiert wie Anna und Hein, aber Jan, mein Liebster, wurde umgebracht, da war er noch jünger als dein Bruder. Wir waren immer schlecht dran, weil wir nicht wußten, wie wir uns wehren sollten. Wir waren nicht stark genug.

An dieser Stelle wird sie von Ettner unterbrochen.

Hör mal zu, wir sind schon dreißigtausend Mitglieder im Landarbeiterverband. Wir lassen uns nicht mehr alles gefallen!

Das bestätigen viele an der Tafel, sie klopfen mit den Knöcheln auf den Tisch. Dann stoßen sie an und trinken mit Mala auf mehr Gerechtigkeit für die Armen.

Aber nun sucht jeder eilig seinen Platz, denn die Küchentür wird mit kräftigen Füßen aufgetreten, Rogallas Saaltöchter tragen auf Satten und Platten die Hauptmahlzeit heran, Burgunderschinken mit Sauerkraut und Klößen.

Recht guten Appetit!

Anfangs speisen die Hochzeitsgäste andächtig, als gelte es, das Abendmahl zu zelebrieren wie weiland am Tische des Herrn. Man vermeidet es, mit dem Besteck allzu wild auf dem Teller herumzuscharren, man genießt.

Auch während der Notzeit gegen Ende des Krieges hat es bei den meisten der Tagelöhner von Laudeck satt zu essen gegeben. Sonntags das Huhn im Topf, ein Stück von der Brust oder vom Bein für jeden und als Zugabe für den Hausherrn das gebratene Leberlein, montags und dienstags Kartoffelbrei mit der Hühnerbrühe in der Delle, mittwochs der Mehlpudding, gesüßt mit eingedicktem Rübensaft. Was im eigenen Garten fehlte, wurde heimlich vom gräflichen Acker geholt, Möhren zum Beispiel, mit etwas Speck geschmälzt zur Suppe geeignet, die noch für Freitag reicht, und sonnabends gab es Pellkartoffeln mit Hering. Der Laudecker Forst ist als wildreich bekannt, und die Schlingenstellerei wird bereits von den Kindern geübt. Also gibt es nächsten Sonntag vielleicht sogar Hasenbraten, und Montag darauf das Leberlein und Dienstag Schwarzsauer aus den Rippen und Lappen, dann kommt wieder der Mehlbrei an die Reihe mit klebrigem Rübensaft und so weiter.

Aber wer hätte jemals Burgunderschinken gegessen?

Bald stöhnen die Gäste in Genüßlichkeit und Wohlbehagen und verdrehen die Augen, die Klöße sind zur Neige gegangen, jetzt stippt man Semmelbrocken ins Fett, schleckt und leckt sich die Lippen und wischt sich das triefende Kinn.

Dann wird es doch noch laut an der Tafel, schließlich muß man den Braten loben, die Gastgeber, den Koch und den Wirt. Darauf trinken wir einen doppelten Köm und gleich einen zweiten für die Verdauung. Rogalla hat reichlich vorgesorgt. Am Ende bleibt nur noch so viel vom Burgunderschinken, daß es für die Küchenmägde zum Kosten reicht. Die Katzen müssen mit leichtem Fußtritt aus der Küche getrieben werden und fauchen vor Wut, weil nicht ein Fitzelchen für den Freßnapf übriggeblieben ist.

Das Brautpaar verabschiedet sich. Die kleine Gesine greint, sie muß rasch zu Bett. Anna flüstert dem Hein was ins Ohr, der hat keine Lust zum Aufbruch, bis sie ihn unter dem Tischtuch so weit oben am Schenkel faßt, daß er sich doch überreden läßt.

Zwei Kammern sind bei Rogalla gemietet. In die eine ziehen sich Hein und Anna zurück, und jeder versteht es, wenn es die beiden auch schon hundertmal miteinander getrieben haben, auf die Hochzeitsnacht kommt es an.

Na denn, gute Verrichtung! Wir hängen ein Glöckchen an den schmiedeeisernen Kronleuchter, wir zählen mit.

Bald verschwindet auch Lina, Gretes einzige Tochter, die zu einem sehr hübschen Mädchen herangewachsen ist, gerade achtzehn Jahre alt, mollig, blondes Gekräusel über dem runden, rotwangigen Gesicht. Lina hat ihre Locken zu einem dicken Zopf geflochten, mit einer riesigen Taftschleife geschmückt und sieht so niedlich aus, als ginge sie noch zum Konfirmandenunterricht, dabei hat sie es faustdick hinter den Ohren, schon das dritte Jahr ist sie bei Silberzweig in Frauenburg als Lehrmädchen angestellt. Kurzwaren, also Wolle, Nähseide, Knöpfe und solche Sachen, und heimlich mit dem Herrn Stankowski verlobt. Der ist zehn Jahre älter als sie, angehender Steuersekretär, ein hübscher Mann mit Kneifer und leichtem Ansatz zum Kropf. Er faßt Lina heimlich bei der Hand und drückt sie, und dann schleichen sie beide hinauf in die zweite Gästekammer.

Die übrigen wollen wenigstens ins Jahr hinein feiern. Heut, an Silvester, haben wir tüchtig zulangen können, neunzehnhundertzwanzig soll es uns noch besser gehen. Schöne Aussichten. Also laßt uns lustig sein. Die Musikanten geben sich alle Mühe.

Die alte Mala sieht auf die tanzenden Paare. Man kann nicht behaupten, die würden sich leichtfüßig oder anmutig drehen, wahrscheinlich haben sie zu viel vom Schinken in sich hineingestopft oder beim Köm nicht Maß gehalten. Schwitzende Männer, keuchende Frauen, sie stampfen und trampeln bei der Polka so hingebungsvoll auf den Dielen herum, daß die Flöhe erschreckt aus den Ritzen springen.

Mala denkt, vor fünfzig Jahren, auf Rogallas Tenne, war es Schmul Rosenzweig, ihr Vater, der die Geige kratzte, und die Leute staunten, was ein Jude alles kann. Gorski aus der Schnitterkaserne hat versucht, mit der Harmonika, der Melodie zu folgen, die schwermütig war, aber so rhythmisch fordernd, daß sie ins Blut ging, daß ein jeder tanzen oder wenigstens mit der Fußspitze den Takt klopfen mußte. Ist's nicht das Lied vom Joschka gewesen?

Joschke, Joschke, spann den Loschek ...

Nun erscheint ihr der Jan, ein Hüne, er lächelt, sie lächelt, und sie starren sich verwundert an, weil es grade hier, auf Rogallas Tenne geschieht, daß sie aufeinander zugehen müssen, als hätten sie sich ein Leben lang erwartet.

Darf ich bitten!

Schon hat sie der Junge an erhobener Hand mitten hinein in den Trubel geführt, das ist ein Kerl, und keiner kann besser tanzen als er.

Jetzt kommt das Lalalei, lalalei … kreiselnde Drehung, hoch auffliegender Rock, noch einmal der Wirbel und dann der weitgreifende Schritt.

Joschke, Joschke, spann den Loschek …

Wir tanzen, daß es die Zuschauer mitreißt, sie stehen um uns im Kreis und schlagen mit den Händen den Takt, anfeuernd, schneller und schneller, bis dem Schmul Rosenzweig die Saite reißt.

Tusch, Geschrei und Riesenapplaus.

Heut gähnen die Leute, und nur wenige rühren die Hände, als die Musik verstummt. Dabei ist es noch eine Stunde bis ins neue Jahr. Tadeusz, der polnische Melker, bringt der Zweimannkapelle zur Stärkung ein frisch gezapftes Bier.

Mala erhebt sich, schlendert hinüber zu den Musikanten, sagt: Prosit! und redet schließlich auf die Männer ein. Sie ist die Älteste aus der Tiedemann-Sippe, aber sie wünscht sich wildere Musik, und zwar das Lied vom Joschke.

Man hat es auch in Polen gesungen, ihr müßtet es gehört haben. Tadeusz, du kennst es doch auch?

Sie summt die Melodie, sie singt ein paar Worte, bis sie endlich nickt. Jetzt habt ihr es, so ging das Lied. Es wird die müden Gäste von den Stühlen reißen. Die beiden Zigeuner legen sich ins Zeug.

Joschke, Joschke, spann den Loschek …

Tadeusz schlägt auffordernd in die Hände, schon klopfen viele mit den Füßen, und Mala hebt auffordernd die Arme. Mit einemmal spricht sie jiddisch, zum Erstaunen der Gäste, und scheint selber erstaunt, daß sie's noch kann: Der Rebbe hot geheisen, wollt ihr frejläch sein, trinkt bronfn, nischt kein Wein.

Da ist Staaf schon aufgesprungen und kredenzt seiner Großmutter den geforderten Schnaps. Sie trinkt sich Mut an und beginnt, mit hoher, zittriger Stimme zu singen:

> Joschke, Joschke, spann den Loschek,
> er soll schneller loifen,
> falls er aber schten bleibt,
> wolln wir ihm nicht koifen …

Bald sitzt nur noch die Stumme am Tisch, die anderen stehn in weitem Kreis um Mala herum, sie wiegen sich im Rhythmus der Musik, und dann tanzt Mala wahrhaftig, läßt die Röcke kreiseln und ein wenig sich heben und winkt sich den Brautvater heran. Der holt Grete an seine Seite, die Grete den Staaf, der greift sich eine der Saaltöchter, die nimmt den Tadeusz bei der Hand, bis alle im Kreis einander die Arme um die Schultern gelegt haben und, so miteinander verbunden, den Reigen tanzen.

Die Stumme schaut ihnen zu, mit einem Lächeln, halb belustigt, halb traurig.

Hol doch die Franzka, sagt Mutter Grete zum Staaf.

Aber sie hört doch nichts.

Grete meint, diese Musik könne man fühlen.

Am Ende tanzen alle, selbst Rogalla wird in die Reihe gelassen und singt begeistert Lalalei, lalalei.

So vergißt er die Zeit und wird erst von der Kirchenglocke daran gemahnt, daß die Mitternachtsstunde geschlagen hat.

Prosit Neujahr!

Der Wirt spendiert eine Stubenlage.

*

Die Silvesterfeier im großen Saal des Laudecker Schlosses war beinahe so stilvoll zu Ende gegangen, wie sie begonnen hatte. Erst kurz vor Mitternacht kam es zu einem Eklat.

Nur wenige Gäste waren geladen, Pastor Wegener mit seiner Frau, dazu die sechs Roßberger. Die Männer erschienen rasiert und mit frisch gewaschenen, seidenen Halstüchern. Sie hatten in der Nacht vorher ihre angefeuchteten Uniformhosen Naht auf Naht gelegt, nach Soldatenart unter das Laken geschoben und darauf geschlafen, damit sie sich tags darauf mit scharfer Bügelfalte der gräflichen Familie vorstellen konnten.

Von Ahrensberg hatte seine Mannschaft vergattert, sich zurückzuhalten und sich auf keinen Fall vollaufen zu lassen. Man werde gleich nach Mitternacht aufbrechen und sich im Quartier zünftig besaufen. Schnaps und Bier standen dort bereit.

Also gute Figur machen, Männer, Eindruck schinden. Ich verlaß mich darauf.

Tatsächlich hielt sich das Fähnlein an den Befehl seines Führers. Die Männer hatten angestrengt mit den Lidern gezwinkert und nicht zu gähnen gewagt, solange Gräfin Lenelotte am Flügel saß, in großer Abendrobe, übrigens schulterfrei, um gar nicht mal schlecht Chopin zu spielen, traurige Walzer, die Jost Schwan so liebte.

Auch er war in Uniform. Das Soldatische prägte am Silvesterabend das Bild. Die Gäste unterhielten sich gut, bis es eine Stunde vor Mitternacht dem Pastor Wegener einfiel, Philosophisches aus seiner Predigt vom letzten Sonntag zu wiederholen.

Er sprach, es sei ein hartes Jahr gewesen, und sie dürften nicht totschweigen, daß es keinesfalls bergauf gegangen sei, sondern bergab, daß es nicht heller geworden sei, sondern dunkler, daß wir Lasten tragen müßten, die untragbar seien, und fragte dann als geübter Rhetoriker: Ist es nicht angesichts all dieser Tatsachen ein Wunder, daß unser Volk trotz allem durchgehalten und gearbeitet hat, gebaut und gestrebt, gegründet, geschrieben und geschafft? Es hat gesät und geerntet – er wiederholte – geerntet und blickte fragend in die Runde. – Warum? –, um dann im hohen Kanzelton die Antwort zu verkünden: Wir haben es Gottes Gnade zu danken, daß er es nicht zum Äußersten hat kommen lassen nach dem verlorenen Krieg. Alles ist dem Herrn zu danken, sein Segen war uns gewiß.

Die Frau Pastor hing an den Lippen ihres Mannes und nickte beglückt. Das hat er wieder mal schön gesagt, nicht wahr?

Von Ahrensberg sagte: Na gut, Herr Pastor, Gott sei's gedankt, aber auch diesen Männern am Tisch. Sie haben nach dem Krieg das Ihre getan und tun es bis heute, im Baltikum und anderswo.

Und nun muß sich der Teufel ins Gespräch gemischt haben. Der Pastor hatte nicht so diszipliniert den Punsch gemieden wie die Roßberg-Truppe. Er hatte kleine Augen und schloß die Lider zu engen Schlitzen, als er auf Scheußlichkeiten zu sprechen kam, die sich im Baltikum zugetragen hatten oder an der Rampe des Schlachthofes von München, was ganz gewiß nicht Gottes Wille gewesen sei.

Von Ahrensberg wies den Pastor zurecht, indem er von gut und böse sprach. Jawohl, sie haben massenhaft töten müssen, die Kameraden – das Böse. Und auch wir haben töten müssen, doch um Himmels willen nicht, um intelligente menschliche Wesen umzubringen, wir haben eine Ideologie umgebracht, bolschewistisches, spartakistisches und undeutsches Gedankengut. Es ging uns darum, eine abscheuliche Idee zu zerstören, eine antichristliche dazu. Und das sollte Gott dem Herrn mißfallen, Herr Pastor?

Gräfin Lenelotte ließ die Punschgläser neu füllen und mußte all ihren Charme aufbieten, um das unerfreuliche Gespräch in nettere Bahnen zu lenken, und sie war sehr besorgt um ihren Sohn, dessen Miene sich mehr und mehr verfinsterte, bis er sich sogar gegen Herrn von Ahrensbeg stellte.

Der wollte nämlich wissen, wo genau man auf Laudeck Karabiner, Maschinengewehre und Munition einigermaßen sicher deponieren könne.

Warum, verdammt noch mal, rief Jost, läßt man das Zeug nicht in den städtischen Magazinen?, und er mußte sich vom eigenen Vater belehren lassen, daß es vaterländische Pflicht sei, die Waffen vor den Kontrolleuren des Feindbundes zu verstecken. Nach dem Schandvertrag von Versailles solle dem deutschen Volk alles genommen werden.

Und wie leicht können wir selber in Teufels Küche kommen, mein Junge. Rot oder tot, so stellt das Gesindel die Frage. Wir müssen gewappnet sein.

Bald schlug es Mitternacht. Man stieß mit Sekt auf das neue Jahr an und nickte einander zu. Dann verabschiedeten sich die Soldaten aus dem Baltikum, indem sie die Hacken gegeneinander knallten, und verließen das Schloß.

Frostklare, schneehelle Neujahrsnacht. Die Männer hörten Fetzen von Gesang, der von weit herüberwehte: Joschke, Joschke, spann den Loschek ... Sie sahen vereinzelte Lichter durch die Nacht tanzen, die Laternen der Leute aus den Katenzeilen vom anderen Ende des Dorfes, die heimwärts stolperten. Und dann, als sie ihrer Unterkunft im Wirtschaftstrakt des Laudecker Gutes schon nahe waren, kam ihnen das tanzende Mädchen in den Weg.

Franzka wußte nicht, was Musik ist, selbst vom Dröhnen der Kirchenglocken vernahm sie in ihrer Taubheit nichts, und hatte dennoch ein nie gekanntes Glücksgefühl verspürt, als sie sich mit den anderen lachenden Leuten im Tanz drehte und wiegte. Ich fühl deine Hand, Staaf, den Druck deiner Finger auf meiner Schulter. Da ich nicht höre, kann ich viel stärker fühlen als andere Menschen und gehorche dem Befehl deiner Hände. Ich laß mich gerne so führen und weiß, wann ich den weiten Schritt machen muß und wann die Drehung, und ich bin selig, weil ich mit euch empfinden kann, ich bin glücklich, weil ich eins bin im Takt mit euch, obwohl ich das Lied gar nicht höre. Joschke, Joschke ... Ich fühl es, ich lache, ich tanze, ich dreh mich im Kreis, mit geschlossenen Augen.

Wen haben wir denn da?

Sie fühlte den groben Zugriff, öffnete, noch immer lächelnd, die Augen und sah sich von Männern umringt.

Das Mädchen konnte nicht sprechen, aber in der Not stieß es gellende Angstschreie aus.

Billerbeck hielt ihr den Mund zu, andere drehten ihr die Arme auf den Rücken. Es fehlte noch, daß Knechte oder Mägde zusammenlaufen, ehe dem Weibstück das Geringste zugestoßen war.

Die ausgehungerten Soldaten erregten sich, als sich Weiberfleisch so wild und ungestüm zwischen ihren Händen wand. Sechs Männer, ein Gedanke, von Ahrensberg, der Führer des Fähnleins, ohne dessen Befehl in diesem Haufen nichts geschieht, sprach ihn aus.

Das ist die Stumme. Sie kann nichts verraten. Und eine Orgie zu sechst hatten wir noch nicht.

Die Stalltür stand offen. Hinein mit dem Weib. Dort steht die Laterne, macht Licht.

Von Ahrensberg war es, der sie mit seinem parfümierten Seidenschal knebelte. Zwei andere umklammerten ihre Arme, so daß sie wie von Schraubstöcken gehalten wurde. Wer die Hände frei hatte, riß ihr die Kleider vom Leib. Bald stand die Fünfzehnjährige, splitternackt, mit dünner Taille, schweren Brüsten und hängendem Kopf. Sie machte X-Beine und bepißte sich in der Angst. Dieser Anblick schärfte die Geilheit der Baltikumer, sie johlten auf und zogen nacheinander blank.

Der Oberleutnant zuerst.

Von Ahrensberg befahl: Ich wünsche sie aufgebockt.

Im Nu wurden Strohballen zurechtgezerrt und die Stumme hinaufgeworfen. Zwei Männer waren gerne bereit, die Lafette in Feuerstellung zu bringen, wie sie das im Landserjargon nannten. Sie spreizten dem Mädchen die Beine, knickten sie gewaltsam und bogen sie bis zur Brust zurück, daß der Führer des Fähnleins bequemen Zugang hatte. Der machte sich zuvor einen Spaß und stieß ihr seinen Zeigefinger in die Scheide.

Her mit dem Licht.

Der Finger war blutig, als er ihn zurückzog.

Eine Jungfrau. Kaum zu glauben.

Glückwunsch, Herr Oberleutnant.

Er nahm sie als erster. Und nun Beeilung, Kameraden. Die Zeit ist knapp.

Sie rammelten sich wie die Hasen zum Höhepunkt, und jeder wurde beklatscht.

Binder war als letzter an der Reihe. Er wollte das verzerrte Gesicht des Mädchens nicht sehen. Dreht sie mir um, ich will sie von hinten. Weil sich das Mädchen nicht bewegen wollte, drosch er auf sie ein, bis sie zusammenbrach.

Der Binder hat es ihr am besten gemacht. Beifall von der Truppe.

Dann suchten sie das Weite.

Erst nach einer Weile gelang es der armen Franzka, sich den Knebel aus dem Mund zu ziehen.

Sie schrie wie ein Tier.

Wiczorek hatte den gräßlichen Schrei gehört und das Mädchen gefunden. Es lag wie gerädert in Blut und Dreck, hob ihm wimmernd die Arme entgegen wie ein Kind, das Trost bei der Mutter sucht.

Der Melker strich ihr über das Haar, es war feucht von kaltem Schweiß, er sah das seidene Tuch und wollte es nehmen, um ihr das Gesicht zu trocknen, steckte es aber vorsichtshalber ein.

Ich bin bei dir, Franzka.

Er wickelte das Mädchen in eine Pferdedecke und hob Franzka sachte auf. Blick zum Schloß hinüber, einige Fenster sah der Melker noch erleuchtet, aber dann dachte er an das Halstuch und scheute sich, das Opfer dahin zu bringen, woher seine Schänder doch offensichtlich gekommen waren.

Wiczorek tappte mit seiner Last bis zur Katenzeile am Ausgang des Dorfes. Im Tiedemannschen Katen brannte noch Licht. Der Melker schlug gegen die Tür.

Mala öffnete spaltbreit. Was ist?

Franzka vergewaltigt.

Jesus Christus! Die alte Frau bekreuzigte sich und ließ Wiczorek mit seinem Bündel herein.

Ettner und Staaf machten sich unverzüglich auf den Weg, um Rogalla herauszuklopfen. Der beugte sich unwirsch aus dem Fenster, war aber bereit, ein Gespann auszuleihen, als er hörte, daß man noch in der Nacht einen Arzt von Frauenburg heranholen mußte, und besorgte Laternen, damit die Männer nicht vom Wege abkamen in der Dunkelheit.

Am nächsten Morgen flog die böse Nachricht von Kate zu Kate, von Haus zu Haus. Die Leute sagten: Das neue Jahr fängt ja gut an, und meinten das Gegenteil. Manche ballten die Fäuste.

Die Männer aus dem Baltikum hatten sich auf Laudeck mit einem großen kahlen Raum in der Schnitterkaserne begnügen müssen, die außerhalb der Saison niemanden beherbergte.

Wer auf den Abtritt wollte, mußte über den Hof bis zu einem Verschlag in der Nähe des Misthaufens, und die Männer hatten wohl recht, wenn sie nach Landsermanier redeten, daß ihnen beim Abprotzen jedesmal der Arsch mit Grundeis ginge. Immerhin befand sich ein kleiner Kanonenofen im Quartier, er bullerte. In seine Nähe waren Tisch und Stühle gerückt, dort lümmelten von Ahrensberg und seine Mannen herum. Sie hatten bis zum Neujahrsmorgen gezecht und versuchten nun mißmutig, gegen die Folgen der nächtlichen Trinkerei anzusaufen. Katerstimmung. Nicht mal zum Pokern hatten die Männer Lust. Sie tranken und rauchten, und einige sangen ein sentimentales Lied.

> Wilde Gesellen, vom Sturmwind verweht,
> Fürsten in Lumpen und Loden …

Gegen Mittag trat, übel gelaunt, der Gutsherr ein, im biberpelzgefütterten Mantel, hochroten Kopfes. Er war in Begleitung von Ettner und Staaf Tiedemann, beide gaben Franzka das Geleit.

Von Ahrensberg faßte sich als erster und erhob sich vom Stuhl.

Wie kommt der Glanz in unsre Hütte?

Graf Walter sagte: Eine unglaubliche Geschichte. Es tut mir leid, meine Herren, aber ich muß Sie unterrichten. Er deutete auf Franzka hin. Dieses Mädchen, erst fünfzehn Jahre alt, ist in der Nacht mehrfach vergewaltigt worden, amtsärztliches Attest, nicht zu bezweifeln.

Überlebt hat sie es ja. Von Ahrensberg grinste. Da werden wir uns mal auf die Suche machen. Es soll hoch hergegangen sein beim Besäufnis der Tagelöhner im Krug.

Er starrte anklägerisch auf Ettner.

Graf Walter sagte mit Schärfe: Verdächtigt werden Sie und Ihre Leute.

Die Söldner riß es von ihren Stühlen, und nun standen sie breitbeinig, Seite an Seite, Daumen hinter dem Koppel.

Von Ahrensberg hielt den Kopf schief. Wer hat einen Verdacht?

Ich, sagte Ettner, ich bin vom Landarbeiterverband und habe Strafanzeige erstattet.

Binder schrie: Ausgerechnet so ein rotes Schwein!

Von Ahrensberg winkte den Angriff zurück. Jetzt keinen Skandal. Diplomatie war angesagt, er hatte sich in der Gewalt, aber nüchtern war er auch nicht. Er wirkte fahrig und übertrieb die Verbindlichkeit gegenüber dem Patron von Laudeck, indem er die Hand aufs Herz legte, als er beteuerte: Ich gebe mein Ehrenwort, ich wiederhole, lieber Graf, bei meiner Ehre, er suchte nach einem Wort, das seinen Schwur noch glaubhafter machen könnte, Gott oder Vaterland und dergleichen, kam aber stotternd noch einmal auf seine Ehre zurück.

Da sagte Staaf Tiedemann: Was man nicht hat, das kann man nicht verpfänden.

Ein Wutschrei. Die Baltikumer wollten sich auf Tiedemann stürzen, aber von Ahrensberg verhinderte es mit einem Kommando, das jeden gut dressierten Hund zum Kuschen bringt: Aus! und versicherte noch einmal, die

Anschuldigungen seien erstunken und erlogen. Ehrenwort!

Ettner gab der Franzka einen Wink. Sie zog das seidene Halstuch aus der Jackentasche, und Staaf fragte: Gehört es Ihnen, Herr von Ahrensberg?

Der verweigerte eine Antwort und bat den Grafen: Schicken Sie diese Leute weg!

Walter Schwan nickte. Er gebot: Nehmt die Stumme mit, sie darf ein paar Tage krank feiern, und ich zahle ihr ein Schmerzensgeld.

Als die drei verschwunden waren, sagte von Ahrensberg: Eine dreckige, politische Denunziation.

Vielleicht, meinte Walter Schwan und demonstrierte, daß auf Laudeck er das Kommando hatte. Er sprach mit größtem Nachdruck: Ich muß Sie bitten, das Gut unverzüglich zu verlassen. Es ist das Gebot der Klugheit, Herr von Ahrensberg.

Der Oberleutnant hob die Schultern. Sie werden uns zurückholen, spätestens, wenn die roten Hunde los sind, und wir werden zurückkommen, wahrhaftig nicht um ihretwillen, Graf Schwan auf Laudeck und Klevenow, sondern, um mit dem Gesindel abzurechnen.

8

An einem dunklen Sonnabendnachmittag Ende Februar wurde Lenelotte Schwan im eigenen Haus von Mala Tiedemann überrascht und war im Augenblick verstimmt. Sie würde das Personal ins Gebet nehmen müssen, das seine Pflichten offensichtlich vernachlässigte oder sogar verschlief.

Wie hätte diese Person sonst ins Schloß gelangen können?

Wie sie da steht, mitten in der Halle, dunkel gekleidet nach Altweiberart, im knöchellangen Rock, ein schwarzes Umschlagtuch um die Schultern, und lächelt verschmitzt. Womit wird man in Zukunft noch rechnen müssen? Vielleicht erscheinen nächstens Hausierer in der Halle, Scherenschleifer oder dieses Pack, das einem Mausefallen aufdrängen will. Wann tritt wieder Ordnung ein?

Gräfin Lenelotte begreift, daß der Gemahl sie vernachlässigen muß, um der schicksalhaften vaterländischen Dinge willen. Er trifft in Berlin und anderswo Männer, die große Namen tragen, wie den braven Lüttwitz oder den Ostpreußen Kapp. Neulich ist er sogar dem greisen Generalfeldmarschall Paul von Hindenburg begegnet, dem Hoffnungsträger aller national gesinnten Deutschen.

Auch Jost ist kaum daheim. Die Gräfin trägt allein die Lasten. Was für Zeiten!

Aber nichts kann die hohe Frau von Laudeck hindern, sich selber treu zu bleiben. Sie hat Stil, und wenn ihr kein Mensch beim Tee Gesellschaft leisten will, so nimmt sie ihn allein, sorgfältig zurechtgemacht, im wollenen Nachmittagskleid, als erwartete sie ein halbes Dutzend Damen von den Gütern, und sie hat Mühe auf ihre Frisur verwendet, das glänzende Haar straff zu einem deutschen Knoten gewunden.

So schreitet sie die schön geschwungene Treppe hinab, und mitten in der Halle steht also diese alte Frau, um sich jetzt zu verneigen.

Die Gräfin verbirgt ihren Unmut nicht. Es ist Sonnabendnachmittag, Frau Tiedemann, und kurz vor dem Tee.

Mala entschuldigt sich. Sonntag wollte ich nicht stören, Frau Gräfin, und wer weiß, was am Montag ist. Staaf, wissen Sie, hat uns eine Menge Geld geschickt.

Ach. Der junge Graf liegt seinen Eltern auf der Tasche, er hat seit der Demobilisierung keinen Pfennig verdient, und die Gutsgeschäfte laufen miserabel, aber den Tiedemanns hat jemand Geld geschickt. Die Gräfin denkt nicht daran, der alten Frau einen Stuhl anzubieten, sie ist eilig, gleich wird Frau Brümmer den Tee servieren, aber es interessiert sie doch, von diesem Staaf zu hören, der mit Jost gemeinsam konfirmiert worden ist und sein Bursche war. Wovon lebt Ihr Enkel eigentlich?

Mala geht das Herz über, wenn sie von Staaf erzählen kann. Jetzt will er noch den Meisterbrief als Kesselschmied erwerben. Er arbeitet auf der Werft und schreibt, heutzutage müsse einer Hans Dampf in allen Gassen sein. Wenn er von der einen Fabrik gefeuert wird, versucht er, in der nächsten anzufangen. Ja, und er hat uns eine Menge Geld geschickt, zweihundert Mark, denken Sie mal.

Bei diesen Worten suchte Mala in den Rockfalten nach dem Geldbeutel, ging zum Marmorkamin und zählte Geldscheine auf den Sims.

Gräfin Lenelotte rief unwillig: Was soll das, Frau Tiedemann?

Ich zahl wieder mal ab, so schwer es auch fällt. Mit den Zinsen müßten wir jetzt auf dem laufenden sein.

Das alles müssen Sie mit dem Laudecker Rentamt regeln, sagte Gräfin Lenelotte ungehalten.

Aber das arbeitet am Sonnabend nicht.

Dann müssen Sie am Montag einzahlen.

Mala antwortete: Ich möchte in Zeiten wie diesen eine so große Summe nicht unter der Matratze verwahren. Vielleicht kann ich mit dem Herrn Grafen reden, er weiß ja über alles Bescheid.

Mein Gemahl arbeitet bei der Reichsregierung in Berlin. Er ist nicht daheim.

Mala nickte verständnisvoll. Er muß dort sein Geld verdienen. Hoffentlich ist es genug. Bei den Landarbeitern steht seit Wochen die Löhnung aus.

Sie wird nachgezahlt, versicherte die Gräfin und sagte dann: Wir alle haben Sorgen, liebe Frau Tiedemann. Wir alle müssen rechnen und sparen.

Mala lächelte gutmütig. Nehmen Sie doch die zweihundert Mark, Frau Gräfin, dann haben Sie was im Haus.

*

Es war spät am Abend des zwölften März, als Walter Schwan endlich wieder in Laudeck eintraf.

Brümmer hatte den Grafen vom Bahnhof Frauenburg abgeholt, jetzt half er seinem Herrn vom Wagen herunter.

Danke, Brümmer.

Brauchen mich Eurer Gnaden noch?

Gehen Sie schlafen, Ihre Frau wird warten.

Danke.

Er fuhr zur Remise hinüber, um dort die Kutsche abzustellen. Einer der Stallknechte übernahm die Pferde, sie dampften, der Patron hatte es eilig gehabt, nach Hause zu kommen. Er war eine Ewigkeit in Berlin gewesen, drei Wochen oder länger.

Gräfin Lenelotte erwartete den Gemahl in der Halle.

Jost stand bereit, seinem Vater aus dem Mantel zu helfen.

Morgen, sagte Walter Schwan und wiederholte bedeutungsschwer: Morgen. Er blickte sichernd zur Treppe hin, überflüssige Besorgnis, die Gräfin beteuerte, das Personal sei samt und sonders aus dem Hause, auch Frau Brümmer, nachdem sie noch einen kleinen Imbiß gerichtet hatte, ein wenig kalten Braten, ein paar Salate. Es ist dir doch recht?

Der Graf nickte. Jost brachte den Mantel zur Garderobe, und sein Vater verschwand im Toilettenkabinett, um sich rasch zu erfrischen. Er duftete nach Lavendel, als er zurückkam, und verhielt sich eigenartig. Er trat schweigend zwischen Gattin und Sohn, schlang die Arme um beide, und so, verbunden zu Schwanscher Dreieinigkeit, führte er sie in das Kaminzimmer, genoß ein Weilchen den Anblick der züngelnden Flammen und löste schließlich die Umarmung, um eigenhändig die Tür zu schließen.

Morgen wird losgeschlagen, sagte er.

Gräfin Lenelotte atmete heftig, sie ließ sich zu einem der Kaminsessel führen.

Warum ausgerechnet an einem Dreizehnten, an einem Sonnabend? fragte sie.

Jost schenkte ein. Walter Schwan trank einen kräftigen Schluck, dann setzte er das Glas ab.

Es hat sich so ergeben. Der Vertrag von Versailles ist in Kraft getreten, die Heeresleitung muß fast eine halbe Million Soldaten entlassen. Wir haben bis zum Überdruß davon geredet. Nun ist es so weit. Zwangsläufig sind auch die Freikorps von der Auflösung betroffen.

Sie werden auch nicht mehr gebraucht, warf Jost ein. Seit von Ahrensberg in der Silvesternacht beteuert hatte, die massenhafte Tötung von Menschen habe edelsten Zwekken gedient, nämlich der Vernichtung des Bösen, hatte sich Josts Aversion gegen diese Eliteeinheiten verstärkt.

Sie werden nicht mehr gebraucht, wiederholte Jost, und der Vater blickte ihm grade ins Gesicht.

Sie lassen sich aber nicht einfach nach Hause schicken nach der Devise: Der Mohr hat seine Schuldigkeit getan. Sie erwarten Anerkennung, Belohnung. Und ebensowenig sind die politisch ambitionierten Generale bereit, sich ihr Machtinstrument aus der Hand schlagen zu lassen. General von Lüttwitz zum Beispiel hat die Sturmbrigade Ehrhardt schon im Januar auf dem Truppenübungsplatz Döberitz bei Berlin einquartiert. Fünftausend Männer, bewaffnet bis an die Zähne, hochmotiviert. Sie führen schwarzweißrote Fahnen, sie tragen am Helm das Hakenkreuz, ein germanisches Symbol, als Zeichen nationaler Gesinnung. Als die Auflösungsorder eintraf, haben sie trotzig mit einer schneidigen Truppenparade geantwortet, und der alte Lüttwitz hat ihnen zugerufen: Männer, ich dulde nicht, daß man mir in dieser gewitterschwülen Zeit meine Kerntruppe zerschlägt. Damit hat er dem Feindbund, aber auch der deutschen Regierung den Gehorsam verweigert.

Das ist kühn, meinte Lenelotte Schwan und machte den Gemahl auf Frau Brümmers Häppchen aufmerksam.

Walter Schwan wollte nicht essen. Er trank schon das zweite Glas und sagte:

Mir hat es nicht gefallen, daß Lüttwitz gerade jetzt auf Konfrontationskurs zu Ebert geht. Wir Deutschnationalen haben andere Prioritäten gesetzt und fordern Neuwahlen zum Reichstag, ein Kabinett von Fachministern.

Er blickte lächelnd auf Sohn und Gemahlin. Stellt euch vor, auf mich fiel das Los, mit dem General Lüttwitz zu verhandeln. Der alte Fuchs hat sich unsere Forderungen angehört und sich zu eigen gemacht. Aber er will den Sturz der Regierung, ganz offen. Wir konnten ihn mit Mühe überreden, noch einmal mit Ebert und Noske zu verhandeln.

Er erschien, gestern abend, mit großem Gefolge, sporenklirrend, den Schleppsäbel an der Seite, vor dem obersten Sattlermeister, der sich väterlich gab. Der alte Lüttwitz sieht sich als Retter der Nation und forderte dreist in Gegenwart seiner applaudierenden Offiziere seine Ernennung zum Generalfeldmarschall. Große Szene. Hier stehe ich, ich kann nicht anders, so der eine, und der dicke Ebert auf der Gegenseite verlangt schnaufend das Abschiedsgesuch des Generals. Lüttwitz dachte nicht daran, setzte sich mit Ehrhardt ins Einvernehmen und – euch beiden kann ich es verraten – morgen früh, sieben Uhr, wird die Brigade Ehrhardt am Brandenburger Tor stehen.

Jost lächelte ungläubig. Und die Reichsregierung sieht tatenlos zu?

Walter Schwan wußte, daß Noske unverzüglich Gegenmaßnahmen ergriffen und zwei Regimenter Sicherheitspolizei sowie ein Regiment der Reichswehr beordert hatte, um das Regierungsviertel notfalls mit Waffengewalt zu schützen, aber sämtliche Offiziere verweigerten sich. Generalstabschef von Seeckt erteilte Herrn Noske eine Lektion mit den Worten: Truppe schießt nicht auf Truppe!

Da stand Noske, der Reichswehrminister, gesenkten Hauptes vor den Offizieren und fragte in seiner bittersten Stunde: Bin ich denn ganz verlassen?

Ja, das ist er wohl, sagte Graf Walter und hob das Glas gegen die Seinen. Das ist das Ende und damit die Wende. Er blickte zur Uhr, es war nicht weit bis Mitternacht. Seit zwei Stunden marschierte die Brigade Ehrhardt, kriegsmäßig ausgerüstet, durch Berlin.

Morgen früh, sagte Walter Schwan, übernimmt unser Freund Wolfgang Kapp die Regierung, ein ehrenwerter Mann, der im Aufsichtsrat der Deutschen Bank sitzt, also ganz in der Nähe des großen Geldes. Laßt uns noch einmal fromm werden, ehe wir zu Bette gehen, trinken wir auf den guten alten Gott, der Deutschland nicht der Schande überlassen wird.

*

Kaum ein paar Stunden später wurde die gräfliche Familie von dumpfen Schlägen aus dem Schlaf gejagt. Es hörte sich an, als würde jemand mit der Axt gegen das schwere Eichenportal dreschen oder versuchte gar, die Türfüllung herauszubrechen.

Graf Walter tastete zur Nachttischlampe und wälzte sich aus dem Bette, als seine Gemahlin mit angstverzerrtem Gesicht erschien, umweht von ihrem Seidenmantel.

O Gott!

Bring mir das Jagdgewehr, Lenelotte.

Der alte Ettner und Hein Tiedemann waren es, die mit den Fäusten gegen die Hallentür hämmerten, um den Patron zu wecken. Als das Licht anging, traten sie zurück in die Reihe.

Es mögen gut zwei Dutzend Gutsarbeiter gewesen sein, die sich ganz zur Unzeit vor dem Schloß versammelt hatten. Sie wußten nichts von den Ereignissen im Regierungsviertel von Berlin und ebensowenig, daß die Mehrzahl der Reichsminister im Gefolge von Ebert und Noske in heilloser Flucht nach Dresden aufgebrochen war. Darüber würden die Gazetten erst am Sonnabendmorgen berichten, und im Augenblick schlug die Glocke vier.

Viele der Tagelöhnerfamilien oder Gutsarbeiter standen wie die Tiedemanns seit Jahrzehnten im Dienst der Schwäne. Niemand wollte der gräflichen Familie Böses, sie wollten aber Gerechtigkeit einfordern, die Löhnung um ein paar Pfennige verbessert sehen, und die Auszahlung pünktlich zu ultimo. Die Leute von Laudeck waren gutmütig von Natur, es hatte ihnen widerstrebt, die Gräfin Lenelotte mit ihren Forderungen zu konfrontieren, deshalb war abgemacht, sich mit dem Warnstreik zurückzuhalten, bis der Patron wieder auf Laudeck weilen würde.

Nun war er zurückgekehrt, wie man von Brümmer erfuhr.

Es war dunkel und kalt, und keiner von ihnen fühlte sich wohl in seiner Haut, als sie zur gewohnten Stunde ihre Hütten verließen, aber nicht den Ställen zustolperten, sondern der Freitreppe des Schlosses. Die Frauen vermummt mit ihren Umschlagtüchern, die Männer in den Joppen, um sehen zu können auf dem Weg, hielt jeder eine Laterne in der Hand oder trug ein Windlicht durch die Nacht, und es sah beinahe aus, als strebte der Lichterzug einem frommen Ort zu, um dort die Messe zu feiern. Sie hatten sich aber zum Streik verabredet und hoben die Laternen in Höhe der Gesichter, als sie vor dem Schloß versammelt waren, um sich zu vergewissern, daß niemand sich ausgeschlossen hatte. Sogar die alte Mala stand neben Grete Tiedemann, Anna durfte bei der kleinen Gesine wachen, und leider war Staaf nicht unter ihnen, er arbeitete in Stettin.

Ettner und Hein bahnten sich den Weg durch die Menschentraube, klopften ans Tor, und schließlich riefen sie nach dem Schloßherrn.

Als Walter Schwan, in einen Morgenmantel gehüllt, den großen Balkon über der Freitreppe betritt, ahnt er nichts Gutes, der Anblick so vieler flackernder Lichter verwundert ihn. Sie heben verzerrte Umrisse von Gesichtern aus der Nacht, das ist anzusehen, als hielte ein verspäteter gespenstischer Maskenzug vor seinem Haus. Was soll das Spektakel?

Dann hört er seinen Namen rufen, beugt sich über die Brüstung und fragt: Wer spricht?

Einer antwortet ihm von unten: Ettner, im Namen der Mägde und Knechte, der Melker und Fütterer, der Kutscher und Schäfer. Sie schulden uns seit Februar die Lohngelder, Herr. Wir fordern die Nachzahlung!

Also ein Aufstand wegen eurer paar Groschen. Laßt mich am Montag mit dem Rentamt reden.

Und wieder die Stimme von unten: Wir warten schon sechs Wochen. Jetzt wollen wir es wissen, in dieser Stunde.

Die Gräfin ist bis zur Brüstung gehuscht, um dem Gemahl das Jagdgewehr in die Faust zu drücken. Sie ruft: Mein Gott, es ist ja mitten in der Nacht!

Mit einem Male tanzen da unten die Lichter, die Schatten schwanken, die Gesichter bewegen sich, und einer erwidert: Klock vier, Frau Gräfin, das ist Arbeitszeit für unsereinen.

Dann schert euch gefälligst in die Ställe! So schreit der Graf und hebt das Gewehr. Der Schattenriß ist vor dem gelben Fenster deutlich zu sehen.

Ein Aufschrei die Antwort. Der wird doch nicht auf uns schießen?

Wer bläst da sein Licht aus, um sich unsichtbar zu machen?

Hein Tiedemann hält sich die Laterne vors Gesicht, jeder soll sehen, wer zur Herrschaft spricht. Ich hab das Papier mit den Forderungen des Pommerschen Landarbeiterverbandes in der Hand. Sie gelten auch für Gut Laudeck. Sie brauchen nur zu unterschreiben, Herr, und fünf Minuten später ist der Platz geräumt. Wir nehmen die Arbeit in den Ställen auf.

Großer Beifall und einzelne Frauenstimmen: Machen wir Frieden, Herr Graf. Unterschreiben Sie!

Walter Schwan ist außer sich vor Zorn. Um Mitternacht, ein paar Stunden zuvor, hatte er empfunden, was es bedeutete, den Augenblick zu erleben und sich gleichzeitig in der Geschichte zu wissen. Ein großes Gefühl. Womöglich stehen Ehrhardts Männer längst an der Siegessäule, und dieses

Tagelöhnerpack dort unten, der Pöbel in seiner Dumpfigkeit, begreift nichts von der deutschen Schicksalswende und meutert.

Er ruft: Eure paar Groschen zahle ich selbstverständlich nach. Was wollt ihr noch? Ihr revoltiert. Ihr wollt das Faustrecht einführen. Streik auf Laudeck, das ist das Letzte!

In diesem Augenblick tritt Jost an die Brüstung.

Bitte, Vater!

Er schiebt den Grafen beiseite und beugt sich vor, um die beiden Sprecher in der Finsternis auszumachen. Ettner und Tiedemann, wo steht ihr?

Hier, Euer Gnaden. Sie leuchteten ihre Gesichter an.

Nennt eure Forderung.

Ettner sagt: Ein Gutsrat soll gebildet werden.

Und Hein verliest, was auf seinem Blatt geschrieben steht: Barlohn, 40 Mark die Woche.

Heftiger Zuspruch. Da lachen die Schatten, da tanzen alle Lichter.

40 Mark, und das ist nicht alles, Euer Gnaden. Wir fordern ein, was alle Arbeiter auf den pommerschen Gütern verlangen: Naturalien, nämlich vierzehn Zentner Getreide im Jahr, fünfzehn Zentner Stroh, damit wir streuen können, und 160 Quadratruten Garten- und Ackerland, das jedes Frühjahr neu verkabelt wird.

Dann nehmt doch gleich das ganze Gut, schreit der alte Graf. Niemals kriegt ihr meine Unterschrift.

Inzwischen zeigte sich ein grünlich gläserner Streif hinter der Silhouette des Schlosses, und vom nahe gelegenen Wirtschaftshof waren Laute zu vernehmen, Kettengeklirr, das Brüllen der Kühe, denn das Vieh vermißte seine Pfleger und das Licht im Stall zur gewohnten Stunde.

Ettner rief: Die Arbeit ruht auf Laudeck! Kollegen, wir bleiben auf dem Hof und machen erst mal ein Feuerchen, an dem wir uns die Hände wärmen können.

Gar nicht lange, da flackerte es mitten auf dem gepflasterten Wirtschaftshof, weit genug entfernt von den Scheunen. Die Männer schleppten Scheite zum Nachlegen heran, die Frauen rückten Klötze ums Rund, auf denen man sich niederlassen konnte. Bald waren emaillierte Kannen mit Malzkaffee nahe zur Glut gerückt, währenddessen die Leute miteinander redeten.

Ettner erinnerte die Kollegen noch einmal, daß sie einen manierlichen Streik führen wollten, keine Maschine wird demoliert, kein Riemen zerschnitten, keine Scheibe geht auf Laudeck zu Bruch.

So ist es ausgemacht.

Freilich rutschten die meisten von ihnen bald unruhig auf den Klötzen hin und her. Seit jeher galt als ehernes Gesetz in den Hütten, vor allen Dingen das Viehzeug zu versorgen. Ob da ein Kind geboren werden sollte oder ein Alter ins Grab mußte, zuvor ging's in den Stall, jeden Wochentag, jeden Feiertag, Ostern wie Weihnachten, deshalb konnte keiner der Streikenden das Gebrüll der Kühe ertragen.

Mala sprach aus, was viele dachten: Man darf das arme Vieh nicht am Unverstand der Herrschaft leiden lassen.

Sie beschlossen aber, daß Pferdeknechte und Gespannführer nach dem Füttern nicht anschirren durften, um hinauszufahren und die Felder zu bestellen. Das hatte ohnehin bis nächste Woche Zeit.

Für alle übrigen begann die Arbeit in den Ställen mit halbstündiger Verspätung.

Die Frauen hockten sich zum Melken neben die Kühe. Hein Tiedemann und Wiczorek stemmten die hoch beladenen Schubkarren über die Rampe hinauf zu den Futtergängen und warfen den hungrigen Kühen gabelweise Heu in die Raufen. Ettner lenkte den Gaul, der die Mistschleppe zog, hinter den Anbindeplätzen ins Freie zum Dunghaufen hin, der dampfte in der Morgenkühle.

So verlief der Sonnabendvormittag für die Mehrzahl der Gutsleute wie jeder gewöhnliche Arbeitstag, bis sie bemerkten, daß der Wagen mit dem metallenen Tank, der morgens wie abends erschien, um die frisch gemolkene Milch von den Gütern zur Meierei nach Frauenburg zu transportieren, nicht gekommen war.

Bald wußten sie, warum.

Generalstreik!

Zwei abgehetzte Radfahrer aus der Stadt preschten auf den Hof und verteilten Flugblätter und ein paar Plakate. Eines davon wurde an das gewaltige Bohlentor des Stalles geheftet. Der Text war mit dicken Lettern gedruckt, trotzdem konnte ihn mancher nicht buchstabieren.

Hein Tiedemann las mit lauter Stimme vor, und so langsam, daß der lange Wiczorek Zeit hatte, ins Polnische zu übersetzen, welche Nachricht der Reichspräsident Friedrich Ebert hinterlassen hatte, ehe er die Beine unter den Arm nahm, um ins Sächsische zu fliehen.

Hört her, der wendet sich direkt an uns.

Arbeiter! Genossen!
Wir haben die Revolution nicht gemacht, um uns heute einem blutigen Landsknechtsregime zu unterwerfen. Wir paktieren nicht mit Baltikum-Verbrechern.

Es geht um alles! Darum sind die schärfsten Abwehrmittel geboten. Legt die Arbeit nieder! Streikt!

Schneidet dieser reaktionären Clique die Luft ab! Kämpft mit jedem Mittel um die Erhaltung der Republik! Laßt allen Zwist beiseite. Es gibt nur ein Mittel gegen die Diktatur: Lahmlegung jedes Wirtschaftslebens! Keine Hand darf sich mehr rühren! Kein Proletarier darf der Militärdiktatur helfen.

GENERALSTREIK AUF DER GANZEN LINIE!

Die Gutsarbeiter von Laudeck klatschten Beifall.

Vergeßt den Kleinmut, Kollegen, der Generalstreik ist ausgerufen, und zwar am heutigen Tage. Mag der Graf auch schimpfen und seine Gräfin klagen, wir haben getan, was die Reichsregierung von uns erwartet.

Keiner der Landarbeiter dachte daran, nach Hause zu gehen. Ein paar Frauen waren ausgeschickt worden, nun kamen sie zurück, unter ihnen Grete Tiedemann und Franzka, sie trugen in großen Kannen frisch gebrühten und gesüßten Malzkaffee heran, Körbe mit großen Scheiben, rund ums Brot geschnitten und dick mit Schmalz oder mit Pflaumenmus beschmiert. Auch die schöne Anna kam mit der kleinen Gesine an der Hand. Das Kind jauchzte, als es den Vater erkannte, und keiner nahm Anstoß, daß Hein mit dem Mädchen spielte und es am hellen Mittag eines Arbeitstages auf seinen Schultern reiten ließ. Andere Väter taten es auch. Viele Kinder tummelten sich auf dem Platz, und so war denn unversehens aus dem Streik, den die Mitglieder des Pommerschen Landarbeiterverbandes frühmorgens beim Lichterschein vor dem Schloß ausgerufen hatten, ein fröhlicher Familientag geworden. Wer den Leuten zusah, wie sie da ums Feuer saßen, schmatzend, schwatzend und lachend, der mußte denken, sie feierten ein bescheidenes Fest.

Tadeusz Wiczorek war ein Meister auf der Mundharmonika. Mit der einen Hand führte er das Ding zwischen den Lippen, die andere mit abgespreiztem kleinen Finger hielt er wie einen zittrigen Schalltrichter, und so gelang es ihm, dem winzigen Instrument schluchzende und wimmernde Töne zu entlocken, die sich zu einer Melodie fügten.

Einige der Frauen, die um Mala saßen, wiegten sich schon und fragten: Wie ging es, Mala, das schöne Lied vom Joschka?

Sie winkte den langen Tadeusz herbei und sang, begleitet

von der Mundharmonika, zum Takt wippender, stampfender Füße:

Joschke, Joschke, spann den Loschek …

Bald sangen andere mit, und dann gab es noch einen ganz großen Spaß auf dem Wirtschaftshof von Laudeck.

Einer der Pferdeknechte hatte, so heimlich es ging, eine Buddel Köm in der Runde kreisen lassen. Das rötete die Gesichter, das hob die Stimmung zum Übermut und brachte den Ettner auf einen Gedanken.

Wir haben es, rief er, die Kühe nicht entgelten lassen, daß heute Generalstreik in Deutschland ist. Nun müßten wir was zum Wohl der edlen Pferde tun, die zu Laudeck in den Ställen stehen. Zwar sind sie gefüttert, aber es mangelt ihnen an Bewegung. Womöglich kriegen sie dicke Beine, und der Herr Graf würde uns das böse ankreiden. Also Kollegen, spannen wir an, fahren wir zum Nutzen der Tiere und zum Vergnügen der Weiber ein bißchen auf dem Hof herum.

Beifall, ungeheures Gelächter.

Tatsächlich liefen Pferdeknechte zu den Ställen, um die prächtigen Pferde herauszuführen, die tanzten wie die Lippizaner am Zaum, andere eilten zu den Remisen und schoben die herrschaftlichen Kutschen oder Dogcarts auf den Hof. Rasch war eingeschirrt.

Und nun spiel uns auf, Tadeusz!

Ein bißchen kräftiger, wenn's geht. Leute, stimmt ein!

Joschke, Joschke, spann den Loschek …

Die Knechte ließen bitten, die Mägde zierten sich nicht lange. Bald wurden Minna und Martha an schwebender Hand, wie man es bei der Herrschaft gesehen hatte, zum Schlag geführt, dort kriegten sie eins auf den Hintern, damit es ihnen hurtiger gelänge, hinaufzukommen. Und dann wildes Hei-Geschrei, Peitschenknall, und ab ging die Post, im weiten Kreise um den Wirtschaftshof. Ein Reigen für Kutschen: Joschke, Joschke, spann den Loschek!

Schneller und schneller, bis zuletzt die Schürzen und Röcke im Fahrtwind wehten, und die Weiber beseligt kreischten, als säßen sie in den Gondeln des großen Kettenkarussells auf dem Jahrmarkt in Frauenburg und flögen auf in die Luft.

In der Nacht kamen die Soldaten.

*

Im Schloß von Laudeck sah man dem Treiben auf dem Wirtschaftshof des Gutes mit einiger Gelassenheit zu. Was dort geschah, wirkte sich noch nicht auf die Haushaltsführung des Schlosses aus. Nun ja, es gab Milch im Überfluß, man konnte, wie in früherer Zeit, eine Menge davon stocken lassen, um später den Rahm abzuschöpfen. Warum sollten die Küchenmädchen nicht lernen, mit dem Butterfaß umzugehen, wie das noch ihre Mütter gekonnt hatten? Selbstgemachte, fein gesalzene Butter schmeckte jedenfalls leckerer als jene, die von der Molkerei in Blöcken angeliefert wurde.

Den Tee nahmen die Herrschaften zur gewohnten Stunde im westlichen Turmzimmer, es war sonnendurchflutet an diesem Nachmittag. Jost war vor Stunden ausgeritten, nachdem ihm Anna Tiedemann verraten hatte, Staaf arbeite seit Tagen auf einem der großen Güter vor Frauenburg. Die Dampflokomobilen mußten vor der Frühjahrsbestellung durchgesehen werden. Jost war auf dem Wege dorthin.

Die beiden jungen Männer hatten länger als ein Jahr nicht mehr miteinander gesprochen, der Graf wollte unbedingt mit dem Freund und Vertrauten von einst reden. Waren sie nicht wegen der verdammten Baltikumer auseinandergekommen? Mit denen gehe ich nicht, hatte Staaf auf dem Bahnhof von Bützow gesagt und verlangt: Komm du mit mir. Das hatte er damals nicht vermocht. Kein Mensch gewinnt Einsicht mit einemmal, sie braucht Erfahrung, um zu wachsen. Der junge Graf verdankte dem Staaf das Leben und litt darunter, daß sie beide sich in feindlichen Lagern gegenüberstanden und waren doch so lange bei einer Truppe gewesen.

Jost war also nicht zum Tee erschienen. Frau Brümmer stellte das Stövchen mit brennendem Licht bereit.

Die Gräfin fragte, ob in den Küchengewölben alles in Ordnung wäre.

Ach ja, allerdings zwei Mädchen waren am Nachmittag, aber nur für ein paar Stunden, zu den Stallknechten am Feuer übergelaufen.

Die Ereignisse, meine Liebe, sagte die Gräfin zu ihrer Haushälterin in vertraulichem Ton, die Ereignisse haben auch ihr Gutes. Mancher zeigt uns jetzt sein wahres Gesicht. Die Mädchen werden entlassen, sobald das Spektakel vorüber ist.

Selbstverständlich. Frau Brümmer lächelte, knickste und entfernte sich.

Der Streik auf Laudeck hatte das gräfliche Paar nur eine Zeitlang aus der Fassung bringen können.

Die Regierung Kapp/Lüttwitz war nämlich inzwischen in allen Provinzen oder Ländern östlich der Elbe anerkannt. Da und dort hatten örtlich residierende Reichswehrgenerale die Macht übernommen, wie der legendäre Lettow-Vorbeck in Mecklenburg. Wer mit den Hottentotten fertig geworden war, brauchte eine Regierung wie die in Schwerin nicht zu fürchten, der Held von Afrika sperrte sie kurzerhand ein.

Graf Walter hatte es für vernünftig gehalten, mit der Reichsbehörde in Stettin zu telefonieren. Dort kannte er einige der Militärs und durfte sicher sein, daß man Herrn von Ahrensberg mit seiner Truppe finden und nach Laudeck zurückbeordern würde. Ja, es hatte an Neujahr einige Querelen gegeben, übrigens mit denselben Gutsleuten. Er nannte die Namen Ettner und Tiedemann und vernahm mit Genugtuung von der jüngsten Verordnung des Herrn Reichskanzlers Kapp: alle Streikposten und alle Rädelsführer, die sich seinem Erlaß zur Sicherung volkswirtschaftlich wichtiger Betriebe widersetzten, würden mit dem Tode bestraft. Um diesem Verdikt Nachdruck zu verleihen, hatte der neue Reichswehrminister Freiherr von Lüttwitz die unverzügliche Bildung von Standgerichten verfügt.

All dies erfuhr Graf Walter noch in den Vormittagsstunden, dann rissen leider die Telefonverbindungen.

Jost kam grade noch zur letzten Tasse Tee zurecht. Er sah abgespannt aus.

Ist dir nicht gut, mein Junge? Die Gräfin schenkte ein. Daß er den Staaf gesucht und nicht gefunden hatte, würde die Eltern kaum interessieren. Er wartete mit Nachrichten auf, die er von den Nachbargütern hatte.

Vater, es geht schief mit Kapp. Der Generalstreik scheint zu greifen. In Berlin soll es kein Wasser mehr geben, geschweige denn Gas und elektrisches Licht. Die Menschen stehen in langer Schlange vor den altertümlichen Brunnen und Pumpen an. Bald wird keine Eisenbahn mehr fahren, keine Straßenbahn. Sogar zwischen den Truppenteilen der Reichswehr gibt es keinen Draht mehr zur Verständigung. Die Kuriere und Meldegänger gehen zu Fuß oder sind mit dem Fahrrad unterwegs wie im Kriege.

Er hatte kaum ausgeredet, als von der verängstigten Frau Brümmer drei Männer hereingeführt wurden, die mit einem Auto an der Rückseite des Schlosses vorgefahren waren. Sie trugen abgewetzte Windjacken von gleichem Schnitt, so daß es den Anschein hatte, sie wären uniformiert, rote Binden an den Ärmeln, Schiffermützen auf dem Kopf, so finstere Gesichter, als sollte es den Herrschaften augenblicklich an den Kragen gehen.

Spartakisten, hauchte Gräfin Lenelotte und suchte Schutz an der Seite ihres Gemahls.

Die Familie hatte sich aus den Sesseln erhoben, als gelte es, hohen Besuch zu empfangen.

Der Anführer nahm nicht einmal die speckige Mütze vom Kopf, ehe er sich nach dem Grafen Jost erkundigte.

Ich bin der Gutsherr von Laudeck, sagte Walter Schwan.

Aber sie wollten den jungen Grafen sprechen.

Bin ich verhaftet?

Wir bitten Sie mitzukommen. Und wir haben Befehl, sämtliche Waffen zu konfiszieren, die auf Laudeck verwahrt werden.

Es wären nur Jagdgewehre, sehr kostbare Stücke, meinte der Graf, Büchsen und Flinten.

Sie waren rasch aus dem Gewehrschrank im Arbeitskabinett geholt.

Dort standen sie sich noch einen Augenblick gegenüber, die drei wilden Männer und die Herrschaften aus dem Schloß.

Wie gesagt, sehr kostbare Stücke, stammelte Walter Schwan. Ich brauche selbstverständlich eine Quittung, eine Unterschrift.

Unterschreiben Sie mal besser die Forderungen ihrer Gutsarbeiter, sagte der Anführer bissig. Und nun bitte, Graf Schwan, wir müssen gehen.

Ich werde ihm doch wenigstens noch einen Mantel holen dürfen, rief klagend die Gräfin.

Meinetwegen.

9

Sie fuhren im offenen Kübelwagen über holprig gepflasterte Straßen auf Frauenburg zu. Am Lenkrad der Anführer, der des Fahrtwindes wegen eine Art Fliegerbrille trug. Neben ihm, zu einem Bündel geschnürt, lagen die Jagdwaffen.

Auf der Rückbank hockte Jost Schwan zwischen seinen Bewachern. Er nahm sich im hellen Mantel und mit wehendem Schal wie ein bunter Vogel aus neben den schäbig gekleideten Leuten mit den grauen Gesichtern.

Wohin bringt ihr mich?

Abwarten.

Der Wagen stammte offensichtlich aus einer Reichswehrkaserne, ein seltenes Gefährt, wie es hochrangigen Offizieren oder Generalen zur Verfügung steht, feldgrau gespritzt. Vorn an der Kühlerhaube wehte die rote Fahne. Wie war das Fahrzeug in die Hände dieser Männer gelangt? Und waren das tatsächlich Spartakisten?

Wer seid ihr?

Die Männer ließen sich auf keine Unterhaltung ein, und mit der Zeit wurde Jost angst und bange.

Bei Sonnenuntergang erreichten sie Frauenburg. Die Türme, Kirchengiebel und Dächer der Stadt hoben sich schwarz vom roten Abendhimmel ab. Niemals hatte Jost dieses Bild gesehen, und erst, als sie durch die unbelebten dunklen Gassen ratterten, begriff er, warum ihm der vertraute Anblick auf einmal fremd erschien. Das Licht fehlte. Kein Fenster erhellt, keine Gaslaterne glomm. Frauenburg versank unter roten Wolken in der Schwärze. Also hatte der Generalstreik die Stadt bereits im Würgegriff.

Mitten auf dem Markt, zwischen dem gotischen Rathaus und dem Brunnen, flackerte ein Feuer und warf einen gespenstischen Schein auf die umstehenden Patrizierhäuser.

Das Fahrzeug hielt neben dem Brunnen. Der Anführer reichte Jost das Waffenbündel, sein Bewacher führte ihn zum Rathaus.

Geschäftiges Hin und Her in der Vorhalle, Hunderte von Kerzen flackerten auf allen Fensterbänken des Treppenhauses und auf der Galerie.

Platz für den Grafen Schwan. Er liefert seine Waffen ab!

Die Leute lachten und bildeten eine Gasse.

Dann ging es die Stufen hinauf bis zum Portal des Ratssaales, es wurde flankiert von bewaffneten Wächtern. Einer öffnete die Tür und schloß sie hinter Jost.

Da stand er, das Bündel mit den Gewehren im Arm, und versuchte, die Augen ans Licht zu gewöhnen, das nur einen Teil der Ratshalle aus der Finsternis riß. Die altersschwarze Balkendecke aus dem Mittelalter war kaum zu erkennen, und von den Wappenschildern, von den Porträts der längst verblichenen Bürgermeister an den Seiten des ehrwürdigen Raumes blitzte nur das Gold der Rahmen. Auf dem langen Ratstisch, der den Saal in der Mitte teilte, brannten Kerzen, manche waren auf die Hälse leerer Flaschen gepfropft. In den steifen Ratsherrenstühlen mit den überhohen Lehnen bewegten sich nur Schatten. Aber am Ende der Tafel, im Sessel des Bürgermeisters, saß ein Mann.

Graf Jost, als er näher und näher kam, erkannte ihn. Staaf Tiedemann! Nie wäre ich auf den Gedanken gekommen, daß du es bist, der die Stadt regiert.

Bitte, nimm Platz.

Jost blieb stehen. Du brauchst also eine Geisel?

Hogan, ich bin es, der hier die Fragen stellt. Er wies auf die Tische an der Seite, auf den steinernen Fußboden, überall lagen Karabiner, Maschinengewehre, deren blanke Läufe im Kerzenlicht schimmerten.

Waffen, Waffen, Waffen. Woher stammen sie?

Jost hob die Schultern.

Konfisziert auf den Gütern der Ritterschaft. Auf uns sollten sie gerichtet werden, auf die Arbeiter, auf die Streikenden.

Jost, der immer noch das Waffenbündel im Arm trug, warf es auf einen der Haufen. Auf Laudeck gab es nur diese drei Jagdgewehre.

Staaf sagte: Kapp wird nicht durchkommen. Das Volk ist sich endlich mal einig. Kein ehrlicher Mensch kann Partei sein mit diesen Abenteurern, Baltikumern, Galgenvögeln der Nation. Hogan, wo stehst du?

Der sagte nach einer ganzen Weile: Auf deiner Seite, in diesem Fall.

Staaf schob ihm ein Plakat zu und hob den Leuchter, damit Jost die Verordnung des Reichskanzlers Kapp lesen konnte. Sie bedrohte jeden Streikposten, jeden Rädelsführer mit dem Tode. Er sagte: Hogan, ich brauch deine Hilfe. Ich sorge mich um die Leute in Laudeck, auch um meine Familie. Wir haben ein Papier vorbereitet. Bitte, verbürge dich mit deiner Unterschrift, daß den Gutsleuten kein Haar gekrümmt wird.

Wenn du nicht mehr verlangst? Jost nickte. Er unterschrieb.

Staaf dankte und gab dem Grafen das Geleit bis an die Tür des Ratssaales.

Jost blickte auf die vielen Waffen, an denen sie vorübergingen. Was geschieht mit ihnen?

Staaf sagte: Wir werden sie brauchen, denke ich, wenn es hart auf hart kommen sollte.

Als der junge Graf wenig später vor der Tür des Rathauses stand, fragte er einen der Posten nach dem Kübelwagen, der ihn von Laudeck hergebracht hatte.

Unterwegs zum nächsten Gutsbesitzer, sagte der Posten.

Graf Jost knotete seinen Schal und machte sich zu Fuß auf den Heimweg.

*

In der Nacht kamen die Soldaten.

Ihr Kommandeur, der blonde Herr von Ahrensberg, führte in der Kartentasche eine Namensliste mit sich, die abgehakt werden mußte.

Zuerst postierten sie sich vor der Tiedemannschen Büdnerei und schlugen die Gewehrkolben gegen die Tür. Ettner hatte die Einliegerwohnung für Anna und Hein geräumt, seit ein paar Wochen schlief er im Ehebett von Grete Tiedemann und genoß wieder, daß er ein Mann war. Sie fuhr als erste aus dem Schlaf und tastete nach Hölzern, um die Kerze auf dem Nachttisch anzuzünden.

Wieder Schläge gegen die Tür. Grete warf sich ein Tuch um und öffnete. Zwei Soldaten, Ebert und Witzke, stießen sie zur Seite und drangen ins Haus ein, da trat Ettner schon aus der Kammer und knöpfte noch die Hose zu.

Staaf Tiedemann?

Gottes Willen nein, rief Grete, das ist Ettner.

Steht auch auf unserer Liste. Mitkommen!

Sie rammten ihm die Gewehrkolben ins Kreuz und jagten ihn so aus dem Hause.

Mala tappte mit einer Kerze in der Hand aus dem Obergeschoß treppab, sie flüsterte: Gott schütze uns vor den Soldaten, vor Pogrom und Pestilenz. Dann nahm sie ihre schluchzende Schwiegertochter in die Arme.

Auch in die Einliegerwohnung nebenan waren die Soldaten eingedrungen. Sie fragten nach Staaf Tiedemann.

Das ist Hein, sein Bruder, rief Anna erleichtert und umklammerte ihren Mann.

Er mußte dennoch mit ihnen gehen.

Warum? schrie Anna verzweifelt. Warum?

Alle Männer aus Laudeck werden verhaftet, so der Bescheid.

Als Anna wenig später, das Kind auf dem Arm, die Wohnung verließ, um bei Grete und Mala Schutz zu suchen, bemerkte sie, daß vor dem Haus ein Soldat Wache stand. Es war Binder.

Darf ich hinein?

Bitte, sagte Binder, bitte, schöne Frau.

Mala half ihr, das Kind in Gretes Bett zu legen, dann saßen die drei Frauen der Tiedemanns um den Tisch, müde und verängstigt und entschlossen, nicht früher zur Ruhe zu gehen, ehe die Männer wieder daheim wären.

Sie redeten sich gut zu: So schlimm wird es nicht werden, alle Männer des Dorfes sind abgeholt, und so viele können sie nicht fortführen, wer sollte der Herrschaft die Arbeit machen. Und keiner von ihnen hat Böses getan. Nun ja, wir haben mit dem Streik der Herrschaft einen kleinen Schrekken eingejagt, aber nichts ist passiert, kein Mensch ist zu Schaden gekommen, geschweige ein Vieh, keine Maschine ist zerstört worden, kein Riemen zerschnitten, keine Scheibe zu Bruch gegangen. Dennoch spürte Mala das Unheil. Vielleicht hatte sie die uralte Erfahrung ihres Volkes im Blut, jedenfalls war ihr zumute, als müsse sie den Herrn um Beistand anrufen. Sie holte tatsächlich die Bibel aus der Truhe, sie beugte sich tief über das Buch, um vorzulesen, und Anna, die vieles wunderlich oder ärgerlich fand, was die Großmutter ihres Mannes tat, begehrte diesmal nicht auf, sondern stützte den Kopf in die Hände und hörte zu.

Selig sind, die da Leid tragen, denn sie sollen getröstet werden. Selig sind, die da hungert und dürstet nach Gerechtigkeit, denn sie sollen satt werden. Selig sind die Barmherzigen, denn sie werden Barmherzigkeit erlangen.

So hatte es Christus vorausgesagt, damals, als er auf dem Berg dem Volk und seinen Jüngern predigte. Vater unser, der du bist im Himmel, wann wird es sich erfüllen, was du uns versprichst?

Wieder wurde angeklopft. Alle Frauen stürzten zur Tür, in der Hoffnung, sie würden gute Nachricht hören.

Binder stand draußen.

Die Nacht war kalt, der Mann zitterte.

Habt ihr einen Mantel für mich?

Mala wußte, daß Ettners abgewetzter Überzieher im Flur hing, und da sie gerade von Barmherzigkeit gelesen hatte, wollte sie welche üben. Sie nahm das Kleidungsstück vom Nagel und reichte es dem frierenden Soldaten.

Mein Gott, sagte Grete, Ettner hat nur diesen einen Mantel.

Von Ahrensberg genoß die Situation. Rache für Sadowa. Hier auf Laudeck waren er und seine Soldaten gedemütigt worden, wegen ihres Männerspaßes mit der polnischen Schlampe. Keine drei Monate war es her, daß der Graf sie des Gutes verwiesen hatte.

Heute Nacht war Ahrensberg zurückgekehrt, auf dringliche Bitte des Grafenpaares, und hoch zu Roß auf Laudeck eingeritten, nicht an der Spitze eines Fähnleins, sondern eines schwer bewaffneten Zuges. Alle Standorte, die dem Reichswehrkommando Stettin unterstanden, waren auf der Seite Kapps.

Ahrensberg hatte angeklopft und war von Frau Brümmer in die Halle geführt worden. Gleich darauf eilte die Dame des Hauses heran, anmutig geneigtes Gesicht, strahlendes Lächeln, ausgestreckte Arme.

Endlich, mein Lieber!

Von Ahrensberg hatte ein wenig Mühe, den höhnischen Zug in seinem Gesicht nicht zu zeigen, und beugte sich tief zum Handkuß. Ja, Gräfin, da bin ich wieder.

Kräftiger Hackenknall, fester Händedruck bei der Begrüßung des Grafen. Zunächst mal die Quartierfrage. Wie wird der kleine Stab untergebracht?

Mein lieber Ahrensberg, Sie beziehen selbstverständlich die Gästezimmer im Schloß.

Und dann, wenig später schon, die Musterung der Gefangenen durch das Grafenpaar.

Gräfin Lenelotte hob schmerzlich die Brauen. Muß es denn sein? Sie kennen doch alle Namen.

Von Ahrensberg bestand darauf. Es geht auch um meine Ehre, Frau Gräfin.

In dieser Nacht ist die Freitreppe des Schlosses von blakenden Fackeln erhellt. Soldaten halten sie in die Höhe, und jedermann sieht, daß zwei Maschinengewehre in Stellung gebracht worden sind zum Schutze des Gutsherrn und seiner Gemahlin. Die schreiten zwischen den Fackelträgern herab, und da unten stehen sie, nebeneinander aufgereiht, mit Handschellen gefesselt, alle Knechte und Tagelöhner, alte und junge, ein reichliches Dutzend Männer, und blicken dem hohen Paar ängstlich entgegen. Jeder weiß, das ist ein Gericht.

Langsam schlendern Graf und Gräfin von einem zum anderen die Reihe entlang.

Von Ahrensberg hält jedem Delinquenten die Fackel so nahe ans Gesicht, als wollte er ihn für immer blenden.

Dieser hier, Gräfin Lenelotte zeigt auf Hein, dieser hier hat sich zum Wortführer gemacht.

Der Name?

Tiedemann.

Staaf?

Ich bin Hein.

Hauptsache, wir haben einen von der Sippe gegriffen. Vortreten!

Graf Walter zeigt auf Ettner. Das ist der Rädelsführer. Kein Einheimischer, sondern aus Stettin zugezogen. Wahrscheinlich ein Spartakist.

Vortreten!

Ettner gehorcht, und von Ahrensberg schlägt dem Gefesselten die Hand von rechts und links ins Gesicht.

Du hast mich anzeigen wollen, du Schwein.

Ettner schließt die Augen. Er sagt kein Wort und kann nicht hindern, daß ihm Tränen über die Wangen laufen.

Fort mit den beiden! schreit Ahrensberg und wendet sich dann im Kommandoton an alle Gutsarbeiter, die noch in der Reihe stehen.

Generalstreik ist ein Verbrechen am deutschen Volk, schreibt euch das hinter die Ohren. Wer morgen früh nicht pünktlich zur Arbeit erscheint, der wird an die Wand gestellt.

Bald flog die Nachricht von Haus zu Haus: Hein Tiedemann und Ernst Ettner sind in der Kieskuhle vor dem Dorf erschossen worden.

*

Jost Schwan war stundenlang durch die Nacht gewandert. Eine Zeitlang hatte er in einer offenen Feldscheune Zuflucht gesucht und abgewartet, bis der Morgen graute, dann war er wieder auf Laudeck zugestolpert, übernächtigt, stopplig im Gesicht, mit dem zerdrückten und verschmutzten Mantel anzusehen wie ein Landstreicher.

Als er sich, aus dem feuchten Wiesengrund aufsteigend, der Umgebung des Schlosses näherte, erhob sich endlich die Sonne am Horizont, und er breitete die Arme aus, um sie zu grüßen.

Da sah er, wie einen Schattenriß, vor der Sonne die Prozession über den Hügel ziehen, vier Frauen, zwei Karren, schwer beladen. Womit? Er vernahm das Holpern der Räder auf dem grob gepflasterten Weg, Klagelaute. Mein Gott! Mein Gott! Und mit einemmal fuhr ihm der Schreck ins Gedärm. Er beeilte sich beim Aufstieg aus der Senke und, näherkommend, blickte er dem Schrecklichen entgegen.

Vier schwarz gekleidete Frauen bewegen zwei Schubkarren, wie man sie zum Futtertransport in den Ställen gebraucht, es sind solche ohne Seitenwand, mit gewölbtem Vorderteil, das sich hoch über das Rad schwingt, aber die Frauen befördern kein Grünzeug ins Dorf, sie karren ihre Toten heim. Ein Seil ist an das Gefährt geknotet, Mala hat sich mit gekrümmtem Rücken ins Joch gespannt, die Alte zieht die Karre mit Ettners blutigem Leichnam, während Grete Tiedemann mit steinernem Gesicht die Holme gepackt hat. Kein Blick auf den Grafen am Wegesrand, kein Wort zu ihm.

Zieh deine Mütze, neige dich meinetwegen bis in den Dreck. Ich will nicht sehen, nicht hören, denn du bist schuldig wie die anderen, du Hund! Das denkt Grete Tiedemann und hat Mühe, nicht auszuspucken.

Die Stumme folgt ihr, sie stemmt sich in das Zugseil, und Anna führt weinend das Gefährt, auf das der tote Hein gebettet ist. Sie hat Mühe mit der Fuhre, sie schwankt. Jost Schwan will ihr zur Seite springen, aber Anna schreit in wildem Haß: Weg da! und der Graf läuft davon, als jagten ihn die schwarzen Frauen.

Bloß rasch nach Hause. Er stürmt ins Schloß, er wirft mit den Türen, er tritt in die Halle. Dort stehen die Eltern, die Mutter stürzt ihm schluchzend entgegen. Wie siehst du aus, du Ärmster. Was haben sie mit dir angestellt? Was mußt du ausgehalten haben. Ach, mein Junge!

Jost löst sich erbittert aus ihrer Umklammerung. Ich lebe. Aber die beiden Männer dort unten sind tot. Ich habe mit meiner Unterschrift für sie gebürgt.

Da stehen sie wieder vor der Freitreppe des Schlosses, alle Mägde und Knechte auf Laudeck. Es scheinen mehr als vorgestern zu sein. Aus dem Küchengewölbe kommt das Hauspersonal geschlichen, um sich heimlich zu den anderen zu gesellen.

Die haben ihre Toten mitgebracht und starren von unten herauf, als wäre er angebrochen, der große Tag des Zorns, der sie zittern macht, die Reichen und die Gewaltigen und die Könige dieser Erde, so, wie es die Bibel verheißt. Man hatte alle Gutsleute mit dem Tode bedroht, falls sie es noch einmal wagen sollten, die Arbeit zu verlassen, als aber die Tiedemannfrauen ihre Toten über den Wirtschaftshof schoben, traten alle aus den Ställen, den Scheunen und Kellern und folgten schweigend dem Trauerzug bis vor die Freitreppe des Schlosses Laudeck.

Dort lösten sich die alte Mala und die Stumme aus dem Joch, Grete und Anna nahmen die Fäuste von den Holmen und richteten sich stöhnend auf.

Die Männer hatten längst die Mützen gezogen und grimmig die Münder zusammengepreßt, die Frauen hoben die Schürzenzipfel, um sich das Gesicht zu wischen, und alle Beileidigen, die Kollegen, wie Ettner gesagt hätte, starrten hinauf zum Schloß.

Gräfin Lenelotte schritt als erste treppab auf die Frauen der Tiedemanns zu, wahrhaftig mit ausgestreckten Armen. Ich kann mit Ihnen fühlen, bitte glauben Sie. Ach hätten sich Ihre Männer doch nicht mit diesem schrecklichen Landarbeiterverband eingelassen. Das ganze Dorf war aufgehetzt.

Grete Tiedemann hob das Kinn gegen die Herrin. Die beiden haben nichts Schlechtes getan. Sie haben bloß besseren Lohn gewollt. Wir sind nicht ausgekommen mit dem bißchen Geld. Es mangelt an vielem. Einen einzigen Mantel hat Ettner besessen. Den Soldaten vor meiner Tür fror so jämmerlich, da hab ich den Mantel ausgeliehen. Nun ist er fort. Wir haben manches entbehren müssen im Krieg. Die Bettwäsche ist zu Ende, die Leibwäsche ist zu Ende. Es reicht nicht einmal für ein anständiges Leichenhemd. Und der Lohn steht immer noch aus.

Und die Frauen hinter Grete seufzten und sprachen, als folgten sie der Liturgie im Gottesdienst: Die Bettwäsche am Ende, die Leibwäsche am Ende, wie bei uns, wie bei uns.

Graf Walter, der neben der Gemahlin stand, hob beschwichtigend die Hände. Ihr kriegt euern Lohn. Und auch ich bedaure von Herzen, was vorgefallen ist. Und diesen verdammten Streik, sehen Sie mal, ich hab ihn nicht angezettelt.

Aber Sie haben die Soldaten gerufen, schrie Anna mit einer Stimme, die sich überschlug, und reckte anklägerisch einen Arm gegen die Grafen.

Der Gutsherr verteidigte sich, er habe bis zuletzt um Milde gebeten.

Er lügt, schrie einer der Männer, die gestern abend gefesselt in der Reihe gestanden hatten. Er lügt!

Grete Tiedemann sagte: Die Toten müssen unter die Erde, in allen Ehren, Herr Graf, mit Glockengeläut, Kranz und Vaterunser.

Graf Walter versprach, mit dem Pfarrer zu reden, und wollte endlich davon, aber die alte Mala hindert ihn.

Warten Sie noch, Herr Graf.

Sie ging nach vorn, bis sie dicht vor der Herrschaft stand. Ich bin so alt und hatte immer gehofft, daß ich sie noch erleben würde, eine gerechtere Welt.

Der Graf unterbrach sie: Soviel ich weiß, hat ein regelrechtes Standgericht stattgefunden, Frau Tiedemann.

Mala nickte. Nun Sie sind der Herr auf Laudeck, wie früher, wir sind Ihre Knechte, wie früher. Von Gesine, meiner Schwiegermutter, weiß ich, daß die Tagelöhner von Klevenow die Herrschaft wegen der selbstverständlichsten

Dinge bitten mußten, sie baten um Heiratskonsens, um Häusung, um Holz für das Bettgestell, um Ziegel für den Herd und immer um gut Wetter. Nach diesen Worten verneigte sie sich tief, erhob sich dann und sprach: Euer Gnaden, ich bitte um die Bretter für zwei Särge.

*

Der gewaltigste Generalstreik, der je in Deutschland ausgerufen und befolgt worden war, hatte nicht nur die Arbeiter in den Fabriken ergriffen, sondern sogar Teile der Beamtenschaft, und gab der Militärregierung unter dem Reichskanzler Kapp keine Chance zu agieren. Nach wenigen Tagen mußte sie die Fahnen einholen.

Sobald die ersten Züge wieder fuhren, reiste Walter Schwan nach Berlin, um dort zu erkunden, wie es um die deutschen Dinge stand, und wußte bald, daß er wenig Anlaß hatte, sich wegen der Vorfälle auf Laudeck zu grämen.

Die führenden Männer der bürgerlichen Parteien hatten Kapp und Lüttwitz gebeten, freiwillig zurückzutreten, in allen Ehren sozusagen, und ihnen dafür die vollständige Amnestie für alle Putschteilnehmer versprochen, dazu die sofortige Umbildung des Kabinetts und Neuwahlen. Kapp war einverstanden, Lüttwitz hatte gezögert, bis man dem General schließlich sämtliche Pensionsansprüche garantieren konnte.

Diesem Handel hatten die in Berlin verbliebenen sozialdemokratischen Minister zugestimmt, den Herren waren sogar Geld und falsche Pässe angeboten worden, mit der Empfehlung unterzutauchen, am besten im Ausland, bis sich die Wogen geglättet hätten.

In einem Tagesbefehl vom 18. März lobte der Generalstabschef der Reichswehr, Herr von Seeckt, ausdrücklich die Disziplin der Brigade Ehrhardt und billigte ihr zu, daß sie gemeint habe, mit der Besetzung des Regierungsviertels dem vaterländischen Interesse zu dienen. Daraufhin konnten die Männer hocherhobenen Hauptes Abschied von Berlin nehmen und mit klingendem Spiel durch das Brandenburger Tor ziehen, Hakenkreuz am Stahlhelm, schwarzweißrotes Band. Als aus der Menge am Straßenrand Buhrufe laut wurden, gellende Pfiffe, wurde zur Antwort scharf geschossen. Zwölf Tote lagen auf dem Pflaster des Pariser Platzes, an die dreißig Schwerverletzte wälzten sich in ihrem Blute.

Der Graf nahm mit Genugtuung zur Kenntnis, daß auch Ebert sich mühte, die Geister, die er in der Not zum Generalstreik aufgerufen hatte, wieder loszuwerden. Er unterstützte die Entwaffnung der Arbeiterschaft energisch.

Die Bewohner von Frauenburg atmeten auf, als die Wasserleitung wieder funktionierte, und genossen, daß am Abend die Zimmer erhellt wurden, sobald man am Schalter drehte.

Bei ordentlichem Lichte besehen, konnte niemand die Schäden leugnen, die während der Tage des Generalstreiks dem altehrwürdigen Rathaus zugefügt worden waren, verrußte Wände, häßliche Wachsflecke auf Fensterbänken und barocken Tischen, Dreck überall, verschrammte Möbel, der Ratssaal entweiht zum Waffenlager.

Das hütete Staaf Tiedemann so argwöhnisch wie Alberich den Nibelungen-Schatz.

An diesem Morgen erwartete er die Ratsversammlung. Die Flügeltüren wurden geöffnet, das Stadtoberhaupt trat ein, gefolgt von den Ratsherren. Sie blickten mißbilligend auf Tiedemann, und der Bürgermeister, der sich zur Feier des Wiedereinzugs ins Rathaus mit der goldenen Kette geschmückt hatte, sprach aus, was sein Gefolge dachte: Mein Gott, wie sieht es hier aus!

Staaf Tiedemann hatte im Stuhl des Bürgermeisters gesessen und erhob sich. Ich bin Staaf Tiedemann.

Das Stadtoberhaupt drückte ihm kräftig die Hand und

sagte freundlich: Ich bin Reuter von der SPD und der rechtens gewählte Bürgermeister. Du hast während meiner Abwesenheit die Aktion geleitet, und nicht einmal schlecht, bis auf Kleinigkeiten ... er hatte einen Wachsfleck auf der Tischplatte entdeckt und versuchte, ihn mit dem Daumennagel abzukratzen ... Kleinigkeiten, wiederholte der Mann, und klopfte dann lachend auf seine Brust. Die goldene Amtskette habe ich jedenfalls vorgefunden. Na, dann wollen wir mal die Plätze wechseln.

Staaf trat zur Seite. Reuter nahm im angestammten Sessel Platz, die Ratsherren ließen sich auf den Stühlen mit den hohen Lehnen nieder, und nun drängten viele Menschen in den Saal, Angestellte der Behörde, Neugierige, auch ein paar Arbeiter, die noch ihre roten Armbinden trugen, und alle klatschten beifällig.

Der Bürgermeister sagte: Genossen, liebe Freunde, wir haben einen grandiosen Sieg errungen. Kapp hat sich klammheimlich davongemacht, General Lüttwitz desgleichen. Sie gingen ab mit warmem Winde. Die Brigade Ehrhardt hat Berlin verlassen müssen. Also kann man sagen, der Hauptfeind der Nation, der Militarismus, ist geschlagen. Die deutsche Arbeiterschaft hat in diesen Märztagen bewiesen, daß sie in der Lage ist, für ihre Ideale einheitlich zu streiten und zu kämpfen.

Als der tosende Beifall verebbte, wandte sich der Bürgermeister an Staaf Tiedemann: Sind die Waffen registriert?

Staaf nickte. Er zog ein Büchlein aus der Tasche und erstattete Bericht. Requiriert auf den Gütern der Ritterschaft: 198 Karabiner, 15 Jagdgewehre, 72 Pistolen verschiedener Kaliber, zwölf Maschinengewehre, an die 30 000 Schuß Munition. Genug, um ein ganzes Arbeiterbataillon auszurüsten.

Der Bürgermeister sprach mit Schärfe: Diese Waffen werden unverzüglich bei der Reichswehr abgegeben.

Staaf rief: Aber sie streifen doch immer noch durch das

Land, die Marodeure, fanatische Baltikumer, Unbelehrbare, jagen Leute wie uns übers Feld und knallen sie ab. Wie sollen wir uns wehren? Als er das in der Erbitterung sagte, wußte Staaf noch nicht, daß sein Bruder und Ernst Ettner unter den Mordopfern waren.

Der Bürgermeister hielt ihm ein Schreiben unter die Nase. Hier, das ist vereinbart zwischen dem Zentralen Aktionsausschuß, dem du selber angehörst, dem Staatsminister und dem Regierungskommissar. Also, weg mit den Waffen! Raus mit dem Zeug!

Er deutete auf die Tische ringsum, auf denen Gewehre und Munitionskartons gestapelt waren, und fuhr launig fort: Wir brauchen schließlich wieder ein bißchen Platz fürs Regieren.

Dann zeigte er mit großer Geste auf Staaf. Ich danke besonders dem Genossen Tiedemann. Er hat in den wilden Tagen für Ordnung gesorgt. Nun ist er mir, dem Stadtoberhaupt, gegenüber für die Übergabe der Waffen verantwortlich.

Nein, sagte Staaf. Er legte ein rotes Büchlein auf den Tisch. Das ist mein Parteibuch. Sei doch so nett, und gib's in der Zentrale ab. Staaf Tiedemann läßt grüßen. Er ging davon.

Später, beim Nachzählen der Waffen, bemerkten die Beamten, daß eine großkalibrige Pistole fehlte und die dazugehörige Munition.

*

Die Beisetzung Ernst Ettners und Hein Tiedemanns war auf Donnerstag, zwölf Uhr mittags festgesetzt. Als es Zeit war, dröhnten die Glocken nicht nur vom Laudecker Turm, aus allen Kirchdörfern der Umgebung hallte das Geläut herüber. Niemand konnte sich erinnern, daß früher Ähnliches geschehen wäre, es sei denn in der Heiligen Nacht.

Der Platz vor der Kirche ist schwarz vor Menschen, immer mehr Trauergäste wandern heran, sogar von Frauenburg müssen sie angereist sein und säumen die Straße bis hinauf zum Tiedemannschen Katen.

Und nun treten die Angehörigen der Toten heraus.

Als erster Staaf Tiedemann. Er reicht Anna den Arm, sie trägt ein schmales, schwarzes Kleid. Ihr bleiches Gesicht ist von einem Witwenschleier verhüllt, und sie krallt sich am Arm ihres Schwagers fest, als wollte sie ihn im Leben nicht mehr loslassen. Jeder bedauert sie. Ach, die Ärmste, so schön, so jung, kaum über Zwanzig, und schon das zweite Mal Witwe.

Nun folgt Grete, schwarze Bluse unterm Dreiecktuch, rot geweinte Augen. Wer könnte nicht mit ihr fühlen? Der eine Sohn im Krieg gefallen, niemand weiß wo, der zweite in der Kieskuhle erschossen, wenigstens kennt sie sein Grab und kann es mit Primeln bepflanzen.

Und Mala besitzt wohl nur das eine schwarze, festliche Kleid mit dem biesenverzierten Oberteil, sie hat es auch letzten Silvester bei Rogalla getragen, als Hein dort Hochzeit hielt. Mein Gott, kaum drei Monate ist das her! Und mancher erinnert sich ihrer Worte, es ist schlimm, wenn die Jungen vor den Alten in die Grube müssen.

Lina, Gretes einzige Tochter, trägt einen modischen Mantel mit großem schwarzen Hut. Sie ist eine Städterin geworden, und dem Verlobten, dem Herrn Steuersekretär Stankowski scheint Linas Trauerputz zu gefallen; billig wird er nicht gewesen sein.

Zuletzt tritt die Stumme aus dem Haus, sie trägt Annas Kind auf dem Arm. Jetzt verschließt sie das Tor. Gehört sie denn zur Familie? Nein, nein, sie darf bei den Tiedemanns wohnen und geht dafür nach der Stallarbeit den drei Witwen zur Hand.

Sie schreiten gesenkten Hauptes an den Leuten vorüber der Kirche zu, und die Menge verneigt sich und schließt sich dem Trauerzug an.

Immer noch Glockengeläut, als Staaf seine Schwägerin in die Kirche geleitet. Er muß Anna fester packen, sonst wäre sie wohl beim Anblick der Särge zusammengesunken. Sie soll zur selben Stunde von Mann und Vater Abschied nehmen und fragt sich immer wieder: Warum?!

Still brennen die armdicken Kerzen neben dem Katafalk, Kränze und Blumengebinde stapeln sich bis hinauf an den Rand der Totenschreine.

Endlich haben sich die Angehörigen in der ersten Bankreihe niedergelassen. Die Kirche füllt sich, kaum finden so viele Menschen Platz, aber das Grafengestühl ist verwaist. Keiner der Schwäne ist zur Trauerfeier erschienen.

Pastor Wegener variiert die Karfreitagsandacht. Er spricht über Psalm 22 und vergleicht die Bluttat von Laudeck mit Golgatha. Das war niemals gerecht vor Gott, das war niemals sein Wille, da triumphierte die Bosheit, die Gemeinheit, da war die Hölle losgelassen. Und welche Kräfte hatten zusammengewirkt, um die Greuel geschehen zu lassen? Pastor Wegener bleibt bei seiner Antwort im Dunkel der Geschichte, aber die Kriegsknechte, von denen er redet, sind leicht zu erkennen, man hat ja die Baltikumer mit eigenen Augen gesehen. Wer muß nicht an die Stumme denken, der Gewalt angetan worden war? Heut sitzt sie in der ersten Reihe. Und dann geht von Judas die Rede, der sich als Helfershelfer erboten hatte, als Denunziant, damit die Kriegsknechte ihr blutiges Werk erledigen konnten.

Staaf hielt Annas zitternde Hand und dachte an Hogan, den Grafen, der sein Freund gewesen war. Lauf bis ans Ende der Welt, ich folge dir nach! Verkriech dich, in welchem Loch auch immer, ich werde dich finden! Ich will dir ins Auge sehen, ehe ich dich mit eigener Hand erwürge.

Er hörte gar nicht mehr zu, als Pastor Wegener endlich zurückfand nach Golgatha und den Frauen am Fuße des Kreuzes, die ebenso untröstlich gewesen waren wie die drei

Witwen von Laudeck. War es ein Zuspruch für sie, als der Pastor versicherte, der Opfertod der Männer bereite den Weg in eine bessere Welt?

Bald sprach sich herum, daß die Herrschaften dem Gedenkgottesdienst für die Erschossenen von Laudeck nicht hatten beiwohnen können, weil sie das Osterfest bei der Frau Erblandmarschallin auf Klevenow feiern wollten.

Staaf bestieg schon am nächsten Morgen in Frauenburg den Zug, um nach Mecklenburg zu reisen. Er verstaute das Fahrrad im Gepäckwagen, erreichte am späten Nachmittag Klevenow und radelte geradewegs zum Marstall.

Der Zufall wollte, daß der alte Jörn Schlöpke zu dieser Zeit die Stallungen inspizierte. Er freute sich, seinen Erben zu sehen, wunderte sich aber über dessen heftiges Gebaren.

Was ist dir, Staaf?

Ich suche Jost Schwan.

Der ist ausgeritten, keine Viertelstunde her.

Hier hast du mein Bündel, Jörn. Verwahre mein Rad und gib mir ein Pferd, ich bitte dich.

Graf Jost ritt über die Wiesen zum See hinüber, als er den Verfolger bemerkte, und er versuchte gar nicht erst, vor dem heranjagenden Staaf zu fliehen, sondern lenkte das Pferd zum Rande des Erlenbruches. Das war dem Ufer des Sees vorgelagert, unheimlich anzusehen, schwarzes, stehendes Wasser, aus dem sich Bülten erhoben, und die kahlen Bäume standen wie auf Stelzen in der Nässe. Hier sprang er ab, um Staaf zu erwarten.

Der hatte sich aus dem Sattel geschwungen, ging auf den Grafen zu, bis er dicht vor ihm stand. Er richtete die Pistole auf ihn.

Jetzt ist die Reihe an dir.

Jost hielt den Blicken stand. Ich bin zu spät gekommen.

Staaf stammelte erbittert: Da hatte deine Mutter beim Fackelschein den Hein und den Ettner unter all den Männern schon herausgefunden, da hatte dein Vater die Ermordung schon gutgeheißen, da waren die Todesschreie längst verhallt.

Jost sagte leise: Es tut mir so leid.

Zwei Männer lagen in ihrem Blut, und dir fällt bloß ein, was man bei Verspätung oder Irrtum sagt: Tut mir leid.

Staaf warf die Pistole beiseite, packte mit der einen Hand den Grafen an den Revers, schlug ihm die andere immer wieder von rechts und links ins Gesicht und schrie: Tut mir nicht leid! Tut mir überhaupt nicht leid! Wehr dich, du Feigling!

Der Graf hob keine Hand, er duldete die Schläge, das erbitterte seinen Gegner mehr und mehr.

Hätte ich dich doch verrecken lassen, damals vor Dünaburg!

Jost wischte sich mit dem Handrücken das Blut aus den Mundwinkeln. Ich war nicht daheim, als die Scheußlichkeiten geschahen. Ich wußte nicht, daß die Todesschwadron gerufen war. Staaf, ich schwöre, ich schwöre.

Staaf kämpfte mit den Tränen. Ihr brecht jeden Schwur, sobald es euer Vorteil ist. Du bist ein Schwan.

Sie standen voreinander, der eine mit krampfhaft geballten Fäusten, der andere mit erhobenen Händen wie einer, der sich ergibt. Die Pistole lag immer noch im Gras.

Jost sagte: Wir sind Kriegskameraden. Ja, ich verdank dir mein Leben. Und wir sind beide dem Inferno entronnen. Das muß doch einen Sinn ergeben, Staaf. Das Schicksal hat etwas vor mit uns beiden. Laß uns die Bilder korrigieren, die wir uns voneinander gemacht haben. Laß uns die Vorurteile ablegen. Du hast sie genauso wie ich. Mein Gott, ich bin nun mal aus dem Adel. Mein Vater war ein Graf, mein Großvater war ein Graf.

Staaf lachte grell und hämisch. Dein Großvater war ein

Pferdeknecht. Das war Jörn, einer aus der Tiedemannschen Sippe, ganz ohne Macht, aber ausgestattet mit einem mächtigen Riemen, denk ich mir. Er hat's der Gräfin Armgard machen dürfen, dein Opa Kuno hat bei Weibern nicht gekonnt, der hat nur sticken können, sticken.

Jost wurde von heißem Jähzorn gepackt, als der andere seine Familie schmähte und verhöhnte. Er rief: Du Schwein, was ist dir heilig? und stürzte sich auf Staaf.

Die beiden Männer prügelten sich, wahrhaftig nicht zum Schein, wie oft in ihrer Jugendzeit, sie traten sich mit Füßen, rissen sich zu Boden, wälzten sich im Dreck und kämpften auf Tod und Leben, bis es dem Staaf endlich gelang, den anderen in den Sumpf zu stoßen.

Jost versank bis zur Brust im Morast und keuchte: Ich hasse dich, du gottverdammtes rotes Schwein.

Endlich ein Wort, sagte Staaf, endlich ein Wort nach all deinem Gelabre. Ich werde mein Bild von den Schwänen nicht ändern. Ich kann sie vor mir sehen, die großkotzige Wappengalerie im Allerheiligsten der Kirche von Klevenow, als hättet ihr einen Vertrag mit dem lieben Gott gemacht, der euch in alle Ewigkeit privilegiert. Vor nichts sind die Schwäne zurückgeschreckt, vor keiner Gemeinheit und vor keinem Verbrechen, wenn es um ihre Vorrechte ging. Endlich sitzt mal einer von euch im Dreck.

Der Graf versank Zentimeter für Zentimeter im Sumpf. Staaf wollte es nicht wahrhaben, aber Jost Schwan begriff, daß es ihm ans Leben ging. Er streckte bittend dem Staaf seine Hände entgegen und legte sich in der Not aufs Verhandeln. Meine Eltern können Laudeck nicht halten, nach allem, was geschehen ist, und ich bin der Erbe von Klevenow. Laß uns zusammenarbeiten, Staaf, du könntest mein Statthalter sein, mein Teilhaber sogar.

Niemals, nie. Staaf hockte am Ufer, Kopf auf den Knien, und weinte. Abgeknallt wie die Hasen. Meine Leute und ich, wir haben Sehnsüchte, aber ihr wollt uns nur zubilligen, was gerade zum Fressen und Saufen reicht, als machte das den Lebenssinn. Wir wollen endlich unser Recht, eine Stimme haben, die wiegt, aber ihr laßt durchladen und schießen.

Jost streckte dem Staaf noch immer die Arme entgegen. Gib mir die Hand, Staaf, bitte, gib mir die Hand. Vielleicht gelingt uns beiden ein Anfang. Hilf mir oder erspar mir wenigstens einen so langsamen, qualvollen Tod. Nimm die Pistole und schieß, wenn du meinst, es müßte immer so weitergehn, Auge um Auge, Zahn um Zahn. Schieß!

Staaf erhob sich mühsam, er suchte tatsächlich nach der Waffe, und es dauerte noch eine ganze Weile, bis er sich überwinden konnte, sie in den Sumpf zu werfen. Und dann hatte er zu tun, den Grafen aus der tödlichen Falle zu befreien.

Am Ende lagen beide Männer erschöpft, verdreckt und mit nassen Kleidern nebeneinander am Rande des Bruches.

*

Ich bin der Rabe im Baum. Meine Ahnen zählen zu den Auserwählten, die Noah in den Kasten nahm vor kaum denkbarer Zeit, und mein Urrabenvater, der Gedächtnis hieß, hatte auf Odins Schulter gesessen. Er hat uns die Fähigkeit zur Entsinnung vererbt. Ich weiß alles, bis auf das wenige, das der Herr für sich selber behielt.

Nachdem Gott Himmel und Erde gemacht hatte und den Garten Eden gepflanzt gen Osten hin, setzte er den Menschen hinein, daß er ihn bewahre, und sprach: Es ist nicht gut, daß der Mensch allein sei. Ich will ihm eine Gefährtin machen, Bein aus seinem Bein, Fleisch aus seinem Fleisch. Darum muß der Mann Vater und Mutter verlassen und an seinem Weibe hängen, denn beide sollen sein ein Fleisch.

Aber der Herr hat auch gesprochen, der Mann und das Weib sollten bei Strafe des Todes nicht vom Baum der Erkenntnis essen, sie sollten nicht wissen, was gut und böse ist und also ohne Gewissen bleiben.

Dieser Spruch will mir nicht weise erscheinen, auch die Schlange zweifelte an der Ernsthaftigkeit des Verbotes, und inzwischen weiß alle Welt, wie sie das Weib zur Sünde verführte und daß der Herr den Menschen verdammte: Verflucht sei der Acker um deinetwillen, und dein Brot sollst du essen im Schweiße des Angesichts.

Und so erging es Jörn und Gesine, als meine Geschichte begann. Sie sollten büßen für eine Schuld, die sie nicht begangen, sondern die ihnen vererbt war seit alters, das bedrückte und verbitterte sie. Sie erkannten, was gut und böse ist, sie hatten ein Gewissen. Sie begehrten auf gegen Ungerechtigkeit. Beide liebten sich, aber der Graf von Klevenow gab keinen Heiratskonsens, die Pastoren versagten ihren Segen. Da war Gottes Gebot, und dagegen war das Gesetz, von Menschen gemacht, die sich auf Gott beriefen. Dieser Gegensatz blieb ungelöst bis heute. Deshalb kam es zu Haß und wildem Aufbegehren, zu Mord und Totschlag, in Klevenow wie in Laudeck, und die Gerichte urteilten meist zugunsten der Mächtigen. So blieb mancher Mord ungesühnt, und der Chronist hinterließ uns nicht immer die Wahrheit. Aber ich erzähl die Geschichte, wie sie sich wirklich zugetragen hat.

Ich habe im Baum vor ihrem Haus gesessen, als Gesine starb, zufrieden und lebenssatt, mit einem Lächeln im Gesicht, denn sie verließ sich auf Staaf Tiedemann, ihren Urenkel, und setzte all ihre Hoffnung auf ihn.

Ihm gefällt die Welt nicht, wie sie eingerichtet ist. Seine Augen sind aufgetan, und er hat ein Gewissen. Warum soll er sich führen lassen von Menschen, die nichts Gutes wollen, aber auf Gott und die Bibel schwören, wenn sie Gefolgschaft verlangen? Daraus wird wieder Haß erwachsen, Mord und Totschlag auf den Schwanschen Gütern, wie in der halben Welt, und Staaf Tiedemann wird ein Verfolgter sein, wie andere, die für Gerechtigkeit streiten.

Ich bin der Rabe im Baum. Ich bestärke ihn. Ich steh ihm bei und spreche anstelle des Herrn: Wer seinem Gewissen folgt, folgt immer auch Gott.

10

Im Frühjahr 1932 war die Zahl der Arbeitslosen in Deutschland auf über fünf Millionen angestiegen, die Verdrossenheit der kleinen Leute wuchs und wuchs. Viele schlossen sich der Partei Adolf Hitlers an, der ihnen die Wende versprach, aber auch zahlreiche Adelsherren und Großgrundbesitzer im deutschen Osten lehnten die amtierende Regierung ab, die auf ihre Fahnen geschrieben hatte, bankrotte Güter, deren Entschuldung nicht lohnte, notfalls durch Zwangsenteignung aufzusiedeln, um auf solche Weise die Arbeitslosenheere in den großen Städten zu verkleinern.

Auch Graf Walter Schwan auf Laudeck hatte absatteln müssen, obwohl er sich mit einigen seiner Standesfreunde persönlich zu Hindenburg begeben hatte. Der Reichspräsident verbrachte die Pfingsttage auf dem Familiengut Neudeck, dort lag man dem alten Herrn mit der Bitte in den Ohren, endlich ein Machtwort zu sprechen. Gewiß, der Held von Tannenberg war besorgt, aber seine Möglichkeiten, den adligen Standesgenossen zu helfen, blieben beschränkt.

Immerhin erregte der greise Feldmarschall Aufsehen, als er in einer Rede forderte, ein Ruck müsse durch Deutschland gehen, das Kommando Vorwärts marsch! endlich erteilt werden.

So mußten die Schwäne adlig Laudeck verlassen, das seit Jahrhunderten in ihrem Besitz gewesen war.

Eines Tages machten sich Mala Tiedemann und Anna auf den Weg zum Schloß.

Die alte Frau war immer noch eine würdevolle Erscheinung, neuerdings behinderte sie ein altersbedingtes Hüftleiden, sie mußte bei langen Wegen einen Stock zu Hilfe nehmen, und der Grund, aus welchem sie heute ins Schloß geladen war, erschien ihr so wichtig, daß sie das steife, schwarze Festkleid angezogen und auch das Samtband mit der funkelnden Agraffe nicht vergessen hatte.

Anna, die an ihrer Seite schritt, mochte die dreißig grade überschritten haben, eine stolze Frau, nicht mehr gertenschlank, sondern voll erblüht und ihrer Schönheit bewußt. Das kräftige, blonde Haar hatte sie zu einem Knoten geschlungen. Sie stützte die Alte.

Auf dem freien Platz zwischen den Stallungen des Wirtschaftshofes waren Kutschen, landwirtschaftliches Gerät und Maschinen aller Art ausgestellt, an einem der nächsten Tage sollten sie versteigert werden. Der Graf, vor kurzer Zeit noch Herr über Tod und Leben, war pleite, den Mägden und Knechten, aber auch dem Schloßpersonal hatte man gekündigt. Einigen war geraten worden, sich bei der Aufteilung des Gutes um eine Siedlerstelle zu bemühen, vorausgesetzt, ihre Ersparnisse reichten für eine Anzahlung. Auch den Büdnern war versprochen worden, sie könnten Land dazukaufen, um aus der Büdnerstelle einen bescheidenen Bauernhof zu machen.

Als Vertreter der Siedlungsgesellschaft und der Raiffeisenbank war ein Treuhänder eingesetzt worden. Diesen Mann hatte Mala in übler Erinnerung. Reinhard Binder gehörte zu den Soldaten, die seinerzeit den Landarbeiterstreik auf adlig Laudeck niedergeschlagen hatten.

Nun war es Herbst, schon unwirtlich, welke Blätter wehten von den Bäumen, als beide Frauen die Freitreppe vom Schloß erreichten. Mala stellte sich gegen den Wind, um Haupt und Schulter fest in das Umschlagtuch zu hüllen. Vielleicht wollte sie ein wenig Zeit gewinnen, denn ihr war unbehaglich bei dem Gedanken, auf den Mann zu treffen, den in der Mordnacht so gefroren hatte, daß sie ihm Ettners Mantel gegeben hatte.

Mala sagte: Bis an diese Stelle haben wir die Toten gekarrt.

Anna hob die Schultern. Es ist lange her.

Es fällt mir schwer, über diesen Platz zu gehen, meinte Mala eigensinnig, und gerade diese Treppe hinauf.

Warum hast du Angst, Großmutter? Der Graf ist fort.

Aber einer von den Mördern ist zurückgekehrt.

Anna versuchte, die alte Mala zu beschwichtigen. Er ist nun mal der Treuhänder, dieser Herr Binder, und wir hängen von ihm ab. Endlich gelang es ihr, die widerstrebende Frau die Freitreppe hinauf zu führen.

Reinhard Binder empfing die Tiedemannfrauen im ehemaligen Arbeitskabinett des Grafen Walter Schwan und bemühte sich, auch im knapp geschnittenen Zivilanzug, einen schneidigen Eindruck zu machen. Er sprang hinter dem Schreibtisch auf und ging seinen Besucherinnen entgegen. Kräftiger Hackenschlag, verbindliches Lächeln und: Einen recht schönen, guten Tag!

Mala übersah die dargebotene Hand, sie nestelte an ihrem Umschlagtuch, und Anna hob die Brauen, als mißbillige sie das wunderliche Verhalten der Alten. Sie lächelte so liebenswürdig, daß dem Treuhänder warm ums Herz wurde, ja, er errötete sogar ein wenig. Binder war etwa gleichaltrig mit Anna, knapp über dreißig, ein eher zarter als drahtiger Typ, aber das, was man einen gutaussehenden Mann nennt, hübsches Gesicht, dunkle Brauen, die im Gegensatz standen zum kurzgeschnittenen hellen Haar.

Er sagte: Ein wichtiger Tag für die Familienchronik, Frau Tiedemann. Die Schulden gegenüber dem gräflichen Rentamt sind getilgt, die Hypothek ist abgelöst. Ab heute dürfen Sie sich als rechtmäßige Besitzerin der Büdnerei betrachten. Er nannte die Nummer des Flurstücks, die im Grundbuch verzeichnet war, und bat dann um ihre Unterschrift. Die Bestätigung durch ein Notariat mache die Angelegenheit später amtlich.

Mala trat an den Schreibtisch, unterschrieb, faltete das Dokument sorgfältig zusammen und trat zurück.

Wie fühlt man sich? wollte Binder wissen.

Mala sage: Zufrieden, Herr. Ich gehe auf die Achtzig, und mir ist, als hätte ich mich ein Leben lang gegen den Wind stemmen müssen. Jetzt bin ich am Ziel.

Wir sollten Dankeschön sagen, waren ja auch immer gut beraten, nicht wahr, von dem Herrn Binder. Er hat 'ne ganze Menge für die Rückgabe des Hauses getan.

Aber Mala stellte sich dumm, sie zwinkerte mit den Lidern. Ach, fragte sie, verdanken wir das nicht unserer Arbeit? Und schon verneigte sie sich Abschied nehmend.

Anna wußte, wie wichtig die heutige Amtshandlung für die Familie und sie selbst war. Als Witwe zweier Tiedemanns fühlte sie sich als Erbin, und ihre Leidenschaft für Staaf war ungebrochen. Selbstverständlich wußte sie, daß der Mann seit Jahren eigene Wege ging. Er arbeitete als Maschinenbauingenieur da und dort, und womöglich hatte er sich wieder in die Politik eingemischt, was sie aus Sorge um ihn mißbilligte. Erst dieser Tage hatte sie ein Zeitungsartikel erschreckt, der berichtete, daß ein junger Kommunist in der eigenen Wohnung und in Gegenwart seiner Mutter von vier SA-Männern auf viehische Weise zu Tode getrampelt worden war. Ein Gericht in Beuthen hatte die Mörder zwar zum Tode verurteilt, später aber freisprechen müssen.

Anna liebte Staaf Tiedemann, und wenn er zu Besuch nach Hause kam, gelang es ihr immer wieder, ihn ins Bett zu ziehen, sie war schön und leidenschaftlich, ihrer starken erotischen Ausstrahlung sicher, und Staaf war auch bloß ein Mann.

Deshalb hatte Anna die Großmutter nicht nur aus purer Fürsorge ins Schloß begleitet, sie fürchtete, die Alte könne den Treuhänder durch ihre Haltung verstimmen, wie es tatsächlich auch geschehen war. Sie betrachtete die Tilgung der Grundschuld als eine Möglichkeit, Staaf Tiedemann endlich ganz für sich zu gewinnen. Jetzt könnte man billig Land dazu erwerben und eine ordentliche Bauernstelle begründen. Sie hatte den alten Frauen jahrelang bewiesen, daß sie das Zeug zu einer Wirtschafterin besaß, und auch Staaf hatte allen Grund, ihr dankbar zu sein. Mit seiner Hilfe müßte es gelingen, sich endlich über Standesschranken zu erheben, und den Landverkäufer, den Treuhänder, brauchte man dazu auch. Er mußte bei Laune gehalten werden.

Mala wollte also davon, und Anna machte dem Herrn Binder schöne Augen, als sie bat: Bitte, nichts für ungut.

Er hielt sie zurück, ein Wort noch, Frau Anna, und setzte mit Blick auf die Alte dringlich hinzu: Unter vier Augen.

Anna war unentschlossen. Ich weiß nicht, Herr Binder.

Laß mal, meinte Mala, ich find alleine zurück. Und sie verneigte sich noch einmal.

Binder schloß nachdrücklich die Tür hinter ihr, dann deutete er auf einen Sessel. Anna nahm umständlich Platz. Er lehnte ihr gegenüber an seinem Schreibtisch, verschränkte die Hände über dem Geschlecht, starrte die Frau an, und eine ganze Weile schwieg er.

Binder wirkte mit einemmal schüchtern. Sein Verhalten überraschte Anna, aber dann gewann sie Spaß an dem Spiel. Sie war erfahren in Liebesdingen und wußte, daß es viele Möglichkeiten gab, sich einer Frau zu nähern. Ein Draufgänger war dieser Binder offensichtlich nicht, man mußte nachhelfen. Also lächelte sie.

Ja, Herr Binder?

Er sagte: Der Gutsbetrieb ist eingestellt, keine Arbeit mehr auf Laudeck. Sie sind zu fünft bei Tisch, wenn ich ordentlich gerechnet habe.

Fünf Weiber, das ist richtig. Wenn Staaf daheim ist, sind wir sechs.

So viele Menschen kann die Büdnerei nicht ernähren.

Anna blickte ihn fragend an.

Man sah, daß er sich zusammenraffte. Frau Anna, sagte er, Sie sind eine schöne Frau, ganz in sich selber ruhend, so kraftvoll, so deutsch. Für Sie würde ich mit Vergnügen sorgen.

Anna hatte erwartet, daß er sie vielleicht zu einem Spaziergang in den Park einladen würde. Wie konnte er sie auf so plumpe Art überrumpeln wollen? Sie hatte keinen Anlaß gehabt, einen solchen Antrag jemals in Erwägung zu ziehen, geschweige zu prüfen, ob es sich lohne, darauf einzugehen. Was fiel ihm ein?

Sie erhob sich und sagte kalt: Ich möchte gehen.

Binder flehte geradezu: Aber Sie müssen doch wissen, daß ich nicht dabei war, als die beiden Männer erschossen wurden. Ich habe die ganze Nacht vor Ihrem Haus gestanden, geschüttelt von Kälte und Entsetzen.

Sie hatten einen Mantel, sich zu wärmen.

Anna wollte zur Tür, aber Binder stellte sich in den Weg.

Bitte, Frau Anna, Sie wirken so mütterlich. Können Sie mich nicht verstehen? Ich war ja erst neunzehn nach diesem Krieg, einer verlorenen Generation zugehörig, leicht zu beeinflussen wie alle jungen Leute. Ich hab geglaubt, was die Führer predigten, daß es ums Vaterland ging, um deutsche Werte und um die Freiheit. Ich hab geglaubt, daß die Linken mit Waffengewalt die Macht an sich reißen wollten, um alles in den Dreck zu treten, was uns Deutschen heilig ist.

Anna sagte: Mein Vater und Hein waren Gewerkschaftsleute.

Aber man soll sie angetroffen haben mit der Waffe in der Hand.

Anna schrie: Sie sind bei der Verhaftung dabeigewesen. Sie wissen, daß es gelogen ist.

Ja, stammelte Binder. Ich bin verraten worden, verraten und betrogen, deshalb habe ich mich von den Baltikumern gelöst. Ich hab sogar im Prozeß gegen den Oberleutnant ausgesagt, daß gar kein Standgericht stattgefunden hat. Sie sind erschossen worden, einfach so.

Anna schlug die Hände vors Gesicht, ließ sich zum Sessel zurückführen, und Binder fiel tatsächlich vor der Frau auf die Knie.

Ich brauche Vergebung, Anna, und ich brauch mehr als Vergebung, einen Menschen, einen Halt. Alleine kann ich das Vergangene nicht verwinden. Aber zu zweit hätten wir eine Zukunft. Mir gehört das Inspektorhaus, Felder und Wiesen. Ich hab ein bißchen geerbt und keinen schlechten Kauf gemacht bei der Aufsiedlung von Gut Laudeck. Ich will auf eigener Scholle zu Kräften kommen.

Anna schneuzte sich, dann herrschte sie den Mann zu ihren Füßen an. Stehen Sie auf!

Binder rappelte sich gehorsam hoch und nahm Haltung an, als er sagte: Werden Sie meine Frau!

Anna schüttelte den Kopf, mehr in der Verwunderung, als in Ablehnung. Schließlich fragte sie: Wie groß ist der Besitz?

Fast hundertsechzig Morgen.

Sie sagte: Da brauchte man ja Personal.

11

Es war ein Schlechtwetterherbst, die Zeitumstände machten den Leuten Angst, viele fröstelten nicht nur, weil das Geld knapp war und die Kohle teuer.

Endlich konnten sich die Menschen mit guten Nachrichten erwärmen: Märchenhochzeit auf Klevenow!

Die Boulevard-Presse hatte schon einige Male Bilder des schönen Paares veröffentlicht. Bettine, die einzige Tochter Hilmar Schraders, des Präsidenten der Preußischen Bank, galt als eine der reichsten Erbinnen Deutschlands, während Jost, Graf Schwan auf Klevenow, ein bekannter Sportsmann war, Sproß eines ehrwürdigen Adelsgeschlechtes aus dem Norden Deutschlands.

Die Botschaft von der bevorstehenden Vermählung des Traumpaares lockte einen Schwarm von Journalisten nach Mecklenburg.

Bin ich ein gut aussehender Mann, wie die Gazetten schreiben?

Graf Jost stand vor dem Ankleidespiegel. Er betrachtete sich grinsend aus den Augenwinkeln. Ich bin groß, Bettine reicht mir bis zur Schulter. Ich bin schlank, treibe schließlich ausgiebig Sport und habe als Herrenreiter den Aufstieg in die deutsche Nationalauswahl geschafft. Dunkelblondes Haar, leider schon Geheimratsecken, ein wenig zu tief liegende Augen, Farbe, warte mal, blaugrau, längliches Gesicht, scharf gekerbte Wangenfalten wie bei einem Lebemann oder Zyniker. Rasse.

Wie kann ich denken, daß ich Rasse hätte, nach allem, was ich inzwischen von mir weiß?

Er stand vor dem Spiegel und knöpfte den Bund fest, starrte sich forschend an und sah sich um gut zehn Jahre zurückversetzt, bis zu jenem schrecklichen Tag, als er zum Erlenbruch geritten war, verfolgt von Staaf Tiedemann, der Vergeltung suchte, womöglich Blutrache üben wollte wie in archaischen Zeiten.

Nun weiß ich also, daß es keinen Grund gibt für meinen Adelsstolz. Die Tiedemanns stammen von den Wenden ab, ich bin dem Staaf verwandt, und so erklärt sich, warum ich ihn mochte, auch in meinen Adern kreist plebejisches Blut.

Bettine Schrader ist bürgerlich, sie ist jung, sie ist schön, sie ist reich, aber ich bin nicht sicher, ob ich sie lieben kann. Sie hat noch nie in meinem Bett gelegen. Märchenhochzeit auf Klevenow. Die Dollarprinzessin rettet das untergehende Adelshaus. Dafür muß ich mit der frisch gekürten Gräfin ins Ehebett und hoffe, daß sie mit mir zufrieden sein wird. Ich bin nicht so beschlagen wie mein Großvater, der Pferdeknecht.

Der kam damals mit dem Dogcart über die Wiesen geprescht und hat gesehen, wie Staaf und ich nebeneinander lagen, blutig, verdreckt, naß bis auf die Haut und zu Tode erschöpft. Er beugte sich über mich, starrte mir ins Gesicht. Hatte er Angst um mich, dieser stinkende alte Bock? Ich wollte nicht sein Enkel sein.

Geben Sie mir Ihre Hand, Euer Gnaden, damit ich Ihnen aufhelfen kann.

Ich war damals Anfang Zwanzig, heulte aber wie ein kleiner Junge. Ich war zu schwach, mich gegen den Alten zu wehren. Ich umklammerte die Schulter des Helfers, ließ mich zum Dogcart hinschleifen und dort auf den Sitz hieven.

Staaf hatte sich aus eigener Kraft aufrappeln können, nun klappte er an meiner Seite zusammen.

Jörn nahm die Zügel, er tappte neben dem Gaul einher, krummrückig, weißhäuptig, weißbärtig, und führte das Gefährt nach Klevenow.

Das Hausgesinde lief zusammen, rief händeringend Weh und Achgott, bis Gräfin Armgard die Treppe herunterstieg. Zwei Knechte an den Wagen!, und leise zu Jörn: Was ist passiert?

Der riet ihr, nach dem Arzt zu schicken, der junge Graf sei unterkühlt.

Was ist mit dem anderen?

Den nehm ich mit zu mir.

Die Erblandmarschallin selber kümmerte sich um den Enkel.

Raus aus den Kleidern. Beeil dich, ich guck dir nichts weg. Sie warf die stinkenden, triefenden Sachen einer Hausmagd vor die Füße, schlug die Tür zu und half Jost eigenhändig ins Bad. Und nun erzähl mir, was sich zugetragen hat. Ein Duell im Morast, zwischen Hogan und Staaf, den Unzertrennlichen? Warum?

Das Grafenpaar aus Laudeck hatte ihr die Erschießung der beiden aufmüpfigen Landarbeiter damals als eine Art von Betriebsunfall geschildert, als einen Übergriff, wie er nun einmal vorkommt im Eifer des Gefechts, ja, die Redensart erkläre trefflich die Situation. Nicht zu vergleichen mit den Ereignissen in Gnoien, ganz in der Nähe von Klevenow. Dort waren vierzehn Männer ums Leben gekommen, dazu eine brave Hausfrau, die das Maul zu weit aufgerissen hatte gegenüber den Soldaten. Und hatte man nicht in Güstrow siebzehn Aufrührer an die Wand gestellt? Von Jost erfuhr die Erblandmarschallin, was tatsächlich geschehen war.

Sie reagierte heftig. Nicht nur, daß deine Eltern auf dem besten Wege sind, Laudeck in Grund und Boden zu wirtschaften, sie machen sich auch noch die Hände blutig. Du bist ohne Schuld. Ich werde mit Staaf reden, er muß dich in Ruhe lassen, und ihr beide werdet euch versöhnen, punktum.

Es ist nicht nur das, protestierte Jost. Er hat unsere Familie in den Dreck gezogen, vor allem dich, Großmutter.

Der kleine Tiedemann? Wie könnte er. Die alte Gräfin lachte. Sie saß auf dem Rand der gefliesten Wanne wie im Damensattel, massierte den Kopf des Enkels mit einem Haarwaschmittel.

Er hockte von ihr abgewandt im Wasser und sagte: Er behauptet, mein Großvater wäre eine Pferdeknecht, nämlich dieser Jörn, der uns zum Schloß gekarrt hat.

Die Erblandmarschallin erhob sich augenblicklich, und Jost hielt sich die Nase zu, um im Badewasser unterzutauchen, aus dem er erst nach einer Weile prustend wieder hochkam, als hätte er seiner Großmutter Zeit lassen wollen, sich zu sammeln. Als er vorsichtig zur Seite schaute, sah er sie mit verschränkten Armen stehen, eine schöne alte Frau mit großen dunklen Augen unter dem schneeweißen Pagenkopf.

Es ist so, und denke bloß nicht, daß ich mich rechtfertige.

Jost stieg aus der Wanne. Das Wasser glättete sein Brustfell, machte sich Bahn über die schwarz behaarten Schenkel beinabwärts, und die Alte betrachtete ihn mit Wohlgefallen.

Du bist ein schöner Kerl mit ordentlichem Patengeschenk, ein Mann. Das verdankst du einem guten Schuß Tagelöhnerblut, den ich dir verschafft habe. Bedanke dich.

Sie hüllte ihn in ein Badetuch, rubbelte den Enkel kräftig trocken und hieß ihn, in einem der großen Korbsessel Platz zu nehmen. Das Badezimmer war geräumig wie ein Salon, geschmückt mit Kübelpalmen und Gummibäumen, und die weiß gestrichenen Korbmöbel in der Nähe des Fensters luden zum Verweilen ein. Hier waren sie ungestört. Gräfin Armgard öffnete die Tür und befahl eine Hausmagd heran, bei der sie Tee und Honig bestellte.

Die Schwäne, sagte sie, hatten abgebaut, als ich nach Klevenow kam, und ich will eingestehen, mehr als in den zarten Kuno hatte ich mich in den Marstall verliebt, er galt schon damals als der größte in Norddeutschland. Die Schwäne waren ausgeblutet, aber die Hochzeit, Junge, 1870, zum Kriegsbeginn gegen Frankreich, eine Staatsaktion in Gegenwart der wendischen Krone. Ich hatte meine Unschuld längst verloren, trug aber glänzendes Weiß, die Farbe der Reinheit, und über dem Schleier ein Diadem, noch jede Schwänin hat es der Schwiegertochter am Hochzeitstag übergeben, Prinz Günter von Schwarzenburg führte mich. Und dann kam Kuno, an seiner Seite die alte Hoheit, die Tochter der Königin Luise, die Schwester des späteren deutschen Kaisers, Alexandrine von Mecklenburg, Spitzen, Rüschen, Perlenschnüre bis unter das Kinn, huldvolles Lächeln zum Volke hin, Kopfnicken links, Kopfnicken rechts, und zum Schluß folgten gemessenen Schrittes die Gräfinnen Schwan, die verwitwete Agnes, meine Schwiegermutter, und ihre Vorgängerin, die geschiedene Schwan, wie immer extravagant und im tiefsten Schwarz. Übrigens war sie mit einer blödsinnigen Tochter geschlagen. Ich sag ja, die Schwäne hatten abgebaut. Und auch der Pastor kam mir vor, als ob er nicht bei Troste wäre, und mich als Dänin ärgerte es, daß er den alten Gott zum alleinigen Gott der Deutschen erkor: Denn siehe, hat er sie nicht durch das Gnadengeschenk reicher Begabung zu einem Volk der Dichter und Denker gemacht? Und auch im Krieg sei Gott den deutschen Heeren nahe, sie schickten sich gerade an, Paris einzunehmen.

An meinem Hochzeitstag legten die polnischen Schnitterkolonnen die Sicheln nieder, und es geschah im vaterländischen Überschwang, daß Jörn Schlöpke einen von ihnen erschoß, den er für den Rädelsführer hielt.

Das hast du ihm verziehen?

Er wußte nicht, daß es der eigene Bruder war, den er getötet hatte. Er trägt heute noch an seiner Schuld.

In der Hochzeitsnacht klopfte Kuno Schwan an meine Schlafzimmertür. Ich trug das schönste Nachtgewand, das sich denken läßt, hauchzarte Spitze, und löste die Schleife, als ich zur Türe ging, um ihm zu öffnen. Er war in Uniform und dachte nicht daran, sie abzulegen. Ich hatte ihn niemals nackt gesehen. Er kam, um Abschied zu nehmen. Am nächsten Morgen mußte er mit dem Prinzen von Schwarzenburg gen Frankreich reiten. Kuno hat mir die Hand geküßt und gesagt: Ich hoffe, du legst nicht übermäßigen Wert auf den Geschlechtsverkehr.

Ich hab mich bei Jörn schadlos gehalten.

Die alte Erblandmarschallin schmunzelte. Dir will ich verraten, ich habe vergnügt gelebt mit ihm, und da es mir bis heute gefällt, wirst du es akzeptieren müssen.

Mein Gott, du bist siebzig.

War Sara nicht hochbetagt, als Isaak sie erkannte?

Jost lachte. Er saß im Bademantel seiner Großmutter gegenüber, die hatte schon zum zweitenmal heißen Tee mit Honig herantragen lassen.

Fühlst du dich besser, mein Junge?

Jost nickte.

Gottlob. Über unserem Gerede habe ich vergessen, den Arzt zu rufen. Soll ich es nachholen?

Jost, der alle weiteren Fragen nach dem Wie und Warum seines Unfalls vermeiden wollte, schüttelte den Kopf.

Armgard legte ihm eine Hand auf die Stirn, sie fühlte sogar seinen Puls. Dein Herz schlägt ruhig. Und da wir gerade so hübsch unter uns Pastorentöchtern sind, sollten wir versuchen, unsere verworrenen Familienverhältnisse zu ordnen.

Jost erschrak. Du willst doch nicht etwa diesen Jörn Schlöpke heiraten?

Ich wollte schon. Jörn ist es, der sich sträubt, er will partout nicht einziehen ins Schloß.

Jost erfuhr von seiner Großmutter, daß der Alte das Gärtnerhaus mit einigen Ländereien dem Staaf Tiedemann überschrieben hatte. Wenn er mich überlebt, hat er keine Bleibe.

Dann redeten sie über die Zukunft der Schwäne von Klevenow. Dich würde ich gerne um mich haben. Ich weiß, du bist ein Pferdenarr, mein Marstall ist immer noch einer der größten in Norddeutschland. Das Radio ist erfunden worden, das Interesse am Rennsport wächst und wächst. Übernimm meinen Marstall, bring ihn wieder in Schuß.

Bis jetzt bin ich bloß ein verkrachter Offizier.

Schlimm genug, sagte die Alte, also wirst du studieren und Landwirt werden, damit du mir ein verläßlicher Erbe wirst.

Handschlag darauf, Umarmung, stürmischer Kuß.

Jost Schwan war auf Klevenow geblieben. Nach einigen Studienjahren an der Berliner Universität promovierte er zum Doktor der Landwirtschaftswissenschaft und wurde als Herrenreiter in ganz Deutschland populär.

Anfang der Dreißiger war Klevenow in die allgemeine Krise gerissen worden, auch den Schwanschen Gütern drohte der Konkurs.

Hilmar Schrader, dem daran gelegen war, daß seine einzige Tochter einen Adelstitel erwarb, wollte ihn abwenden. Die Nachricht von der Vermählung des Traumpaares sollte die Gläubiger erst einmal beruhigen.

Jost Schwan stand vor dem großen Spiegel in seinem Ankleidezimmer und sah sich zu, wie er kunstgerecht eine Fliege band. Er war mit seinem Werk und seiner Erscheinung zufrieden und grinste, als er an Großmutter Armgards Hochzeitsnacht dachte.

Übrigens hatten Bettine Schrader und er einander auch noch nicht nackt gesehen. Die Bankierstochter war zierlich, ein Garcon-Typ mit lebhaft dunklen Augen, einer lackschwarzen Pagenfrisur. Sie lachte gern und bleckte dabei ungeniert ihre Zähne, die ein wenig zu groß geraten waren. Wie ihr Bräutigam mochte sie Verse von Kästner.

> Dann hätte sie beinah ein Kind gekriegt,
> ob von mir, ob von dir, was weiß ich,
> das hat ihr ein Freund von uns ausgekratzt,
> nächstens werden wir dreißig.

Bettine wurde vierundzwanzig und spielte Jost gegenüber noch immer die Prüde. Sie waren sich oft genug nahe gekommen, beim Zärteln in der Sofaecke vor dem Kamin, und gelegentlich hatte er vor ihr mit einer mächtigen Erektion geprahlt.

Mehr ließ sie nicht zu.

Das sparen wir uns auf für die Hochzeitsnacht.

Aus den Dörfern der einstigen Grafschaft und selbst aus den nahegelegenen Städten waren die Schaulustigen gekommen. Hunderte, die keinen Platz in der Kirche gefunden hatten, drängten sich vor dem Gotteshaus oder standen zwischen den Gräbern, vor ihnen sprangen die Bildberichterstatter herum, stellten sich auf die Zehenspitzen oder gingen in die Hocke, Fotoapparat vor den Augen. Es blitzte, zischte, es dampfte und stank, als Jost Schwan aus der Kutsche kletterte, gefolgt von seinen Eltern.

Beifälliges Klatschen, Vivat-Geschrei.

Graf Walter im Frack, der überm Bauch bedenklich

spannte, Gräfin Lenelotte in heliotropfarbener Robe mit passender Kappe, beide hatten nach dem Zusammenbruch des Gutes Laudeck auf Klevenow Asyl gesucht, und die Erblandmarschallin mußte es notgedrungen gewähren.

Jost wurde zum Altar geführt, um dort seine Braut zu erwarten. Da kam sie auch schon am Arm Hilmar Schraders. Die Leute erhoben sich, die Orgel jubilierte, und nicht nur Gräfin Lenelotte tupfte sich die Augen.

Niemals hatte man in Klevenow ein solch heiter farbiges Bild gesehen, die zarte Braut, gekrönt mit dem Familien-Diadem der Schwäne, im glitzrigen weißen Gewand, dessen schier endlose Schleppe von viermal zwei Brautjungfern getragen wird, eine jede gleich und reich in Rosa gewandet und mit einem wagenradgroßen Tüllhut auf dem Kopf.

Nun stehen sie nebeneinander, ein fürstliches Paar. Ein Leuchten scheint von ihnen auszugehen.

Und darauf bezieht sich Pastor Mücke, als er vom deutschen Volke spricht, das ausgesogen, ausverkauft, geschlagen mit Verbitterung, Arbeitslosigkeit, Hoffnungslosigkeit ist und dazu noch im dunkeln wandelt. Es wartet auf das Licht, auf Persönlichkeiten wie Bettine und Jost, die es ihnen vorantragen werden.

Jost hatte den schwülstigen Prediger im Verdacht, daß er auf einen anderen Fackelträger hoffte, auf Adolf Hitler nämlich, der mit jedem Mittel die Kanzlerschaft in Deutschland anstrebte.

Die Tafel fand im großen Saal von Klevenow statt, dessen Gestaltung Herrn Schrader ausnehmend gefiel. Der Raum war im Zeitgeschmack der Gründerjahre rekonstruiert worden und ähnelte mit seinem dunklen Balken- und Schnitzwerk und zwei Kaminen, deren Simse von Karyatiden gebuckelt wurden, der Schalterhalle eines Bankgebäudes.

Erlauchte Gäste auf Klevenow. Da saßen manche der alten Freunde, die Bassewitz', die Maltzans von Grubenhagen, die von Flotow und von Oertzen und andere, die die Weltwirtschaftskrise überstanden hatten, aber der Geldadel überwog, und die Damen überboten sich an Schmuck und extravaganten Roben.

Die prachtvollste Erscheinung im Saal von Klevenow war Armgard Schwan, die Erblandmarschallin, sie hatte nicht nur an Jahren, sondern auch an Gewichtigkeit zugenommen und stützte sich auf ein elegantes Stöckchen mit Silberknauf. Keiner wußte besser als sie über die Misere von Klevenow Bescheid, dennoch hatte sie sich von einem Berliner Modesalon ein Festkleid von bernsteinfarbener Seide arbeiten lassen, über und über mit Perlen bestickt, das ihre Fülle eindrucksvoll umwallte und umrauschte.

Jost hatte sie herzlich geküßt. Schön siehst du aus, Großmutter.

Sie antwortete mit der bekannten Redensart: Nobel geht die Welt zugrunde.

Man hatte es so arrangiert, daß der Bankpräsident Hilmar Schrader neben die Erblandmarschallin zu sitzen kam. Er war entzückt vom rauhen Charme der Adelsdame und vertraute ihr nach dem dritten Glas Sekt an, daß er nicht nur in der Wirtschaft die Fäden ziehe, sondern auch in der Politik. Erst dieser Tage hatten die Großindustriellen Deutschlands an Adolf Hitler geschrieben und ihm versichert, daß sie seine Ernennung zum Reichskanzler beim alten Hindenburg mit allen Mitteln durchsetzen würden.

Armgard antwortete nach einer Weile: Ihre schöne Tochter ist seit heute eine Gräfin Schwan auf Klevenow. Das wird Sie noch eine Menge kosten. Aber das ganze Geschäft kann selbstverständlich erst abgewickelt werden, wenn meine Rechnung stimmt. Ich will Deutschland verlassen und den Rest meiner Tage in Dänemark verleben. Ich besitze ein kleines Haus am Sund bei Borrethuset auf Falster, gegenüber der Insel Moen. Natürlich muß es hergerichtet werden. Außerdem verlange ich eine Apanage für meinen alten Freund und mich. Machen Sie mir ein anständiges Angebot. Übrigens, Ihr Adolf Hitler gefällt mir nicht.

12

Es kam Staaf Tiedemann gelegen, daß Mala zu einem Familientreffen nach Laudeck einlud. Es sollte an einem Sonnabend im November stattfinden. Er würde stundenlang mit dem Zug unterwegs sein und Muße haben nachzudenken, über sich selber und die wirren Zeitumstände, die ihn beunruhigten.

Staaf stand am Scheidewege. Vielleicht würde er jenen nehmen, der ihn aus der Hektik der Städte hinausführte in die vertrauten, überschaubaren Gefilde seiner Heimat oder auch nach Klevenow. Jörn Schlöpke hatte ihn wissen lassen, daß er seiner Herrin, der Erblandmarschallin, nach Dänemark folgen würde. Er wollte ihm das Gärtnerhaus mit allem Drum und Dran unverzüglich übergeben. Staaf konnte dort eine Werkstatt aufbauen, auf dem riesigen Gut wartete Arbeit genug für einen tüchtigen Maschinenmeister, und er hätte eine Bleibe für sich und Irmgard Jankowski, das Mädchen, das er liebte und heiraten wollte.

Staaf hatte sich also auf dem Bahnhof Rheinhausen in den Zug gesetzt, um seine Großmutter in Pommern zu besuchen. Er freute sich auf die Alte.

Vor der Begegnung mit der schönen Anna graute ihn. Er würde diesmal jeder Verlockung widerstehen und ihr klipp und klar bedeuten müssen, daß er sich in Irmgard verliebt hatte. Weihnachten sollte die Hochzeit sein.

Halt in Berlin, Menschengedränge, Lärm, die Stadt war lauter und greller als jede Industriesiedlung des Ruhrgebietes, die Huren um das Bahnhofsviertel aufdringlicher, teurer allerdings auch.

Umsteigen auf dem Stettiner Bahnhof.

Vor Jahren hatte es Staaf ins Ruhrgebiet verschlagen, gute Löhnung, schöne Weiber. Er hatte die goldenen Zwanziger in lärmerfüllten Fabrikhöfen erlebt, in lichtlosen Hinterhofquartieren, beim Sport an der Flußaue, im Gras mit mancher Liebsten. Es war eine wilde und aufregende Zeit, Inflation und Tingeltangel, Klassenkampf und Charleston, Bauhaus und Bubikopf. Wer zählte die Arbeitslosen, die Penner, die grellbemalten Nutten? Und diese Schlager: Schöner Gigolo, armer Gigolo … Wer wirft denn da um Mitternacht noch Sülze in den Fahrstuhlschacht? …

Staaf war Meister in einem großen Werk geworden, das Lokomobilen produzierte, aber auch diese Fabrik war in die Krise geraten, möglicherweise hatte sich der Bau gigantischer Maschinen als technische Fehlentwicklung erwiesen wie die vielbewunderten Zeppeline, die keine Chance hatten gegenüber dem Flugzeug, jedenfalls stockte der Absatz, Hunderte Arbeiter waren von Entlassung bedroht. Staaf hatte sich über Jahre hinweg als führendes Mitglied des Betriebsrates für die Belange seiner Kollegen eingesetzt, er wollte sich auch diesmal der Werkleitung entgegenstellen, wurde aber beim Metallarbeiterstreik von den Arbeitern anderer Betriebe im Stich gelassen und mußte am Ende aufgeben. Er wurde fristlos entlassen, sein Name auf die Schwarze Liste gesetzt, das kam einem Berufsverbot gleich, jedenfalls war Staaf ohne Broterwerb, und das ausgerechnet zu einer Zeit, da er sich an Irmgard binden und endlich eine Familie gründen wollte. Er war schon Anfang Dreißig, wie weiter?

Man kannte Staaf Tiedemann in Arbeiterkreisen als einen sportlich trainierten Mann, aber auch als witzigen und schlagfertigen Redner. Er bekam das Angebot, im Rotfrontkämpferbund zu arbeiten, wenn man so will, hauptamtlich in die Politik zu gehen, in Rheinhausen übrigens, und er überlegte, ob er sich dort engagieren sollte. Eine Zeitlang waren die Sturmabteilungen der Nazis, SA genannt, wegen mörderischer Übergriffe durch Regierungserlaß verboten worden, jetzt marschierten sie wieder, braun uniformiert, Hakenkreuz am Ärmel, im gleichen Schritt und Tritt, aber sie stürmten auch die Versammlungslokale der Arbeiterparteien, machten Jagd auf Andersdenkende. Es empörte Staaf, daß ihre Führer die Greuel auf ähnliche Weise rechtfertigten wie die Baltikumer nach dem Ende des ersten Weltkrieges, sie merzten nur das Böse aus, die Träger einer undeutschen Ideologie. Die Nazischläger wurden immer aggressiver, folglich mußte man sich ihrer erwehren. Warum nicht mit Hilfe des Rotfrontkämpferbundes?

Er würde mit Irmgard darüber reden. Sie hing am Ruhrgebiet, sie war dort zu Hause, von Beruf übrigens Bibliothekarin. Staaf hatte sie an der Ausleihe kennengelernt, ein hübsches Mädchen, kaum mittelgroß, ein bißchen zu rank und zu schlank, mit wundervollem Haar, das wie blankes Kupfer schimmerte, und einem milchigen Teint, wie er nur Rotblonden eigen ist, ein paar Sommersprossen da und dort, grünliche Augen, und blitzgescheit, wie sich im Gespräch über dieses oder jenes Buch bald herausstellte. Sie empfahl ihm den frechen Brecht und schob ihm Maxim Gorki zu, Bücher, die in den Läden kaum zu finden waren. Irmgard teilte seinen Geschmack, aber auch seine politischen Ansichten. Bald schlenderten sie Abend für Abend durch nachtdunkle Parkanlagen, redeten über Gott, Tod und Teufel und schwiegen sich lange Zeit über das Thema Liebe aus, dann standen sie doch, Kopf an Kopf gelehnt, auf einer Brücke und freuten sich, daß der rote Mond die Dreckfluten der Ruhr vergoldete. Sonntags, bei sommerlichem Wetter, lagen sie unter den Nudisten auf den Wiesen herum und kannten einander schon sehr genau, er hatte einen gestählten

Körper mit kräftigem Glied, sie war beinahe knabenhaft von Statur mit einer hübschen kleinen Mädchenbrust. Es zog sie zueinander, und bald war ihnen nach Bett und gemeinsamer Bleibe zumute, es fragte sich aber, ob sie mit ihm nach Klevenow ziehen wollte. Auch wußte Staaf nicht, wie sich Hogan ihm gegenüber verhalten würde.

Und dann kommt der große Tiedemannsche Familienrat in Malas kleiner Stube, dann sitzen sie um den Tisch, sechs Frauen unterschiedlichen Alters und ein einziger Mann. Staaf wird an der Stirnseite, seiner Großmutter gegenüber, plaziert. Sie hat sich zur Feier des Tages wieder einmal fein gemacht, trägt das Samtband mit der funkelnden Agraffe am Hals, und vor ihr liegt die Bibel. An der einen Längsseite haben Grete und Anna Platz genommen, neben ihrer Schwiegertochter wirkt Staafs Mutter abgerackert, kaum Fleisch auf den Wangen, schmale Lippen, unmutig verzogen, vielleicht ahnt sie, was geschehen wird; sie hatte der alten Mala das Treffen ausreden wollen, aber die beharrte darauf, es ebenso zu halten, wie das Gesine, Gott hab sie selig, getan hätte. Für die war ein Eintrag in die Familienbibel so gut, wie ein Testament, das beim Notar besiegelt wird. Mit achtzig ist es hohe Zeit, das Haus zu bestellen, um so mehr, als es der Mala nun endlich gehört.

Den beiden Tiedemann-Witwen gegenüber sitzen die kleine Gesine, nun auch schon vierzehn und der Mutter ähnlich, nächstes Jahr wird sie konfirmiert, und Lina Stankowski, die propere Frau des Herrn Steuersekretärs aus Frauenburg. Gretes einzige Tochter hatte ihren Bruder wiedersehen wollen. Und dann ist da noch Franzka, die Stumme, die im Hause wohnen darf und den Frauen der Tiedemanns einen Teil der Hausarbeit abnimmt. Franzka ist nun auch schon Mitte Dreißig, es hat sich in Laudeck keiner gefunden, der sie zur Frau nehmen wollte.

Mala blickte in die Runde.

Ich weiß noch, wie wir von Güstrow ausgezogen sind am Tag nach Sedan, die Glocken dröhnten von den Türmen, auf den Wällen wurde Victoria geschossen, in den Gassen jubelte das Volk, und die Männer besoffen sich. Wir waren auf der Flucht vor all diesem Siegeslärm und hockten in der Schoßkelle, Gesine und ich, Roman führte das Pferd, da fühlte ich das Beutelchen, mein Vater hatte es mir beim Abschied zugesteckt, hundert Taler courant.

Wie alle anderen hatte Anna die Geschichte schon oft mit angehört und sprach gewissermaßen das Amen, indem sie ergänzte: Die Anzahlung für die Büdnerei.

Ja, sagte Mala gut gelaunt. Und heute will ich sie überschreiben. Sie schaute von einem zum anderen. Auf wen?

Grete, die Schwiegertochter, wäre die nächste Erbin gewesen, hob aber die Schultern und gab die Entscheidung weiter an Staaf. Der meinte denn auch: Natürlich auf dich, Mutter.

Da legte Anna die Hand auf den Familientisch und begründete ihren Anspruch: Ich habe für ein Kind zu sorgen.

Die rundgesichtige, kräusellockige Lina nickte beifällig. Sie bewunderte die Schwägerin wegen deren Schönheit und Vitalität und sagte: Ihr wißt ja, mein Mann ist Steuersekretär, ein Beamter mit Pensionsanspruch. Ich scheide aus, aber ich plädiere für Anna. Dabei blickte sie eindringlich auf Staaf. Und du?

Staaf sagte: Ich habe von Schlöpke das Gärtnerhaus in Klevenow geerbt. Zwei Häuser brauche ich nicht.

Also war die Sache entschieden. Mala hängte umständlich die Brillenbügel hinter den Ohren ein, suchte nach einer freien Stelle auf den letzten Seiten der Familienbibel und tunkte die Feder ein.

Ich schreibe also: Anna Tiedemann, der Witwe meiner Enkel Hein und Max, soll zugehören die Büdnerei mit einem Viertel Acker und Gartenland.

Nein!

Diesen schroffen Einspruch hatte sogar die Stumme von Annas Lippen ablesen können und schrak zusammen.

Mala legte die Feder beiseite und fragte verständnislos: Du willst das Erbe nicht annehmen?

Anna sagte: Nicht ohne Staaf.

Alle Frauen am Tisch blickten auf ihn. Da saß er, ein Mann, dem es als Gewerkschaftsführer ein paarmal gelungen war, Fabrikdirektoren oder Aufsichtsräten wenigstens einen Kompromiß abzutrotzen, fühlte sich unbehaglich, so angestarrt aus sechs Augenpaaren, und kam sich vor, als säße er nicht seiner Verwandtschaft gegenüber, sondern einem Gericht weiblicher Racheengel, wie man sie auf alten Kirchenbildern sieht, mit bösen Augen, die den armen Sünder verfolgen, wohin er sich auch wendet in seiner Angst.

Staaf wußte, daß die Büdnerei verloren war ohne einen tüchtigen Mann, der sich ihrer annahm. Er sagte ein wenig hilflos: Ich bin immer nur auf Zeit in Laudeck gewesen, und das habt ihr akzeptiert. Ich bin ein politischer Mann, und das habt ihr gewußt. Ich muß zurück in die Welt, Anna, ich kann kein Büdner werden.

Anna verschränkte die Arme über der Brust und lehnte sich zurück. Sie sagte: Dann bleibt mir gestohlen mitsamt euerm schäbigen Katen.

Die alte Mala hörte es fassungslos, und Grete sprang ihrer Schwiegermutter bei.

Du hast doch gerade gehört, Anna, daß sie durch die Welt hat ziehen müssen, verfemt und verachtet wie ein Zigeuner im grünen Wagen, bis das hier gefunden war, ein Stückchen Heimat, aus dem sie niemand mehr vertreiben konnte? Begreifst du nicht, was es den Frauen der Tiedemanns bedeutet hat: ein Dach überm Kopf, vier eigene Wände, hinter denen sie und die Kinder geborgen sind?

Anna bot ihrer Schwiegermutter dreist die Stirn.

Siehst du nicht, daß die Wand rissig ist. Bald wird sie bröckeln. Bist du so taub wie Franzka, daß du den Totenwurm nicht hörst, Nacht für Nacht dieses widerliche Ticken im Gebälk?

Grete wollte sich auf Anna stürzen.

Auch wenn du nicht meine Tochter bist, ich hau dir eine runter.

Staaf fiel seiner Mutter in den Arm.

Müßt ihr so heftig reden vor dem Kind?

Gesine weinte fassunglos, als sich Mutter und Großmutter gegenseitig anschrien.

Anna stieß die Stumme in die Seite und zeigte zur Tür.

Geh raus, füttere die Hühner! Raus mit dir, raus! Und nimm Gesine mit. Sie schob ihr die Tochter zu.

Dann sagte sie zu ihrer Rechtfertigung: Die muß nicht alles mitkriegen.

Franzka ist taub, rief Grete, und Anna antwortete kalt: Die hört mit den Augen.

Als die Stumme das schluchzende Mädchen hinausgeführt hatte, trat Lina hinter Annas Stuhl, legte begütigend die Arme um ihre Schwägerin, streichelte ihr die Wange, und die anderen sahen mit Erstaunen, daß sich Anna unter der zärtlichen Berührung entspannte. Sie faßte nach den Händen Linas und lehnte ihren Kopf gegen deren Brust.

Lina, sagte sie, ist die einzige in der Familie, die gut zu mir ist.

Staafs Schwester, die ihre aufgebrachte Schwägerin immer noch im Arm hielt, sagte zu Staaf: Weißt du wirklich nicht, daß sie dich liebt?

Grete schaute ratlos auf ihren Sohn. Der sagte nach einer Weile: Anna ist schön, sie ist vital, sie wird einen Mann finden, der zu ihr paßt.

Anna schüttelte den Kopf. Ich versuche ja zu verstehen,

was es euch wert ist, dieses alte düstere Haus. Auch mein Kind ist unter diesem Dach geboren, und ich habe mich zehn Jahre meines Lebens dafür geschunden, zehn Jahre nicht aufgemuckt, aber die Stallarbeit ist mir sauer geworden, kein Sonntag, kein Feiertag, jeden Morgen war mir, als hätte ich kaum geschlafen, wenn ich früh um halb vier aus dem Bett kriechen mußte.

Lina, noch immer hinter Annas Stuhl stehend, massierte ihr die geschwollenen Muskelstränge am Halsansatz. Du warst die Kräftigste und die Fleißigste von uns.

Und Anna antwortete mit einem kleinen, bitteren Lachen: Staaf weiß es, hab ich immer gedacht. Er muß es doch sehen, keiner geht ihm zur Hand wie ich, keiner räumt ihm so viel aus dem Weg, keine ist ihm so gut. Ich hab länger und viel besser mit ihm gelebt, als mit Max oder Hein, viel öfter mit ihm geschlafen.

Anna bemerkte, daß die alten Frauen ihre Worte mißbilligten.

Ja, sagte sie herausfordernd, ich hab ihn bei mir liegen lassen, so oft er Lust hatte. Jede von euch hat das gewußt.

Staaf hob bittend die Hände. Hör auf!

Aber sie wollte ihn nicht schonen und rief: Du wirst mich anhören, Staaf Tiedemann. Du hast dir genommen, was ein Mann braucht, und ich habe dir nichts versagt, weil ich dich liebte, weil ich sicher war, daß du mich eines Tages zur Frau nehmen mußt, daß wir Kinder haben würden. Und dann, Mutter, hätte es einen Sinn gehabt, die alte Büdnerei zu besitzen, was draus zu machen.

Und wieder schauten die Frauen lauernd auf Staaf, als hinge von seiner Antwort für sie alle das Leben ab.

Endlich bekannte der Mann: Ich liebe eine andere Frau. Nächsten Monat werden wir heiraten.

Anna bedeckte das Gesicht mit beiden Händen. Er geht fort, sagte sie und hob den Kopf. Lina lebt in Frauenburg.

Wie lange dauert's, dann ist Gesine aus der Schule. Mala wird sterben.

Staafs Mutter rief empört: Wie kannst du ihren Tod beschreien?

Du, antwortete Anna höhnisch, du bist ja auch schon an die Sechzig. Eines Abends werde ich allein unter der Funzel sitzen, vielleicht in Gesellschaft der Stummen. Dann habe ich nicht mal einen Menschen, mit dem ich reden kann. Sie schüttelte den Kopf. Nein!

Staaf war betroffen, als er ihre Klage hörte, und er wollte nicht, daß sich die Frau im Haß von ihm trennte.

Anna, sagte er, ich hatte schon mal die Verlobungsringe in der Tasche. Das ist lange her. Du hast damals nicht auf mich warten wollen, sondern in Heins Bett gelegen, und ich mach dir keinen Vorwurf draus. Du kannst nicht an gegen dein starkes Gefühl. Was ich für dich empfinde, reicht nicht für ein ganzes Leben. Bist du niemals auf den Gedanken gekommen, daß die toten Brüder zwischen uns stehen?

Die verdammte Politik steht zwischen uns, o Gott, die dreckige Politik, ich hasse sie seit meinen Kindertagen. Vater ist gefeuert worden, immer wieder. Er war ein Arbeiter, ein kleines Licht wie du, und genauso anmaßend. Immer hat er sich gegen die Großen gestemmt, das war auf der Werft so, das war auf dem Gut so. Wir mußten darunter leiden. Mutter hat sich zu Tode gehustet, weil es nicht mal für den Doktor reichte, Vater ist umgekommen, Hein ist umgekommen. Wofür?

Sie weinte.

Staaf setzte sich neben sie, er legte seine Hand auf ihren Arm, und sie duldete die Berührung.

Er sagte: Anna, ich lebe gefährlich, und du sollst nicht zum dritten Mal die Witwe von einem Tiedemann werden, sieh's mal so. Nimm das Haus oder nimm's nicht, nimm dir vor allen Dingen einen guten Mann. Es tut mir leid, daß ich dir weh tun muß. Wenn du wirklich noch was für mich übrig hast, dann tu mir nur einen Gefallen, heirate keinen Nazi.

Anna schaute den Staaf an, sein Gesicht war ihr nahe, wie oft hatte sie es liebkost, wie oft hatte sie sich an seiner rauhen Wange gerieben, wie oft das Hemd am Hals aufgeknöpft. Sie sagte:

Warum sollte ich dir was zu Gefallen tun? Ich werde den Baltikumer nehmen, den Treuhänder, den Herrn Binder.

Mala, die ein wenig an Schwerhörigkeit litt wie viele alte Leute, hielt lauernd den Kopf schief und fragte zittrig: Hat sie wirklich so was Fürchterliches gesagt? Daß sie einen der Mörder zum Mann nehmen will?

Anna erhob sich brüsk, schob ihren Stuhl zurück und umrundete den Tisch. Sie stand stolz aufgerichtet und sah herab auf die übrigen, die fassungslos an der Tafel saßen. Sie sagte:

Da mich Staaf nicht haben will, nehme ich den nächsten besten Mann, das ist wahr. Ich werde fortgehen mit meinem Kind. Wir nehmen mit uns, was wir auf dem Leibe tragen. Meinen ganzen Bettel drüben in den Stuben, in den Schränken, den schenk ich euch. Ich werde Bäuerin auf dem größten Hof in Laudeck.

Sie ging tatsächlich, sie nahm das Kind mit sich, Gretes einzige Enkeltochter, und es dauerte lange, bis die Tiedemanns der Anna, die bald Frau Binder hieß, wiederbegegneten.

13

Die Erblandmarschallin Armgard Schwan konnte Deutschland nicht so schnell verlassen, wie sie das gewünscht hatte. Die Herrichtung des Hauses auf Falster dauerte länger als erwartet, schließlich sollte es mit aller Kommodidät ausgestaltet sein. Die Verhandlungen mit den Anwälten Doktor Hilmar Schraders zogen sich in die Länge, die alte Dame feilschte hartnäckig um jedes Detail. Am Ende stellte sich heraus, daß die bauernschlaue Gräfin nicht zu kurz gekommen war. Das behielt sie bis zum Abschied von ihrem Enkel für sich.

Wenn ich sterbe, bist du mein Erbe, Jost. Ich möchte auf gar keinen Fall, daß mein Leichnam nach Klevenow geschleppt und in der Nähe der gräßlichen Schwanschen Epitaphien beigesetzt wird. Ich will in Dänemark begraben werden, aber mein lieber alter Jörn ist wunderlich und will in Klevenow unter die Erde. Falls ich überlebe, werde ich dafür sorgen, daß ihm an der Kirchhofsmauer ein Grab bereitet wird, dort wo seine Geschwister schon seit einem halben Jahrhundert ruhen, du weißt schon, an der Stelle, wo sich der alte Rosenstrauch erhebt. Sterb ich vor Jörn, mußt du seinen letzten Willen erfüllen.

Selbstverständlich, Großmutter.

Geradezu, wie es ihre Art war, begann sie ihn plötzlich auszufragen. Du hast eine schöne Frau geheiratet, eine reiche dazu. Klappt es in der Mitte?

Er antwortete ausweichend. Sie wiegte bekümmert den

Kopf und wollte wissen, warum sich seine kleine Gräfin so rar auf Klevenow mache.

Jost wollte nicht sagen, daß Großmutter Armgard die Gründe lieferte.

Über ein halbes Jahrhundert hatte sie auf Klevenow regiert, die Domestiken waren auf sie eingeschworen, und ihr kam nicht einmal in den Monaten des Aufbruchs der Gedanke, die Zügel aus der Hand zu geben. Was auf Klevenow geschah, ob die täglichen Mahlzeiten, die Einladungen, die seltenen Feste, es hatte nach ihrem Willen und Geschmack zu geschehen. Das Laudecker Grafenpaar, auch Jost und seine Gemahlin, wohnte in getrennten Suiten des weitläufigen Hauses, sie mußten sich manchmal wie Hausgäste der Erblandmarschallin fühlen und litten unter der Dominanz der eigenwilligen Schloßherrin. Graf Walter und Gräfin Lenelotte, die Bankrotteure, fügten sich widerwillig und hofften zu Gott, daß die Alte bald nach Dänemark verschwinden würde. Bettine aber, die junge Gräfin, verlor die Geduld.

Sie zog sich in das Berliner Stadthaus am Rande des Wannsees zurück, das ihr der Papa eingerichtet hatte. Sie vermißte in Mecklenburg die Theater, die Stars, die Konzerte, die rauschenden Bälle. Jost hatte zustimmen müssen. Eine Zeitlang reiste er Wochenende für Wochenende nach Berlin, er war vom Montag bis Freitag zur Keuschheit verurteilt, verrückt nach Bettine und liebte sie gierig. Nach und nach zeigte sich aber, daß Kraft und Heftigkeit nicht das waren, was die junge Gräfin bevorzugte. Sie überredete ihn, zur Bereicherung im Bett eine zärtliche Freundin hinzuzuziehen, das war aber auf Dauer nichts für den Landjunker, manchmal fühlte er sich überflüssig.

So lagen die Dinge, als Armgard Schwan von Jost Abschied nahm.

Sie sagte: Die junge Gräfin ist apart, aber wenn sie dich

weiter versetzt, dann hol dir eine andere ins Bett. Sie traute den Schraders nicht. Jedenfalls ist Bettines Vater ein einflußreicher Nazi, er bewirkt nicht nur Gutes mit seinem Geld.

Geh auf Distanz zu deinem Schwiegervater, Jost. Trenn dich am besten von dieser Familie, mach dich frei.

Dazu fehlt mir das Geld.

Die alte Armgard lachte. Freu dich auf meinen Tod. Ich hab eine stattliche Summe, wie soll ich sagen, nach Dänemark beiseite gebracht. Mein Erbe bist du.

Graf Walter und Gräfin Lenelotte genossen es, endlich Herr und Herrin auf Klevenow zu sein. Jost ließ sie nach Belieben schalten und walten, er hatte mit der Bewirtschaftung der Ländereien zu tun, mit dem Marstall, der viel zu groß war, wie sich herausstellte. Das Automobil verdarb den Pferdezüchtern das Geschäft, und zur Aufzucht von Reit- und Rennpferden genügte ein Viertel des imposanten Marstalls aus Zeiten der seligen Gräfin Agnes.

Die junge Gräfin Bettine weilte immer noch am Wannsee. Jost saß mit den Eltern im Abendsaal beim Tee, als das Hausmädchen einen Herrn Breitfeld meldete, den Kreisleiter der NSDAP.

Die Gräfin wunderte sich. Tea time, mein Gott.

Die riesige Dogge, die zu ihren Füßen lag, knurrte. Die Herrin tadelte sie. Deshalb mußt du dich nicht aufregen, Toni.

Josts Mutter hatte mit Inbrunst die »Buddenbrooks« gelesen und ihren Hund nach der schönen Tochter des Konsuls genannt.

Platz also! Toni legte den grämlich gefurchten Kopf mit sabberndem Maul auf den Perser nieder.

Leider kam es doch zu einem Zwischenfall, denn Breitfeld hatte, ohne den Bescheid des Hausmädchens abzuwarten, den Abendsaal in aller Unbefangenheit betreten, die Hakken zusammengeknallt, den rechten Arm mit gestreckter Hand nach vorn gestoßen und Heil Hitler! gerufen. Kein Wunder, daß die Dogge zähnefletschend auf den vermeintlichen Angreifer losfuhr.

Jost befahl in scharfem Ton: Aus! und die brave Toni gehorchte widerwillig und zog sich in die Nähe der Gräfin zurück.

Die Herrin von Klevenow war jetzt eine schlank gehungerte Endfünfzigerin mit scharfen Gesichtszügen und kunstblonder Wasserwellenfrisur. Sie trug ein schmales blaues Kleid, das bis zu den Knöcheln reichte, und war mit einem langen Seidenschal drapiert.

Sie sagte lächelnd: Mach dich nicht lächerlich, Toni. Das ist der Herr Breitfeld von der Partei.

Der Kreisleiter trug die braune Uniform der sogenannten Goldfasane, und die Gräfin streichelte den Herrn am Ärmel, um das aufgeregte Tier zu belehren. Braver Mann, Toni. Braver Mann.

Eine Teetasse für den Gast wurde rasch herangetragen. Er konnte sich endlich niederlassen.

Die Gräfin fragte: Was führt Sie zu uns nach Klevenow?

Zwei wichtige Gründe, erklärte Breitfeld. Einmal komme er im Auftrag der Dienststelle Obersalzberg Nord.

Graf Walter hob fragend die Brauen und Breitfeld erläuterte.

Der Führer läßt sich einen Landsitz erbauen, nicht weit von seiner Heimat.

Davon hatte Gräfin Lenelotte gehört. Auf dem Obersalzberg, nicht wahr, ganz nahe den Gipfeln.

Richtig. Er braucht aber auch ein, ja, wie soll ich denn sagen, ein Krongut im deutschen Norden, um Staatsgäste zu beherbergen.

Lenelotte Schwan hatte ihrem Gast den Tee eingeschenkt, jetzt deutete sie auf verschiedene Näpfchen. Kandis, Sahne, Zucker, Honig?

Breitfeld tippte auf den Honigtopf. Er rührte, schlürfte und redete weiter: Schloß Klevenow ist ein königlicher Bau, der Park gilt als der schönste und größte in Norddeutschland, vom genialen Lenné angelegt, soviel ich weiß. Obersalzberg Nord würde kaufen.

Wie kommt man darauf? Graf Walter war verblüfft.

Breitfeld argumentierte vorsichtig. Es steht nicht zum allerbesten um den deutschen Großgrundbesitz.

Eine Erblast, rief Walter Schwan. Sie wissen doch, daß die Systemzeit der Landwirtschaft feind war.

Ja, ja, sagte Breitfeld, ja, ja, und zögerte, ehe er sich entschloß, der Adelsfamilie mit der brutalen Wahrheit zu kommen. Sie haben sich von verschiedenen unrentablen Gütern oder Höfen trennen müssen und stehen immer noch mit einer runden Million bei der Preußischen Bank in der Kreide.

Hätte Toni doch diesen anmaßenden Kerl in den Arsch gebissen, dachte Jost verärgert, er verstand aber, warum ihn der Vater warnend anblickte, der hatte ihn erst gestern darauf hingewiesen, daß Leute am Ruder wären, mit denen man sich auf keinen Fall auf Streit einlassen dürfte: Immer freundlich sein, immer ruhig bleiben, Jost. Er bemühte sich um Gelassenheit, und leider gelang ihm nur ein arrogantes Lächeln, als er sagte: Mein Schwiegervater Doktor Hilmar Schrader ist Präsident der Preußischen Bank.

Als er den Namen nannte, schoß ihm durch den Kopf, daß man sich möglicherweise mit Hilfe von Obersalzberg Nord aus der Bevormundung durch den Bankpräsidenten befreien könnte.

Der Kreisleiter war offenbar im Bilde. Herr Doktor Schrader würde sich einem Wunsch des Führers niemals entgegenstellen. Setzen Sie sein Einverständnis getrost voraus. Ihr verehrter Herr Vater hat über die Erblast der Systemzeit geklagt. Wir wollen sie abtragen. Adolf Hitler, sehen Sie mal, handelt nach einem einleuchtenden Prinzip: Schlecht ist, was dem Volke schadet, gut ist, was dem Volke nutzt. Deshalb hat er schon einiges zur Entschuldung der Großagrarier getan. Wir möchten auch Ihnen unter die Arme greifen und tun das selbstverständlich auch im Interesse der vielen Landarbeiter.

Gräfin Lenelotte sagte: Aber das ist doch sehr nett von der Partei, Jost.

Breitfeld dankte ihr aus dem Sessel heraus mit einer angedeuteten Verbeugung und pries die Vorzüge seines Planes: Falls Klevenow Krongut des Führers würde, hätten Sie keine Sorgen mehr. Schätze mal, Obersalzberg Nord bietet Millionen, wenn Sie es wünschen, sogar Gebietsaustausch. Sie könnten ein neues, modernes Schloß erbauen lassen, vielleicht im nordischen Stil.

Gräfin Lenelotte war angetan und sprach von Karinhall in der Schorfheide. Man hörte erstaunliche Dinge.

Sie blickte bittend auf ihren Gemahl, der wies auf den Sohn hin. Der Erbe ist er.

Jost erhob sich und trat vor den Kamin des Abendsaals. Über dem Sims hing ein altes dunkles Ahnenbild im Goldrahmen. Jost strich mit dem Finger darüberhin.

Das ist Graf Friedrich der I. Schwan. Er war einer der reichsten Männer Deutschlands, einer der gelehrtesten auch und hatte sich in Remplin eine Sternwarte errichten lassen. Eines der Mondmeere ist nach ihm benannt. Übrigens hat er mit Herder korrespondiert.

Breitfeld, der Volksschullehrer gewesen war, war der Name des Goethe-Freundes geläufig. Er verzog die Mundwinkel mit Respekt.

Jost sagte: Die Schwäne sitzen seit dem fünfzehnten Jahrhundert in Mecklenburg. Klevenow, das Stammschloß, hat den Stürmen der Zeit getrotzt. Es muß in Familienbesitz bleiben.

Breitfeld hob bedauernd die Hände. Vielleicht dachte er, daß nicht aller Tage Abend sei, und er nickte verständnisvoll, als Graf Walter die Worte des Sohnes bekräftigte.

Wir stehen in der Tradition, Herr Breitfeld.

Der Kreisleiter nippte vom süßen Tee und fragte: Aber Sie werden sich doch nicht der Idee der Volksgemeinschaft versagen wollen?

Die Gräfin schaute ihn ratlos an.

Der Kreisleiter bestätigte, daß Tee mit Honig vorzüglich munde und behauptete dann, für ihn sei die größte Leistung des Führers, daß er den Klassenkampf als solchen abgeschafft habe, und zwar für alle Zeiten.

Gräfin Lenelotte wußte immer noch nicht, worauf er hinauswollte und fragte, ob er die Konzentrationslager meine.

Ich meine, daß der Führer jedem Volksgenossen die gleiche Chance einräumt. Sehen Sie mal, Joachim Willbrandt war bis zur Machtübernahme Landarbeiter auf einem Ihrer Nachbargüter, heute bekleidet er als Gauleiter von Mecklenburg eine hohe Stellung innerhalb der völkischen Ordnung. Ist ja auch richtig so, schließlich sind beide, der Landarbeiter wie der Adelsherr, Söhne der mecklenburgischen Erde, also Brüder und nicht Gegner.

Der Kerl meinte also, daß er mit vollem Recht seine Stiefel unter Mamas Teetisch streckt. Jost hatte die Nase voll vom Geschwafel des Kreisleiters und fragte gradeheraus, was er wolle.

Ein öffentliches Bekenntnis! Breitfeld lächelte, was er sagte, klang aber wie eine Drohung. Wir wollen das zentrale Erntefest des Gaus Mecklenburg im Park von Klevenow feiern. Der Reichsstatthalter wird anwesend sein, Hermann Göring, möglicherweise sogar der Führer.

Bei dieser Ankündigung bekam der Kreisleiter ein Leuchten in die Augen, und die Gräfin ließ sich von seiner Begeisterung anstecken.

Warum nicht? Warum nicht? Mein Gott, wie oft hat in der Vergangenheit Friedrich Franz auf Klevenow gewohnt, ja sogar Ihre Königliche Hoheit die Großherzogin Alexandrine. Wir sind auf hohe Gäste eingerichtet. Warum sollten wir nicht ein schönes Erntefest miteinander feiern, der Führer und die Gefolgschaft von den Schwanschen Gütern.

Später gab Jost dem Breitfeld das Geleit bis zur Pforte. Der Kreisleiter empfand Genugtuung bei dem Gedanken, daß er die Herrschaften für die Idee eines Staatsaktes auf Klevenow gewonnen hatte. Bis September war nicht mehr allzulange hin, die Künstler mußten an die Arbeit gehen, Texter, Komponisten, Choreographen, Kostümschneider, Bühnenbildner. Er stellte sich das ehrwürdige Schloß bei Nacht angestrahlt vor, ebenso die Fahnen, es müßten Hunderte sein, die bis zur Erde hingen, blutrotes Tuch mit schwarzem Hakenkreuz auf weißen Grunde. Und leicht bekleidete reifenschwingende Mädchen auf der Wiese, wie man sie aus der Wochenschau kennt.

Als sie die Galerie durchschritten, blieb Breitfeld an einem der Fenster stehen, aus denen man in den Park blicken konnte. Dort sah er Staaf Tiedemann, der dem Gärtnergehilfen eine Rasenmähmaschine vorführte.

Den Mann kenne ich vom Kriegsende her, sagte er. Tiedemann gehörte zum Soldatenrat und war einer von den Schlimmen, den Unbelehrbaren. Auf sein Geheiß wurde die Tretmühle im Schloß Güstrow zerstört, eine Anlage von kulturhistorisch unschätzbarem Wert, für immer vernichtet.

Woher wissen Sie das? fragte Graf Jost.

Breitfeld grinste. Ich wurde damals gezwungen, beim Soldatenrat als Schreiber zu arbeiten, und kann deshalb viele Untaten schildern und belegen. Inzwischen bin ich ein verantwortlicher Mann der Bewegung und frage: Was hat dieser Tiedemann auf Klevenow verloren?

Er hat das Gärtnerhaus geerbt und will dort eine Werkstatt für Landmaschinen einrichten.

Breitfeld sagte: Ich schicke Ihnen einen Herrn von der Gestapo.

Jost wollte die Angelegenheit herunterspielen und versicherte: Er ist ein Kriegskamerad von mir, Träger des Eisernen Kreuzes I. Klasse. Mein Lebensretter, und er hat sich hier in Klevenow einwandfrei betragen.

Die Männer waren inzwischen bis zur Pforte gelangt, dort drückte sich Breitfeld die zimtbraune Schirmmütze aufs Haupt und meinte: Ich lasse vorsichtshalber recherchieren.

Beim Abschied verstieg er sich zu einem Kompliment: Ihre verehrte Frau Mutter ist immer noch eine prachtvolle Erscheinung. Ich kann sie mir sehr gut vorstellen als Führerin der Frauenschaft in unserer heimatlichen Region.

*

Sommer in Klevenow.

Irmgard Jankowski und Staaf Tiedemann kosteten ihn aus. Oft radelten sie schon vor dem Frühstück hinaus zum See, lehnten die Räder gegen eine Birke, entkleideten sich hastig, warfen sich nackt ins Wasser und schwammen weit hinaus. Dann hatten sie es eilig heimzukommen und versicherten sich, sie seien vom Bade in einem Maße ausgekühlt, daß sie gleich noch mal ins Bett müßten, um einander zu wärmen.

Sie kannten sich schon eine Weile, waren aber nie zuvor für Tage und Nächte beieinander gewesen, und wenn sie auch nicht zum Standesamt gegangen waren, hier in Klevenow feierten sie endlich ihre Flitterwochen und behaupteten immer wieder, der Sommer neunzehnhundertvierunddreißig sei der schönste ihres Lebens.

Eines Morgens radelten sie, um abzukürzen, durch den Park und bogen am Rosengarten zum Dorf ab, als Graf Jost an der Brüstung der Terrasse erschien und winkend die Hand hob.

Irmgard wunderte sich. Der grüßt zuerst?

Wenn es ihm Spaß macht. Staaf hatte keine Lust, über den Grafen zu sprechen. Tatsächlich hatten sie sich während vieler Jahre nicht gesehen, geschweige denn miteinander geredet. Übrigens hatte sich Staaf erst vor wenigen Wochen, nach der Abreise Jörn Schlöpkes, im einstigen Gärtnerhaus einquartiert, es wurde das Liebesnest für Irmgard und ihn, behütet von einem steilen Reetdach und behaglich ausgestattet mit den Biedermeiermöbeln, die sich Jörns Adoptiveltern hatten leisten können.

Hogan und er waren sich immer aus dem Wege gegangen, obwohl Staaf natürlich manches wegen der Werkstatt mit der Gutsverwaltung zu klären hatte.

Irmgard meinte im Dahinradeln: Ich werde sie schon noch lösen, die Rätsel deiner Vergangenheit, und er antwortete maulig: Es gibt Dinge, über die ich nicht gern rede.

Irmgard sagte, sie würde mit Vergnügen einmal einem richtigen Grafen begegnen wollen. Solche Herrschaften kenne sie nur aus den Kitschromanen. Sie zitierte lächelnd: Er löste ihr falbelgeschmücktes Hemd, und in Elvirens Schoß brach Graf Theodor die Ehe.

Gerade fuhren sie am Inspektorhaus vorüber. Vom Giebel wehte die Hakenkreuzfahne. Staaf sagte: Da hast du die Realität.

Mitten in der Nacht schlug jemand mit der Faust gegen die Tür.

Irmgard fuhr aus dem Schlaf, sie richtete sich auf und rüttelte Staaf wach.

Wieder das Klopfen.

Sie lauschten ein Weilchen, bis Staaf flüsterte: Die Polizei pocht nachdrücklicher. Ich kenne mich aus.

Er wollte sich erheben, aber Irmgard hatte sich schon aus dem Bett geschwungen, sie schlüpfte in den Bademantel und tappte barfuß zur Tür, um das Hoflicht anzuknipsen. Dann öffnete sie.

Licht aus! befahl eine Stimme.

Irmgard gehorchte. Sie erkannte den Mann erst, als er dicht vor ihr stand. Graf Jost?

Ich muß mit Staaf reden. Schicken Sie ihn heraus.

Da stand er schon, nur mit der Turnhose bekleidet, in der Tür und winkte den Grafen ins Haus.

Die Haustür öffnete sich unmittelbar zur alten schwarzen Küche, in der längst kein offenes Feuer mehr blakte. Eine moderne Kochmaschine verschwand beinahe unter dem gewaltigen Rauchfang, aber das altertümliche Mobiliar stammte noch von Jörns Ziehmutter Minna Schlöpke und wirkte anheimelnd.

Irmgard zog die Vorhänge zu und zündete eine Kerze an, die sie auf den Tisch stellte, dann warf sie dem Staaf ein Hemd zu, das er überstreifte. Der nächtliche Besuch erregte ihn, der Mund war ihm trocken geworden, er verlangte nach einem Glas Wasser. Irmgard füllt einen Becher und fragte den Grafen: Sie auch?

Der wollte einen Schnaps.

Also verließ Irmgard die Küche, um die Kognakflasche aus der Wohnstube zu holen.

Jost blickte ihr nach. Ich muß dich unter vier Augen sprechen, Staaf.

So wichtig?

Mensch, sonst wäre ich nicht bei Nacht gekommen und nach so vielen Jahren.

Da kam Irmgard schon zurück, sie schenkte dem Grafen ein, und Staaf sagte: Es war noch keine Zeit für Förmlichkeiten. Dieser Mann ist Jost Graf Schwan auf Klevenow. Und das Mädchen im Bademantel ist Irmgard, die ich liebhabe und der ich alles anvertraue.

Er winkte sie auf einen Schemel neben sich, küßte sie auf die Wange und meinte: Du wolltest einen waschechten Grafen kennenlernen, da sitzt einer an meinem Tisch, obwohl ich mir geschworen hatte, kein Wort mehr mit einem aus seiner Sippe zu wechseln. Jetzt soll er uns mal erklären, warum er Liebesleute aus den Betten holt.

Jost sagte: Willbrandt, der Gauleiter, will ein Erntefest auf Klevenow feiern, Riesenrummel, kann sein, daß Göring kommt in Begleitung der hohen Frau, vielleicht sogar er selber … Hitler.

Staaf lachte leise und spöttisch. Wie schön für deine Familie. Es hat sich also gelohnt, das Mäntelchen in den Wind zu hängen.

Es geht um dich, antwortete Jost. Heute war Breitfeld da, der Kreisleiter.

Ein Dreckskerl, sagte Staaf, ein Charakterschwein.

Jost nickte. Er kennt deine Akten von den Ereignissen im Grauen Haus in Güstrow bis zu deinen Heldentaten während des Generalstreiks, als es gegen Kapp ging. Selbstverständlich hält er dich für ein Sicherheitsrisiko, und er bedrängt mich, er wird dich bespitzeln lassen. Glaube mir, du gehst hoch, sobald du den geringsten Anlaß bietest.

Dann fiele ein Schatten auf Klevenow.

Ach, darum geht es nicht. Aber ich will so wenig wie du in ein Konzentrationslager weggesperrt werden, deshalb verlange ich heute nacht eine ehrliche Antwort. Bist du ein harmloser Maschinenbauingenieur, Staaf, oder arbeitest du immer noch illegal – für die Roten?

Staaf sah den anderen lange an, ehe er fragte: Hogan, glaubst du wirklich, daß ich dir das anvertraue?

Das mußt du, Staaf.

Der brauchte eine ganze Weile, ehe er sich entschließen konnte zu antworten und er wußte, daß er sich dem anderen damit in die Hände gab. Damals, in Laudeck, waren es ein Dutzend Baltikumer, die haben zwei von uns hinterrücks zu Tode gebracht, einer der Erschossenen war mein Bruder. Der Gauleiter Willbrandt ist auch ein Baltikumer, hinter dem steht ein ganzes Bataillon fanatisierter SA-Männer. Wehe, wenn sie losgelassen. Es sieht aus, als verfiele ein ganzes Volk dem Nazi-Wahnsinn, und da sollte ich der Vernunft abschwören? Da sollte ich mich lossagen wollen, Hogan? Einer von uns beiden muß doch die Leute warnen.

Jost schüttelte heftig den Kopf. Ich bin nicht von Laudeck weggegangen, um hier in die gleiche Klemme zu gelangen. Die beiden Toten von damals, mir hast du sie angelastet, und wir beide hatten deswegen Streit, in dem es auf Leben und Tod ging. Ich könnte nicht ertragen, daß wieder ein Tiedemann zu Schaden kommt.

Das glaub ich dir, sagte Staaf. Du bist ein anständiger Kerl, Hogan, zu edel für eine Kumpanei mit den Nazis. Wer mit dem Teufel essen will, muß einen langen Löffel haben. Und ich dank dir für die Warnung.

Als er sich erhob, hängte sich Irmgard an seinen Hals. Staaf küßte sie. Ich weiß, daß du Angst hast wie Hogan.

Und du?

Er sagte: Das ist eine Zeit, in der sich viele Leute fürchten müssen. Selbstverständlich habe ich Angst.

Er machte sich los von dem Mädchen. Auch der Graf war aufgestanden. Staaf trat dich an ihn heran.

Kann sein, daß ich Irmgard allein lassen muß, für eine Weile, für länger, ich hoffe, nicht für immer. Würdest du ihr dann helfen?

Jost Schwan nickte.

Staaf Tiedemann sagte: Danke.

Gib mir wieder die Hand, bat der andere.

Und beide zögerten nur ein Weilchen, dann lagen sie sich in den Armen wie manchmal im Überschwang der Jugend.

Als Graf Jost gegangen war, fragte Irmgard: Was nun, Staaf?

Er sagte: Großmutter Mala hat geschrieben, daß sie uns sehen möchte. Wir verschwinden erst mal von hier.

14

Eines Sommerabends klopfte Franzka an die Tür des Pfarrhauses von Laudeck, das seit drei Jahrzehnten den Pastor Wegener behauste, jenen bescheidenen Mann, der es gewagt hatte, die Bluttat von Laudeck mit Golgatha zu vergleichen.

Der Pastor war inzwischen ein betagter Mann, wahrscheinlich machte er im Studierzimmer ein Nickerchen, jedenfalls mußte Franzka wieder und wieder klopfen, denn sie hörte nicht, ob im Haus eine Türe ging, ob sich schlürfende Schritte näherten. Sie war jetzt Mitte Dreißig, schon ein wenig grobhäutig im Gesicht, aber immer noch so zart und mädchenhaft, wie damals mit fünfzehn, als in der Silvesternacht sechs Soldaten über sie hergefallen waren, um ihr Gewalt anzutun.

Sie erschrak, als der alte Pastor endlich die Tür öffnete, er zupfte verlegen an seinem zerdrückten weißen Haar, und Franzka bedeutete ihm durch allerlei Gebärden, daß er ihr folgen solle. Wohin, das konnte sich Wegener denken, es war ja bekannt, daß die Tiedemanns das Mädchen bei sich aufgenommen hatten. Ob einer von ihnen nach dem Heiligen Abendmahl verlangte? Er nahm das Köfferchen mit den Utensilien an sich und ließ sich von der Stummen führen.

Grete empfing ihn mit versorgtem Gesicht in der offenen Tür. Schön, daß Sie gleich gekommen sind, Herr Pfarrer.

Steht es so schlimm?

Sie ist schwach. Ich wollte Franzka zur Gemeindeschwester schicken, aber meine Schwiegermutter verlangte partout nach Ihnen.

Sie bat den Geistlichen herein.

Mala saß in einem Lehnstuhl und schlief. Sie erwachte, als der Pastor eintrat, und freute sich. Grete ließ beide allein.

Wegener zog sich einen Stuhl heran, und für eine Weile hielt er die Hand der Alten. Na, wie fühlen wir uns, Frau Tiedemann?

Bis gestern habe ich mich nützlich machen können. Sie deutete auf einen Korb mit Flicksachen, der neben ihr stand. Staaf schickt mir immer noch die Strümpfe zum Stopfen. Da, sie nahm einen der Socken und fuhr mit der Faust hinein, um dem geistlichen Herrn vorzuführen, wie groß die Löcher waren. Mit einemmal bin ich müde.

Der Pfarrer sah auf einen Blick, beängstigend stand es nicht um die alte Frau, und wiederholte, was er bei ähnlichem Anlaß hundertmal dahingesagt hatte: Es wird wieder werden, Frau Tiedemann, es wird schon werden. Franzka soll sich von meiner Frau eine Flasche Stachelbeerwein geben lassen, selbergemacht und köstlich geraten. Ein Schlückchen ist gut zur Belebung.

Mala widersprach: Ich fühle, daß es zu Ende geht, und bin einverstanden, aber ich will in aller Ruhe hinabsteigen zu den Verstorbenen, ohne Angst und Sorge, deshalb muß ich mich Ihnen anvertrauen.

Dem Pastor schien, daß sich die alte Frau ohne Anlaß erregte, und er wollte sie beruhigen, indem er sie freundlich belehrte, es ginge äußerstenfalles nicht hinab oder hinunter, sondern hinauf, himmelwärts, nach oben, und zeigte, um jedes Mißverständnis auszuschließen, mit dem Zeigefinger gegen die Stubendecke. Sie sind ein guter Mensch, Frau Tiedemann, heben Sie nur getrost den Blick, sobald Ihre Stunde schlägt, Sie werden ihn schauen, des Menschen

Sohn in seiner Herrlichkeit, wie er herabschwebt in einer hellen Wolke, um Sie zu erlösen, denn die Gerechten werden in das ewige Leben gehen.

Meinen Sie?

Der Geistliche versicherte, daß es das Evangelium so verheiße.

Ach, sagte Mala, ich glaube nicht, daß mich Jesus selber abholt. Ich habe lange geredet mit meinem Gott, der auch der Ihre ist – und der Pastor fürchtete, daß sie sich jetzt verwirrte. Mala aber versuchte nur den alten jüdischen Gott ihrer Kinderjahre zu erklären, der nicht dreieinig war, eine Behauptung der Christenlehre, die ihr nie hatte einleuchten wollen, und auch nicht eins mit dem gekreuzigten Jesus von Nazareth, sondern Herr der Welten war und aller Kreatur, der Menschen also, der Schwalben und der Bienen.

Mala lächelte. Wissen Sie, Herr Pfarrer, als Kind hab ich immer geglaubt, sommers, wenn der Lindenbaum duftete, daß es Gott wäre, der vor lauter Vergnügen in den Zweigen brummte.

Sie mengt, dachte Pastor Wegener, sie ist durcheinander. Und nun brummte und summte er besänftigend: Ruhig, Frau Tiedemann, ruhig.

Sie sagte: Wie oft habe ich mit Gott gehadert oder mit ihm gerungen, aber nun sind wir im reinen, denke ich.

Das Gerede verstimmte den alten Gottesknecht aus Laudeck.

Warum haben Sie mich gerufen?

Weil ich Sie hochschätze, sagte Mala. Sie haben Hein, meinen Enkel, beerdigt, mit Glocke und mit Vaterunser, obwohl der Friedhof von Soldaten umstellt war, und ich hoffe, daß Sie auch mich in allen Ehren unter die Erde bringen werden, neben Gesine, obwohl ich Ihnen heute beichten muß, daß ich keine Christin bin.

Ach, was reden Sie, sagte der Pfarrer ärgerlich. Ich zähle Sie zu meinen Schafen seit ich die Pfarre von meinem Vorgänger übernommen habe. Das ist dreißig Jahre her.

Ich bin Jüdin, sagte Mala.

Im Schreck ließ Pastor Wegener die Hand der Alten los, die er gerade noch begütigend getätschelt hatte. Dann faßte er sich aber und hörte die Erzählung.

Mit sechzehn wurde ich aus meiner galizischen Heimat verjagt, das Schtetl brannte nach dem Pogrom. Ein Jahr später habe ich Schmul Rosenzweig, meinen Vater, verloren, weil meine Liebe zu Jan Tiedemann stärker war als mein Glaube. Wenn ein jüdisches Mädchen davonging mit einem Andersgläubigen, einem Goi, dann galt es als gestorben für die Gemeinde, dann wurde ein Rosenstrauch an ihrer Stelle begraben. Meine Leute konnten mir nicht verzeihen. Gott hat es gewiß getan. Das fühlte ich. Er war mir ganz nahe, wenn ich in Jans Armen lag, und in der Liebe vollkommen glücklich sein, Herr Pfarrer, das muß auch heißen, eins sein mit Gott.

Wegener wagte keine Antwort auf diese ketzerische Frage.

Mala fuhr fort: Als ich Witwe wurde, ehe ich heiraten konnte, fühlte ich mich gottverlassen. Gesine nahm mich wie eine Tochter an, und in der Hausbibel steht geschrieben, daß ich mich seit damals nennen darf Mala Rosenzweig, genannt Tiedemann.

Und wann sind Sie getauft worden?

Niemals, sagte die Alte. Zuerst war mir anderes wichtiger, später habe ich es vergessen.

Pastor Wegener war ehrlich entsetzt.

Mala fragte: Wie wird Gott entscheiden? Ich hab ein Leben lang für meine Familie gearbeitet und gesorgt, ein Haus gebaut, das Haus verloren und wieder erworben. Ich hab mir immer ein bißchen mehr aufladen müssen, als so ein armer Mensch tragen kann, selten geklagt oder auf ein besseres Leben nach dem Tode gehofft. Ob nun mosaisch, christlich oder heidnisch, ich habe meine Menschenpflicht getan, und Gott wird mich annehmen müssen.

Dem Pastor war beinahe, als hätte sie murmelnd hinzugesetzt – oder er kann mir gestohlen bleiben. Wie konnte sich die alte Frau angesichts des Todes so versteifen und verstocken! Pastor Wegener erhob sich seufzend, aber Mala ließ ihn noch nicht davon.

Ich brauche keinen Trost von Ihnen, aber ich sorge mich um meine Familie, und wenn ich den Kopf hebe, sehe ich nicht Helligkeit am Himmel, sondern Gewölk, so rabenschwarz, als wollte es die Hölle ausspeien. Nur Sie und meine Nächsten wissen, daß ich jüdisch bin. Meiner Familie darf kein Schaden entstehen. Deshalb müssen Sie mich beerdigen wie alle anderen. Ich will in die Reihe.

Sie hatte sich erschöpft beim Reden und Ringen um das Verständnis des Gottesmannes von Laudeck. Dem war es zu Herzen gegangen. Zuerst wollte er sich noch einmal niederlassen, um Hand in Hand mit der alten Mala ein tröstliches Lied zu singen: So nimm denn meine Hände … aber dann begriff er, daß sie keine Führung wünschte auf ihrem letzten Weg. Sie wollte ihn in die Pflicht nehmen, und er versprach, ihr zu helfen.

Irmgard Jankowski und Staaf Tiedemann kamen gerade noch zu Malas Beerdigung zurecht.

Sie war alt geworden, von jedermann im Dorf geachtet, viele erinnerten sich der Schicksalsschläge, die sie hatte hinnehmen müssen, ihrer würdevollen Erscheinung oder ihres Aufputzes bei festlichen Gelegenheiten, und in eben jenes schwarze Satingewand habe die Heimbürgin die Verewigte auf deren Wunsch gekleidet, als ein bißchen was Besonderes hatte sie immer gegolten, warum sollte sie nicht im Ballkleid in die Grube fahren.

Zum Trauergottesdienst waren fast alle Dorfbewohner in die Kirche gekommen und lauschten den Worten ihres Predigers, der sich heute an Goethe anlehnte, von dem der Satz stammen soll: Nichts verehrungswürdiger als eine Mutter, umgeben von vielen Kindern. Ebenso hätte der Dichter sagen können: Nichts herzbewegender als ein altes Mütterchen im Kreise der Ihrigen. Sie ist eine Sinnerin und Spinnerin am Lebensfaden der Kinder und Enkel. Eine solche Herzbewegerin sei Mala Tiedemann gewesen. Ihre letzte Sorge habe der Familie gegolten. Was Dankbarkeit heißt, hatten diejenigen gefühlt, die noch einen letzten Blick auf ihre lieben, guten Hände hätten werfen dürfen, ehe sich der Sargdeckel schloß.

Ein hundertfacher Seufzer stieg aus den Bänken zur Kanzel auf. Der alte Pastor empfand es jedesmal als eine Genugtuung, wenn es ihm gelungen war, die Gemeinde zum Weinen zu bringen. So konnte er seine Schäflein einem Wechselbad der Gefühle aussetzen. Kaum, daß die Leute ergriffen nach den Schnupftüchern suchten, erschreckte sie Wegener mit dem donnernden Ruf: Ehret die Lebenden! Erspart euch Reue am Grabe der Mutter! Sie kommt zu spät.

Er hat wieder mal richtig schön gesprochen, sagten die Leute, die dem Sarge Malas folgten. Heut war er menschlich, manchmal hat er zu viel mit diesen Bibelsprüchen hergemacht.

Die Trauergäste schoben sich zu einem Halbkreis um die offene Grube. Dort ruhte der Sarg auf zwei Balken, die Tiedemanns standen in der ersten Reihe, um Grete geschart, und die Binders, die hochschwangere Anna am Arm des Ortsbauernführers, auf der anderen Seite von der sechzehnjährigen Gesine gestützt, hielten sich abseits von der Familie. Sie hatten sich nach dem furchtbaren Streit um den Tiedemannschen Katen kaum einen Gruß zugenickt.

Die kleine Dorfkirche von Laudeck besaß immer noch keinen Turm, der Glockenstuhl, aus kräftigen Balken gefügt, stand zu ebener Erde, und der Küster bediente das Geläut, wie es die Verstorbene dringend gewünscht hatte.

Nun treten auf einen Wink des Pastors vier Männer aus der Reihe, es sind Staaf Tiedemann, der Ortsbauernführer Binder, der Steuersekretär Stankowski und Tadeusz Wiczorek. Sie verneigen sich tief vor dem Sarg, richten sich auf und packen die Seile, um den Totenschrein Handgriff um Handgriff in die Erde hinabzusenken. Und da ereignete sich ein unglaublicher Zwischenfall, über den noch Jahre später geredet und gerätselt wird. Der Sarg stößt, abwärts gleitend, gegen einen Widerstand, vermutlich ein Findlingsblock, der seitlich aus der Erdwand ragt. Es rumpelt, die Totenkiste klemmt, sie sitzt fest, und viele Trauergäste halten die Hand vor dem Mund. Mala will nicht in die Grube. Warum?

Über den schmalen Grabesschacht hinweg, Fäuste am Seil, Kopf vor Kopf, starren sich Staaf Tiedemann und der einstige Baltikumer haßerfüllt in die Augen. Auch Tadeusz und der Steuersekretär Stankowski blicken einander ins Gesicht, als beschuldige einer den anderen.

Noch mal, kommandiert Staaf. Die Männer heben den Sarg, und beim zweiten Versuch setzt er endlich am Grunde auf. Und schließlich das Ritual, Erde zu Erde, die Tränen, das Händeschütteln, hundertmal Beileid und hundertmal Dank, und endlich die Kaffeetafel bei Rogalla, frisch gebackener Streuselkuchen, Erdbeertorte mit Sahne.

Es war dieselbe Gaststube mit der schweren, dunklen Balkendecke, in der Hein Tiedemann mit Anna Hochzeit gefeiert hatte, auch das bäuerliche Mobiliar mit den binsengeflochtenen Stühlen war das alte geblieben, aber an der weißgetünchten Rückwand prangte ein nagelneues Hitlerbild, und vor dem Porträt des Führers stand die festlich eingedeckte Kaffeetafel und wartete auf die Tiedemanns und ihre Gäste. Der Blechkuchen türmte sich zu Bergen, rot leuchteten die Beeren auf den Tortenplatten, und daneben hob sich steif geschlagene Sahne in blauen Satten.

Nach und nach traten die Trauergäste ein, die Tiedemanns, Franzka, der alte Pastor und seine Frau und all die übrigen.

Grete zog den Geistlichen beiseite, während sie böse auf Binder blickte, der seine schwangere Frau zur Tafel führte.

Konnten Sie nicht verhindern, daß sich ausgerechnet der am Sarg zu schaffen machte?

Ich hatte keinen Grund, ihn abzuweisen.

Die aufgebrachte Grete zischte ihm zu: Sie wollte sich von so einem nicht unter die Erde bringen lassen. Das haben Sie doch hoffentlich bemerkt.

Frau Tiedemann, knurrte der Geistliche leise, es sollte zugehen wie bei jeder anderen Beerdigung. Das war der ausdrückliche Wunsch der Verewigten, und Sie wissen, warum.

Grete nickte erbittert, als sie den Pfarrer und seine Frau an die Tafel bat.

Nach einigem Hin und Her nahmen die Gäste Platz, Grete kam neben Wiczorek, ihren ehemaligen Stallkollegen, zu sitzen, Irmgard an der Seite von Staaf und neben beiden die Pfarrersleute. Ihnen gegenüber saßen Anna und Binder, der Steuersekretär Stankowski mit der rundgesichtigen, kräuselgelockten Lina, und neben denen rückten die Stumme und die sechzehnjährige Gesine ihre Stühle zurecht.

Staaf schritt um den Tisch, um die Gläser zu füllen. Erinnern wir uns einen Augenblick an Großmutter Mala, und trinken wir auf ihr Andenken.

Die kleine Gesellschaft rappelte sich auf, hob die Gläser und hatte kaum wieder Platz genommen, da erschienen auch schon zwei von Rogallas Haustöchtern mit den Kaffeekannen und schenkten ein. Grete reichte die Kuchenteller herum.

Wißt ihr denn noch, wie sie mit siebzig tanzte, leicht wie ein Federchen, wie wir uns alle umfaßt hielten, einer die Hand auf der Schulter des anderen, und den Reigen tanzten? In diesem Raum, bei Annas Hochzeit mit unserem armen Hein.

Binder empfand es als taktlos, daß in seiner Gegenwart vom Silvester vor vierzehn Jahren geredet wurde, als Anna einen Mann genommen hatte, der später von seiner Truppe erschossen werden mußte. In dieser Neujahrsnacht war ihnen die Stumme in den Weg getanzt, und sie hatten sich einen geilen Spaß gemacht, sechs Männer, einer nach dem anderen. Anna darf niemals erfahren, daß er die letzte Nummer geschoben hatte unter dem beifälligen Klatschen der Kumpane, Gottseidank von hinten, die Stumme kann ihn nicht gesehen haben. Warum starrt sie ihn an? Die kann nicht hören, daß die alte Grete Tiedemann von dieser Nacht erzählt. Nun zieht dieser Wiczorek auch noch die Mundharmonika und spielt das merkwürdige Lied vom Loschek, und nun summen sie es auch noch, diese sentimentalen Tiedemanns, und wiegen sich. Auch die Stumme bewegt sich, als hörte sie Musik. Vielleicht erinnert sie sich. Wie lange spielt der noch auf seiner Mundharmonika?

Staaf erzählte der Irmgard von seiner Großmutter, so laut, daß es jeder am Tisch hören konnte. Joschke, Joschke, spann den Loschek … Sie kam aus russisch Polen hergezogen, mit dem Panjewagen, vor einer Ewigkeit. Das Lied hat sie geliebt.

Als sich auch Irmgard leicht im Takt der Musik zu wiegen begann, war das dem Binder zuviel. Er sagte herausfordernd: Das klingt fremdvölkisch.

Fremdvölkisch? Merkwürdige Wörter sind neuerdings

im Gebrauch, manche von ihnen schrecken. Wiczorek steckte die Mundharmonika ein. Polnisches Lied, Herr Binder.

Sie sollten besser deutsche Lieder üben, riet ihm der Ortsbauernführer. Es fällt Ihnen doch ohnehin schwer, Ihre volksdeutsche Herkunft nachzuweisen, Herr Wiczorek.

Staaf fragte: Wozu brauchst du das?

Tadeusz erklärte, daß auch er bei der Aufteilung des Gutes Laudeck gesiedelt hatte und seine Siedlung gern behalten wollte. Nicht deutsch sein ist heute das Schlimmste.

Zugelangt, zugelangt! rief die kräusellockige Lina. Sie pries die Erdbeertorte und verteilte die Schlagsahne verschwenderisch.

Wer sich das Maul mit süßen Sachen vollstopft, kann nichts Böses reden, und tatsächlich, eine Weile ist nur Löffelklirren, Kaffeeschlürfen und genußvolles Schmatzen am Tisch, bis die schöne Anna Staafs Liebste, die ihr gegenübersitzt, lange genug gemustert hat.

Ich hab deinen Namen nicht behalten.

Jankowski, Irmgard Jankowski. Nur der Name ist polnisch.

Irmgard lächelte.

Anna fragte: Wann ist Hochzeit?

Ihr Gegenüber hob die Schultern.

Da sagte Anna, mit schrägem Blick auf Staaf: Mich hat er zehn Jahre lang hingehalten.

Irmgard sagte ausweichend: Die Zeit taugt nicht zum Heiraten.

Der Ortsbauernführer widersprach ihr im Augenblick: Niemals ist es den Leuten besser gegangen als unter Adolf Hitler. Banken und Beamtenschaft werden entjudet, der Viehhandel ist endlich in deutscher Hand. Allein in Pommern sind zweitausend Siedlungen aufgebaut worden, in einem einzigen Jahr. Das ist ein gewaltiger Aufschwung des Bauerntums. Bei uns leistet das Gauheimstättenamt Vorbildliches.

Anna sprang ihrem Mann schwärmerisch bei: Bildschöne rote Klinkerhäuser mit schneeweißen Fensterkreuzen. Sie schießen wie Pilze aus der Erde, richtige Häuser statt dieser Rattenlöcher von Katen, in denen die Bettstellen faulen mußten. Stell dir mal vor, Gesine, du hast noch in einem Wäschekorb schlafen müssen.

Das Töchterchen fand diese Vorstellung sehr erheiternd.

Grete rief wütend: Alle meine Kinder haben die erste Zeit im Wäschekorb gelegen.

Vorbei, vorbei, meinte Anna, und der Ortsbauernführer Binder wartete mit Fakten auf. In unserem Gau sind bereits im ersten Jahr nach der Machtübernahme zehntausend vollständige Betten verschenkt worden, an erbgesunde Familien. Das hebt die Lebensfreudigkeit, kann ich euch sagen. Ran die Mutter! Das hebt die Kinderfreudigkeit gewaltig. Er drückte die hochschwangere Anna an sich, bis sie belustigt quietschte.

Grete Tiedemann schüttelte den Kopf. Erbgesund – was ist das wieder für ein Wort?

Anna zupfte ihr Kleid zurecht, das bei Binders draufgängerischer Umarmung verrutscht war und die blanken Schenkel zeigte. Was nicht erbgesund ist, kann ich dir erklären. Sie wies mit dem Finger auf Franzka, so was wie diese da, taub und stumm, geistig nicht voll da, und dann auch noch polnisch.

Der Stummen war nicht entgangen, daß sie beschimpft und beleidigt wurde. Sie riß den Stuhl zurück und flüchtete sich in ihrer Angst zu Staaf, der sie umarmte und beruhigte.

Irmgard räumte für ein Weilchen ihren Stuhl, daß sich Franzka neben Staaf setzen konnte, die hielt seine Hand wie ein furchtsames Kind.

Lina, Gretes Tochter, bewunderte Anna, seit deren Vater sie bei der Besichtigung der Einliegerwohnung vor vielen Jahren mitgebracht und denTiedemanns vorgestellt hatte. Anna war schön, stark und stolz, so wie Lina gern gewesen wäre. Wer so viele Vorzüge vereinte, durfte wählerisch oder sogar herrisch sein.

Aber nun sagte sie: Du bist zur reichsten Erbhofbäuerin von Laudeck aufgestiegen. Anna, du besitzt alles, was ein Mensch sich wünschen kann. Du wirst wieder ein Kind haben. Warum bist du so böse?

Ich sag nur, was die Wahrheit ist, meinte Anna hochmütig. Jeder mag sie freilich nicht hören.

Und nun zeigte sich wieder einmal, daß der alte Pastor Wegener nicht nur ein Meister frommer Sprüche und waghalsiger Vergleiche war, der Mann widersprach der Frau des Ortsbauernführers mutig auf seine betuliche Weise. Als Jesus ans galiläische Meer zog, setzte er sich auf einen Hügel, da kam zu ihm viel Volkes, das hatte mit sich Lahme und Krüppel, Blinde und Stumme und legte sie Jesus zu Füßen, und er nahm sie an, Frau Binder, und heilte viele, so daß das Volk sich verwunderte, wie die Stummen mit einem Male sprachen und lobten Gott den Herrn. Barmherzigkeit und Güte, liebe Frau Binder, sind christliche Tugenden. Wir müssen sie hochhalten.

Anna war die fleckige Röte ins Gesicht gestiegen. Sie fühlte sich abgekanzelt und gedemütigt und hob auffordernd ein- oder zweimal das Doppelkinn gegen Binder, der den Pastor wohl oder übel attackieren mußte.

Ich bin ein Tatsachenmensch, Herr Pfarrer, und hoffe nicht zu Gott, sondern baue auf den Führer. Seine Macht ist es, die wir stärken müssen, sein Wille geschehe, hier auf Erden. Wir müssen die Zukunft uneres Volkes in jene Hände geben, die deutsches Schicksal formen können, in die Hände des Führers. Erheben wir uns, trinken wir auf sein Wohl!

Er sprang auf, Anna desgleichen, und fixierte seinen Kontrahenten, bis der sich seufzend aufrappelte und seine alte Frau mit in die Höhe zog.

Was sollten die anderen tun?

Lina stand auf, um nach der Schnapsflasche zu suchen, die drückte sie schließlich ihrem Steuersekretär in die Hand. Gieß doch mal ein!

Das ist meine Feier, sagte Grete unwillig, ich zahle die Rechnung, und ihre Mundwinkel senkten sich erbittert. Es paßt mir nicht, daß Binder bestimmt, auf wen ich mein Glas erheben soll.

Staaf half Irmgard vom Stuhl auf, nahm seine Mutter an die Seite, dann gingen sie fort. Franzka rannte ihnen ängstlich hinterher.

Zurück blieben acht Trauergäste. Sie tranken auf den Führer.

15

Und nun kommt das Fest im großen Garten von Klevenow. Erntedank, der erste Sonntag im Oktober, eitel Sonnenschein, Himmel wie Seide, Stimmung wie Pfingsten, da möchte mancher Familienvater mit den Seinen ins Grüne hinaus, bis zur Waldmühle wandern, wo er den Kleinen ein Himbeerwasser spendiert, der Frau einen Kaffee zum Streuselkuchen, sich selber ein Bier. Wer behauptet, daß es sich in Deutschland nicht besser leben läßt als vor Jahren, ist ein Lügenmaul. Uns geht es gut.

Aber wir wandern heute nicht ins Waldesgrün, wir ziehen mit Kind und Kegel nach Klevenow, dort gibt es Volksbelustigung, eine Menge zu sehen, womöglich sogar den Reichsmarschall Hermann Göring und seine Hohe Frau, kostenlos was Gutes zu trinken und Kesselgulasch für ganz wenig Geld. Der kleine Mann ist heute wer.

Seit alters wurden die Urkunden und Akten des Hauses Schwan im Torhaus des Schlosses verwahrt, Papiere über Landerwerb und Landverkauf, die Gutstagebücher, in blaue Pappdeckel geschlagen und gut verschnürt, die Armsünderkartei – bis in die jüngere Vergangenheit ist der Patron auch der Gerichtsherr gewesen – und anderes mehr. Der Gutssekretär konnte jederzeit belegen, wann eine der Herrschaften zu Grabe getragen oder vermählt worden war und was das gekostet hatte.

Als die junge Gräfin Agnes, die Gemahlin Friedrich II. Schwan, zum erstenmal den Geburtstag auf Klevenow feierte, wurden drei Rollfuhren vom besten Lübzer herangekarrt und in der Küche gleich mehrere Mastochsen sowie Dutzende von Puten und Hühnern angeliefert, denn alles Volk der Begüterung war geladen. Das Fest galt als das verschwenderischste, das je auf Klevenow gefeiert wurde. Erntedank vierunddreißig stellte es in den Schatten. Die Leute kamen von Schwerin und Berlin und von sonstwo angereist, jeder sollte Freibier haben. Die Kosten trug die Staatskanzlei in Schwerin, aber adlig Klevenow gab den goldenen Rahmen her.

Tagelang wurde geklopft und gezimmert, gefegt und geharkt, und Gräfin Lenelotte war überwältigt, als sie am Morgen von Erntedank auf die Terrasse trat. So etwas Schönes habe ich in meinem ganzen Leben noch nicht gesehen, sagte sie.

Der Vorplatz des Schlosses, die Torbögen und das Hausportal girlandengeschmückt, die Geländer zu Seiten der Freitreppe mit Blumengebinden umwunden, der Jahreszeit wegen aus roten und gelben Dahlienblüten gesteckt, die mit Herbstasternblau wechselten, selbst die Häupter der Sandsteinputten waren bekränzt, die große Wiese im Mittelpunkt des Parkes in einen grünen Teppich verwandelt, umstanden von Masten, von denen die Hakenkreuzfahnen wie gewaltige Feldzeichen hingen.

Irmgard Stankowski und Staaf Tiedemann waren nicht der Festlichkeit wegen nach Klevenow gekommen, sie hatten die Warnung Jost Schwans ernst genommen.

Schon bald nach dem Reichstagsbrand war ihnen einer der Gewerkschaftskumpel begegnet. Sie jagen uns, Staaf. Sie beschlagnahmen unser Vermögen. Sie nehmen uns alles fort. Du baust in Mecklenburg eine Werkstatt auf. Kannst du dort unsre kleine Druckmaschine in Sicherheit bringen?

Staaf hatte nicht lange gezögert, seit einem guten Jahr

war die Maschine in einem Nebengelaß des Gärtnerhauses untergebracht, und dort stand sie nicht zum Spektakel herum, sie wurde benutzt.

Irmgard und Staaf waren stolz auf ihre letzte Arbeit, das Braunbuch über den Reichstagsbrand. Noch längst nicht alle Hefte waren an den Mann gebracht, viele Exemplare stapelten sich unter dem Strohdach des Gärtnerhauses von Klevenow, sie durften nicht gefunden werden.

Staaf war als Erbe des alten Jörn nicht unvermögend und hatte sich ein starkes Motorrad mit Beiwagen kaufen können. Das stand im Schuppen zur Rückfahrt nach Essen bereit, wo Irmgard noch eine kleine Wohnung besaß, im Beiwagen waren die Schriften gebündelt, das Mädchen würde heimwärts auf dem Rücksitz reiten müssen.

Das hat aber noch Zeit.

Sie radelten noch einmal zum See hinaus. An diesem ersten Oktobersonntag brannte die Sonne beinahe wie im Sommer und verführte zum Bade. Das Wasser war kühl, weit schwammen sie nicht hinaus, hockten später nackt nebeneinander am Ufer.

Der Wind trug den Festlärm vom Dorf herüber, Militärmusik.

Sie feiern, sagte Irmgard, sie lärmen. Mein Gott, wie viele haben ihren Frieden mit den Nazis gemacht.

Wollen wir uns das einmal ansehen, Irmgard?

Er hatte sie aus dem Gras aufgezogen, geküßt, er hielt sie fest umschlungen, und sie lachte ein bißchen, als sie fühlen konnte, daß er sich erregte.

Anschauung wird ihm nicht genügen, sagte sie und gab dem Lümmel einen Nasenstüber. Erst einmal schlüpfen wir in die Sachen, radeln zurück und gehn noch mal ins Bett.

Staaf war augenblicklich einverstanden.

Wir müssen sowieso warten, bis es dunkel wird, ehe wir mit unserer heißen Fracht verschwinden.

Hinter der Absperrung vor dem Schloß stauten sich Hunderte und gafften zur Freitreppe hinüber, dort stellten sich in Erwartung des Festzuges die Herrschaften von Rang zurecht. Hermann Göring hatte in letzter Minute absagen müssen, aber der Gauleiter von Mecklenburg, Joachim Willbrandt, und seine Männer vom Reichsnährstand wie aus der Beamtenschaft, samt und sonders zimtbraun uniformiert, waren auch nicht übel anzusehen. Ihre Damen trugen beinahe einheitlich Kleider in Emmi-Göring-Manier, Puffärmel, miederartige Oberteile über fraulich weiten Röcken, wagenradgroße Hüte mit Schleifen.

Gräfin Lenelotte, heute auch in Weiß, zeigte ein mageres Dekolleté.

Jost hatte seine kleine Gräfin dringend eingeladen. Sie wirkte im Kreise der blondierten Frauenschaft mit ihrer lackschwarzen Pagenfrisur geradezu exotisch, freute sich aber über das Erntedank-Spektakel auf eine Weise, daß sie beinahe unentwegt die Zähne bleckte. Oder machte sie sich etwa lustig?

Menschen und Menschen säumen die Straße oder strömen zum Schloß. Sie werden von einer Blaskapelle aus Schwerin angelockt, die hat sich in der Nähe des Torhauses plaziert, Militärmusikanten in schmucker Uniform, blitzendes Trompetenrohr, klirrender Schellenbaum. Da wird beim Hohenfriedbergermarsch auf die Pauke gehauen, daß die Massen im Festzug Schritt halten müssen und die Pferde zu tänzeln beginnen, als wären sie beim Zirkus Busch in die Hohe Schule gegangen.

Endlich haben sie die Tribüne erreicht. Ausgesucht blonde junge Männer auf ausgesucht feisten Gäulen reiten vorüber. Wer sagt denn, daß mecklenburgisches Kaltblut mit dickem Hintern nicht beinahe so graziös wie ein Lipizaner die Hufe schmeißen kann? Die Damen auf der Tribüne applaudieren heftig.

Und nun werden die Schnupftücher geschwenkt. Ein Gruß den mecklenburgischen Landarbeitern. Man hat die Jungen gauweit rekrutiert, hübsche Blondschöpfe mit militärisch gestutztem Haar. Sie tragen eigens angefertigte Arbeitskleidung, weitgeschnittene weiße Hemden, blaue Leinenhosen, und kommen im Gleichschritt daher, der eine Marschblock sichelschwingend, der andere mit blinkenden Sensen, die auf wehrhafte Weise geschultert sind. Und vom Torhaus schallte es herüber: Frie-de-ri-cus-rex, unser Kö-hö-nig und Herr …

Jetzt schreiten dickzopfige Mädchen in Dirndeln heran, derbes Schuhwerk, weiße Socken, wie Apfelbacken glänzende Wangen. Die Zeitschrift Deutsche Landfrau hatte geraten, auf parfümierte Kosmetika zu verzichten, das Gesündeste sei immer noch der Gebrauch von Kernseife, vor allem im Intimbereich, zur Hautpflege empfehle sich ungesalzene Butter. Danach sehen die Maiden aus. Sie schwenken blumengeschmückte Rechen.

Jubel auf der Tribüne, lachende Gesichter, winkend erhobene Hände.

Während des Vorbeimarsches tauscht sich Gauleiter Willbrandt mit Gräfin Lenelotte aus.

Wissen Sie, gnädige Frau, was mir beinahe wie ein Wunder vorkommen will? Das ist die Wiedergeburt des deutschen Menschen. Schauen Sie nur, ist es nicht, als wäre er seit der Machtergreifung auferstanden, der neue Mensch, einem gesunden Volk zugehörig?

Gräfin Lenelotte setzt diplomatisch noch eins drauf.

Wir hatten neulich dänische Vettern zu Gast, als Ausländer wollten sie sich weder für das neue Reich aussprechen, noch dagegen, sagten aber auch, die Menschen hätten hierzulande ein anderes Aussehen bekommen.

Der Gauleiter deutet auf die marschierende Jugend hin. Ihr Gang ist stolz, die Bewegung lebhaft, das Auge hell.

Auch bei diesen Worten nickt Gräfin Lenelotte.

Das Leben ist wieder wert, gelebt zu werden, Herr Gauleiter.

Dann applaudiert sie heftig. Von Brauereipferden gezogen, schwankt die sogenannte »Letzte Fuhre« heran. Ein Leiterwagen mit hoch aufgetürmten Getreidegarben, auf denen, Kußhändchen werfend, aufgeputzte Kleinkinder hocken. Ach, wie niedlich! Und schau doch mal, dort!

Festen Trittes nähern sich vier athletische Burschen, die auf hochgereckten Mistforken die bunt bebänderte Erntekrone stemmen, und hinter ihnen marschieren stramme Bauersfrauen in mecklenburgischer Tracht, bunt gestreifte Röcke, Taftschürzen, ihre Gesichter sind halb verhüllt von Sonnenhauben, die man zur Heuernte aufsetzen muß. Unterm Arm tragen sie Getreidegarben, die Ähren wippen und nicken bei jedem Schritt.

Und nun erst mal aus für die Blasmusik. Paukenschlag! Tusch! Trommelwirbel!

Die Burschen senken Zentimeter für Zentimeter die Erntekrone ab, bis sie schließlich zu Füßen des Gauleiters und der Gräfin Lenelotte ruht. Die Frauen legen die Garben am Rande der Freitreppe nieder, so feierlich, als opferten sie den Göttern, starker Beifall von überallher.

Nun eilen Damen der Frauenschaft mit Körben herbei, die randvoll gefüllt sind mit Tomaten, schwarzen Rettichen und entblättertem Blumenkohl, aus denen im Handumdrehen ein Hakenkreuz zusammengelegt wird.

Auf was für Einfälle kommen die Leute!

Beifallsstürme. Leider wird die kleine Gräfin Bettine von einem Lachanfall geschüttelt und erstickt beinahe an ihrem Gelächter. Sie muß sich dem Gemahl an die Mannesbrust werfen. Ist das komisch!

Jost klopft ihr den Rücken. Fasse dich, Schatz, es ist noch nicht vorbei.

Am Fuß der Freitreppe stehen zwei verlegene Kinderchen, ein Mädchen und ein Junge. Jetzt versuchen sie, ein Brett mit Brot und Salz nach oben zu tragen und schieben im Eifer die Zungenspitzen aus dem Mund.

Gräfin Lenelotte begreift, daß sie den Lütten zu Hilfe eilen muß. Das Publikum vermerkt den Vorgang mit Anteilnahme. Die alte Gnädige ist gar nicht so zickig, wie sie beschrieben wird.

Endlich stehen die Kleinen vor dem Gauleiter. Der Junge schreit ihn an:

> De Freud ant nige Dörp giwt ümmer nige Kraft,
> un jede Arbeit ward mit Lust un Leiw hier schafft.

Worauf das Mädchen zwitschert:

> As Dank will'n wi dit Brot un Solt den'n Führer gäwen.
> Hei hett dat schafft, dat wi in Fräden können läwen.

Und dann rufen beide zugleich, das Hei betonend, wie es ihnen der Lehrer eingetrichtert hat:

> Hei giwt uns Hüsung, hei giwt uns Brot,
> hei macht uns frie von alle Not.

Wem steigt da nicht die Rührung in die Kehle? Wem wird da nicht das Auge feucht? Wer kann sich nicht von Herzen freuen und Bravo rufen? Bravo!

Beifall, Tusch und noch einmal Tusch.

Man hat sich endlich eine Labung verdient.

Unter den Parkbäumen hat das Sinfonieorchester der Gauhauptstadt Schwerin Platz genommen. Es intoniert schwungvoll den Kaiserwalzer von Johann Strauß.

Für das Volk sind auf der großen Wiese Dutzende improvisierte Tafeln und hölzerne Bänke aufgestellt. Für die Herrschaften hat man damastene Tücher über die Tische geworfen und weiße Stühle zurechtgerückt, aber für Niedrig wie

Hoch gibt es den gleichen Kartoffelkuchen, frisch gebacken, dick mit Zucker bestreut, in den Dellen, die der Bäcker mit den Fingerkuppen in den Teig gedrückt hat, glänzt noch die Butter. Schon tragen einige der hübschen Jungen aus dem Festzug die runden Bretter mit dem Gebäck herbei, die Mädchen balancieren die Kaffeekannen – bloß nicht zu viel verschwappen.

Graf Walter führt die stramme Frau des Gauleiters zu den Tischen hin. Sie ist schlicht von Geist, aber leuchtet vor Stolz, als sie auf den Trubel deutet.

So hatten wir es uns immer vorgestellt. Aber konnte man denken, daß sich die Wende so rasch auszahlen würde? Sie müssen wissen, Herr Graf, daß die erste Ortsgruppe der NSDAP in Mecklenburg auf dem Lande von meinem Mann erst neunzehnhundertzweiunddreißig in der Nähe von Wismar gegründet wurde. Dann fragt sie, wie viele Kinder das Grafenpaar habe. Ach, nur eines. Sie, Willbrandts, haben fünf, aber – die Frau des Gauleiters stößt den Grafen mit ihren Ellenbogen in die Rippen – sie ist mit dem sechsten schwanger. Wie viele auch immer, spricht sie resolut, ausgetragen wird!

An der Seite des Gauleiters schreitet Gräfin Lenelotte den Tischen zu, als ihnen der Ortsgruppenleiter von Malchin in den Weg läuft.

Die Gräfin lobt ihn: Sie haben das wunderhübsch angerichtet, Breitfeld, wirklich ganz reizend.

Und der Gauleiter bekräftigt das. Wären Sie mir nicht unentbehrlich, Breitfeld, ich würde Sie für »Kraft durch Freude« empfehlen.

Es entwickelt sich Niedagewesenes im Dritten Reich, zum Beispiel diese Organisation, nur dazu geschaffen, die Leute bei Laune zu halten.

Willbrandt erläutert es der Gräfin und weist in diesem Zusammenhang auf »Glaube und Schönheit« hin, einen

Zusammenschluß junger Frauen, dort auf dem Rasen sind einige zu sehen, wie sie kurzgeschürzt im Gleichklang ihre Reifen schwingen.

Kuchen, bitte, für die Frau Gräfin und mich.

Jost Schwan wollte sich unauffällig entfernen. Bettine hatte Lust gehabt, sich schon am Nachmittag ins Schlafzimmer zurückzuziehen, und erwartete ihn dort.

Breitfeld bemerkte den jungen Grafen erst, als der schon in der Nähe der Freitreppe war, und setzte ihm nach.

Ich muß mit Ihnen reden, Graf.

Was gibt es?

Das da, sagte Breitfeld, und wies ein Heftchen vor, so verstohlen, als enthielte es ferklige Abbildungen, die seit der Machtübernahme nicht mehr vertrieben werden durften.

Jost las achselzuckend die Aufschrift: Doktor Oetkers Backrezepte.

Eine raffinierte Tarnung, eine üble Hetzschrift, sagte Breitfeld. Taucht überall in Deutschland auf, die »Wahrheit« über den Reichstagsbrand.

Jost wollte in dem Büchlein blättern, aber Breitfeld entriß es ihm und meinte: Einen Juden oder einen Roten riech ich gegen den Wind. Die Spur führt nach Klevenow zu Tiedemann, Ihrem Schützling.

Haben Sie denn Beweise?

Heute nacht werde ich sie haben.

Heute nacht.

Jost Schwan hat Sorgen, Bettine hat Launen. Warum muß sie sich ausgerechnet jetzt der Gesellschaft im Park verweigern. Jost will mit ihr reden, aber sie sitzt splitternackt auf dem Bett, als er das Schlafzimmer betritt, lacht ihm entgegen und entblößt die prachtvollen Zähne, die vielleicht ein wenig zu groß geraten sind.

Eigentlich müßten wir da unten sein, bei den Leuten im Park.

Walzermusik klingt herauf.

Willst du mich nicht haben?

Da dreht er tatsächlich den Schlüssel im Schloß, wirft die Kleider ab und hockt sich ihr gegenüber auf das Bett. Sie staunen sich lächelnd eine Weile an, bis er ihre Hände nimmt, er küßt die Innenflächen, küßt die Pulse, küßt ihre Brüste und endlich ihren Mund. Da hat sie längst mit streifenden Fingern nach ihm gesucht, so zärtlich, daß sich seine Schenkelhaare sträuben, hat ihn tastend gefunden und hält ihn fest. Kein Mann kann das aushalten. Er läßt sich rücklings fallen, zieht sie noch im Sturz über sich, und diesmal ist sie es, die ihn wild und heftig liebt.

Walzermusik aus dem Park.

Später sagt Bettine: Das war das Abschiedsgeschenk, mein sehr lieber Jost.

Er wirft sich überrascht herum.

Bleib ruhig, Jost. Hör mich bitte an.

Ich kann nicht länger nach den Wünschen meines Vaters leben. Ich kann mit den Nazis nicht leben, und also auch nicht auf Klevenow, und, verzeih mir, ich hab schon lange einen Liebhaber. Was er mir bedeutet, weiß ich erst jetzt, da ich mich von ihm trennen soll. Er braucht mich mehr, als du mich brauchst.

Jost kannte den Mann, einen Filmschauspieler aus der ersten Reihe, schnurrbärtig, samtige Stimme, sinnliche Augen. Jeder in Deutschland kannte den Star, aber nur wenige wußten, daß er Jude war. Man hatte ihn gedemütigt und bedroht, jedenfalls wollte er nach England auswandern. Noch war er jung genug, eine zweite Karriere aufzubauen. Bettine wollte ihm helfen mit ihrer Gegenwart, mit ihrem Geld.

Kein trouble deswegen, mein lieber Jost, kein Streit, kein Scheidungstheater. Wir können später einmal darüber sprechen, ob wir uns trennen wollen oder nicht, auch über unsere Geldangelegenheiten, nur jetzt laß mich frei.

Er begriff sie nicht. Da waren so viele Ungereimtheiten. Dein Vater steht den Nazis nahe, er ist ihr Finanzier.

Vielleicht will er vergessen machen, daß meine verstorbene Mutter nicht arisch gewesen ist, so sagt man wohl jetzt. Jost wußte, daß es aussichtslos war, Bettine umstimmen zu wollen, es verletzte ihn aber, daß ihr Klevenow wegen der Kumpanei mit der neuen Führung mißfiel. Vielleicht wollte er seine Distanz zu den Nazis belegen, jedenfalls erzählte er, in welcher Gefahr sich Staaf Tiedemann, sein Freund, befand, falls man heute nacht belastende Schriften im Gärtnerhaus entdeckte.

Sie sagte: Selbstverständlich nehme ich das Zeug in meinem Wagen mit nach Berlin. Niemand wird mich kontrollieren.

16

Staaf Tiedemann war es mit Hilfe der jungen Gräfin Bettine Schwan tatsächlich gelungen, die verräterischen Schriften fortzuschaffen. Breitfelds Leute hatten die Druckerei gefunden, aber weder einen Druckstock noch einen Beweis, wozu sie benutzt worden war. Doch die Sache mit dem Soldatenrat, die Aussagen des Zuchthausdirektors von Tippelskirch, die Beschlagnahme von Waffen während des Kapp-Putsches und die Berichte des Zeugen Breitfeld genügten dem Amtsgericht für eine Anklage. Staaf Tiedemann war vogelfrei. Er hatte sich in Irmgards kleiner Wohnung in Essen versteckt und versuchte, im Ruhrgebiet Arbeit zu finden.

Eines Abends, nicht weit von Weihnachten, schlendert er seiner Behausung zu. Da sieht er zwei Männer, die ein neues Plakat an die Litfaßsäule kleben, rotes Papier, auf dem wird amtlich mitgeteilt, wer wegen Hochverrates geköpft worden ist. Zu dieser Zeit haben die Henker in Deutschland Hochsaison.

Staaf tritt näher und das Herz schlägt ihm bis zum Halse, als er seinen eigenen Steckbrief lesen muß. Sie haben Kopfgeld ausgesetzt. Fahndung! 5000 Mark für denjenigen, der Hinweise geben kann zur Festnahme des Tiedemann, Gustav, geboren 1896 in Laudeck, Pommern, blond, blauäugig. Tiedemann ist ein gefährlicher Verbrecher und wird wegen Hochverrat gesucht.

Ist Ihnen nicht gut? fragt ein Mann neben ihm, ein Polizist, und Staaf muß sich räuspern, ehe er reden kann.

Da soll man sich nicht aufregen. Sie sind zufrieden, Herr Wachtmeister, ich bin es auch. Das ganze deutsche Volk ist zufrieden, bis auf ein paar Strolche. Und die laufen immer noch frei herum.

Der Wachtmeister beruhigt ihn. In ein paar Tagen haben wir das Schwein.

Na, das glaub ich aber, sagt Staaf.

Er verschwieg Irmgard zunächst, daß man ihn steckbrieflich suchte, lebte aber seit diesem Tag in der Angst, seine Liebste zu gefährden, und hatte mit ihr abgeredet, bei dicker Luft, bei Gefahr dürfe sie die Zimmergardine nicht schließen. Das helle Fenster sollte ihn warnen.

Am Weihnachtsabend schickte sie ihn noch einmal aus, was Gutes zu trinken zu holen, ein wenig Gebäck. Er müsse wenigstens so lange unterwegs bleiben, bis sie das Bäumchen geschmückt und das Gänseklein gekocht habe. Mutter Grete hatte eine pommersche Mastgans aus Laudeck geschickt, mit lieben Weihnachtsgrüßen, darunter war in ungelenker Schrift Franzkas Name gesetzt. Deine Mutter bringt ihr das Schreiben bei, wie macht sie das, Staaf?

Als er schließlich zu ihrer Wohnung zurückkam, sah er das Fenster erleuchtet, sah Schatten hin und her huschen, das mußten die Büttel sein, ausgerechnet am Weihnachtsabend wollten sie ihn fangen.

Für eine Weile war er ratlos. Wohin sollte er fliehen, bei wem sich verstecken? Er dachte haßerfüllt an Breitfeld, der ihn für weniger als dreißig Silberlinge verraten hatte.

Da waren noch andere im Soldatenrat gewesen. Der Maat fiel ihm ein. Staaf hatte herausgefunden, daß Redepennig abgeheuert hatte und bei seiner Frau in Essen wohnte, sich aber gehütet, ihn aufzusuchen. Wem konnte man heute trauen? Vielleicht hatte auch Konstantin längst seinen Idealen abgeschworen. Warum einen solchen Mann in Verlegenheit bringen und sich selber gefährden? Aber

Staaf konnte nicht nach Hause. Wenn er denn durch die Nacht und die Stadt wandern mußte, sollte es nicht ziellos geschehen. Er beschloß, nach der Straße im Industriegebiet zu suchen, in welcher der Maat von einst seine Wohnung hatte.

Er schlenderte stundenlang, Mantelkragen hochgeschlagen, Fäuste in den Taschen, durch nächtlich finstere Straßen, hörte das Geläut von den Türmen, sah manchmal ein gelb leuchtendes Fenster wie jenes von Irmgards Wohnung, das ihn gewarnt hatte, den Zweig eines Christbaums, Silberfäden, Kerzenflimmer, da saßen sie in den warmen Stuben und hatten sich längst mit den Nazis abgefunden, Friede auf Erden und den Menschen ein Wohlgefallen.

Staaf Tiedemann fror in der Nacht. Als er so dahinging, gewahrte er mit einem Male mehr und mehr Leute, die neben ihm schritten, schweigend. Gesangbuch in den Händen. Die Glocke rief ganz aus der Nähe, und ihm klopfte das Herz, als er im Schein der Gaslaterne einen Mann ausmachte, der jenem ähnelte, den er suchte. Er folgte ihm, überholte ihn und stellte sich vor der nächsten Lampe dem anderen entgegen.

Hallo, Maat!

Der Mann wollte vorüber, blieb dann aber stehen, wendete das Gesicht und kam langsamen Schrittes zurück.

Tiedemann? Was machst du in Essen, Mensch?

Staaf schaute vorsichtig rechts und links, hinter sich, ehe er fragte: Ich weiß nicht, ob du der Redepennig von damals geblieben bist? Kann ich offen reden?

Redepennig seufzte. Ach, die alten Zeiten. Vorbei, vorbei. Aber ich bin kein Nazi, wenn du das meinst.

Die Glocke rief, die Gläubigen schritten eiliger zur Kirche hinüber.

Dafür bist du fromm, sagte Staaf.

Und der Maat meinte lächelnd: Ein guter Christ bin ich

immer gewesen, deshalb war ich ja auch links. Also was ist los?

Die Büttel suchen mich. Ich weiß heute nacht nicht wohin. Es kam Staaf vor wie eine Ewigkeit, bis der Maat endlich nach seinem Arm faßte.

Komm, wir gehen erst einmal zur Messe.

Staaf fühlt sich unbehaglich. Er weiß nichts von katholischen Ritualen, aber was bleibt ihm übrig in der heiligen Nacht. Er mischt sich unter die Gläubigen, knickt ein wie sie, um drei Kreuze zu schlagen, und staunt, wie leicht ihm die Verstellung fällt. Da sitzen sie oder stehen, Leib an Leib, auch viele Kinder in den dämmernden Gewölben. Plötzlich gleißendes Licht: Der Herr ist geboren!

Staaf sieht den Priester hantieren in festlichem Ornat, funkelnde Gerätschaft, das goldschimmernde Schnitzwerk des Flügelaltars, den Weihnachtsbaum und die Krippe, und die Gerüche betäuben ihn fast, Weihrauch und Myrrhe mischen sich mit den Ausdünstungen von Menschenleibern, und hundert Dochte schwelen im heißen Wachs. Er hört die Orgel rauschen, den Gesang der Andächtigen, das Plappern ihrer Gebete. Er fällt wie alle in die Knie und erhebt sich mit ihnen, und die Botschaft rührt ihn an: Sie legten ihn in eine Krippe, weil in der Herberge kein Platz für sie war, obdachlos ist der Herr, Gast bei denen, die keine Heimat haben. Und Herodes trachtet dem Kind nach dem Leben, so wurde Jesus ein Verfolgter.

Vielleicht begriff Staaf Tiedemann in dieser Nacht zum erstenmal, wieviel Trost und Kraft eine Religion den Menschen spenden kann, auch Redepennig verstand die Gegenwärtigkeit der uralten Botschaft, und als er flüsterte: Ich helfe dir! gelobte er das nicht nur dem Kumpanen aus dem Soldatenrat, sondern seinem Herrn, und nahm den Verfolgten mit nach Hause.

Der Maat wohnte in einem schäbigen Mietshaus für sechs Parteien, Schaufensterscheibe im Erdgeschoß, über der verstaubten Halbgardine die Inschrift: Raffael Pankratius, Herrenfriseur. Neben der Ladentür hing das Zunftzeichen, eine Barbierschale aus Messing.

Staaf erschrak, als sie sich der Haustür näherten. Aus dem Schatten des Torbogens trat ein langaufgeschossener Mann mit fahlem Gesicht, der sah aus wie der Gevatter Tod, eingefallene Wangen, tiefliegende Augen.

Redepennig sagte: Fröhliche Weihnachten, Meister Pankratius.

Der unheimliche Mensch antwortete: Gelobt sei Jesus Christus, und ließ Staaf nicht aus den Augen, bis sie ins Haus eingetreten waren. Dann hörten sie, wie die Tür hinter ihnen abgeschlossen wurde.

Im Treppenhaus roch es nach Abtritt und aufgewärmtem Kraut wie in vielen Arbeiterhäusern.

Das ist Staaf, erklärte Konstantin seiner Ehefrau Wanda, die wunderte sich, daß ihr zu so später Stunde ein Gast vorgestellt wurde. Den kenn ich vom Soldatenrat.

Aha, sie nickte. Fröhliche Weihnachten, Staaf, und sie deutete auf den Wasserkran über dem Ausguß im Flur der Wohnung. Wasch dir die Hände, dann können wir was essen.

Wanda mußte um die vierzig sein, eine Frau mit großer Brust und strammem Hintern, gewiß war sie fröhlich auf dem Laken, sonst hätten die beiden sich wohl nicht genommen.

Staaf stellte auf den Tisch, was er für Irmgard gekauft hatte, eine Flasche guten Rotwein, Pralinen, Kekse. Wanda nickte anerkennend, dann sagte sie: Kinder haben wir nicht. Du kannst bleiben, solange du willst.

17

Es wird zaghaft Frühling in Laudeck: In den Vorgärten blühen Krokusse, weiß, gelb und blau, wie in jedem Jahr, aber manches hat sich verändert.

Das Schloß ist vom Reichsnährstand gekauft und als Schulungsstätte für Mitarbeiter eingerichtet worden. Woche für Woche kommen Fremde ins Dorf, manche haben Lust auf ein Bier oder dreschen abends einen zünftigen Skat in Rogallas Schenke, der ist es zufrieden. Ein paar Frauen haben als Reinigungskräfte Arbeit gefunden, zwei Köchinnen wurden gesucht, Franzka haben sie nicht genommen.

Grete Tiedemann lebt allein mit ihr im Haus, das ist plötzlich zu groß geworden. Die Einliegerwohnung steht leer. Grete wünscht keine anderen Leute auf dem Hof. Ein paar Gänse und Hühner hält sie noch, aber der Acker ist verpachtet, wozu sich die Arbeit machen? Grete hat Zeit, aber sie langweilt sich nicht.

Manchmal geht ihr durch den Kopf, was Anna geschrien hat, als es zum Streit um Malas Erbe kam: Bleibt mir gestohlen mit euerm schäbigen Katen! Mala wird sterben, du bist auch schon sechzig. Eines Tages werde ich mit der Stummen unter der Funzel sitzen, dann habe ich nicht mal einen Menschen, mit dem ich reden kann.

Plaudern kann man mit dem armen Mädchen nicht, aber Grete nimmt sich die Zeit, Franzka zu unterrichten, so mühevoll das ist und so aussichtslos es anfangs erscheint.

Grete hat eine Nähmaschine gekauft, Marke Singer, in Frauenburg war sie günstig zu haben. Erstaunlicherweise lernt die Stumme rasch, mit dieser Maschine umzugehen. Das kann man zu beiderseitigem Vorteil nutzen. Wir machen ein Geschäft daraus.

Beide Frauen versteigen sich nicht dazu, anspruchsvolle Garderobe herstellen zu wollen, die in Laudeck sowieso niemand tragen würde, aber was vom Schnittmusterbogen herunterzuradeln ist an Blusen, Röcken oder schlichten Kleidern, das schneidern sie allemal zusammen. Bald spricht es sich im Dorf herum. Zerrissenes Bettzeug muß jede Bäuerin flicken lassen, einen Arbeitskittel, eine feine Schürze braucht jede Frau. In acht Wochen ist Pfingsten, vielleicht versuchen wir es mal und bestellen bei Grete ein buntes Kunstseidenkleid.

Am liebsten zahlen die Bäuerinnen in Naturalien, mit Butter und Speck oder jungen Täubchen, denen sie grade erst die Köpfe abgerissen haben. Oft ist es zu viel für zwei Frauen. Nach einiger Zeit traut sich Grete, Preise zu nennen: zwei Mark fünfzig für eine Bluse, zehn Mark für ein Kleid. Das Geld teilt sie mit Franzka, die legt sich ein Sparbuch an, zu ihrer Sicherheit in späteren Zeiten.

Grete ist unterwegs, als Frau Binder klopft. Anna geht mit dem Jahrhundert, sie ist also fünfunddreißig Jahre alt, und es gibt keine schönere Frau in Laudeck. Man hat genügend Personal auf dem Hof, sie kann sich schonen, sie kann auch vormittags Besuche machen, und sie ist gut gekleidet, blanke Stiefel, wollener Rock, eine Berchtesgadener Jacke über der weißen Bluse, seit der Führer auf dem Obersalzberg sitzt, kommt das Bayrische in Mode.

Anna klopft, aber niemand ruft, niemand kommt, also hat sie es gut getroffen, die Stumme ist allein im Haus.

Anna tritt ein.

Der Gläserschrank mit den Schaustücken und die alte Truhe stehen immer noch dort, wo sie seit je gestanden hatten. Im übrigen sieht der große Raum wie eine Schneiderwerkstatt aus, der Familientisch ist mit Schnittmusterbögen bedeckt. Hier wird also zugeschnitten, dort auf den Stühlen stapelt sich die Wäsche, die Nähmaschine ist vor das Fenster gerückt, dahinter sitzt mit gekrümmtem Rükken Franzka, die ein Bettlaken säumt. Sie hört nicht, daß jemand ins Zimmer tritt, sie sieht keinen Schatten, sie bemerkt nicht, daß jemand näher und näher kommt, erst als sie grob an der Schulter gerüttelt wird, reißt sie im Schreck die Augen auf.

Glotz nicht so. Wo ist Grete? Grete!

Franzka hebt die Schultern, sie bringt die Maschine zur Ruhe, dreht sich auf dem Hocker und beobachtet, daß Anna den Gläserschrank öffnet. Sie nimmt die Glaskugel mit dem eingeschlossenen Tannenbäumchen und den beiden Rehen heraus, schüttelt die Kugel und freut sich, als heftiger Schneefall stattfindet. Sie sagt:

Du kannst nä-hen! und weist auf den Arbeitsplatz am Fenster hin. Franzka versteht und lächelt beglückt. Gleich bringt sie das Rad in Schwung, demonstriert ihre Geschicklichkeit, läßt die Maschine schwingen, bis der Saum vollendet ist und schneidet den Faden ab, dann erhebt sie sich, rafft das Laken an sich, und Anna greift zu, damit es ordentlich zusammengefaltet und zusammengelegt werden kann. Von dieser Freundlichkeit ist Franzka so überwältigt, daß sie noch mehr von ihren Fertigkeiten zeigt. Sie zählt die Laken auf einem der Stapel ab, fünf übereinander, und spreizt die Hand.

Anna lacht anerkennend. Du kannst also doch bis drei zählen.

Franzka kann mehr. Sie hat noch einmal fünf Laken abgezählt, dann auf ein Blatt Papier zweimal die Fünf gemalt, eine unter der anderen, darunter einen Strich gemacht und die Summe gezogen: Zehn.

Anna macht ein übertrieben erstauntes Gesicht. Sogar ein bißchen rechnen, allerhand.

Mit einemmal geht sie zur Truhe hin und hebt den Deckel. Die Stumme schüttelt den Kopf. Sie stößt warnende Laute aus, die hören sich wie Angstschreie eines Tieres an.

Anna wendet den Kopf. Dummes Stück, ich will nichts stehlen. Sie sucht nach der Bibel und hebt sie heraus.

Franzka lebt lange genug bei den Tiedemanns, um zu wissen, dieses Buch ist ein Schatz, wertvoll wie die silbernen Leuchter auf dem Kirchenaltar. Die Verschlüsse funkeln wie das Gold der Ringe an Annas Fingern.

Die will immer mehr haben, die will alles, die darf den Schatz nicht mit sich nehmen. Franzka versucht, Anna die Bibel zu entreißen, dabei geraten die Frauen in ein erbittertes Handgemenge, Anna holt wütend zum Schlage aus, da zückt die Stumme die aufgeklappte Schneiderschere.

Zum Glück ist Grete zurückgekommen. Sie nimmt der zitternden Franzka die Schere aus der Hand.

Anna schreit ihren Zorn heraus: Die kann ja zur Mörderin werden. Die ist ja gemeingefährlich. Die gehört fortgebracht, so eine.

Grete nimmt der ehemaligen Schwiegertochter die Bibel ab und legt sie auf den Tisch. Dann drückt sie die arme Franzka an sich und hält sie im Arm wie ein unglückliches Kind.

Was willst du, Anna?

Vielleicht bei dir nähen lassen. Würdest du das für mich tun?

Ich muß leben. Eine Bluse zwei Mark fünfzig, ein Kleid zehn bis zwölf Mark.

An einfachem Bettzeug wäre mir gelegen, sagt die Erbhofbäuerin, immer noch keuchend, und Grete muß der Kundin nun doch einen Stuhl anbieten.

Aber erst einmal bringt sie die weinende Franzka zur Tür, streicht ihr über das Haar, haucht ihr sogar einen Kuß auf die feuchte Wange und deutet die Treppe hinauf zum Schlafzimmer hin.

Als sie sich umwendet, sieht sie, daß Anna, beide Ellenbogen aufgestützt, Kopf zwischen den Händen, auf die Bibel starrt.

Mala Rosenzweig, genannt Tiedemann – sie war also doch eine Jüdin.

Grete zuckt mit den Schultern. Es hat dich nicht gestört, als du ihre Enkel im Bette hattest, einen nach dem anderen.

Anna schluchzt. Niemand ist blonder als Gesine, niemand sieht deutscher aus, niemand ist besser in der Schule, aber kein Erbhofbauer darf sie zur Frau nehmen, da muß Deutschblütigkeit bis ins letzte Jahrhundert nachgewiesen sein.

Grete ruft aufgebracht: Was klagst du es mir? Ich hab solche dummen Gesetze nicht gemacht.

Sie zieht sich einen Stuhl heran, und dann sitzen sich die beiden Frauen, Schnittmuster und Schere zwischen sich, am Tisch gegenüber, keine weicht dem Blick der anderen aus.

Du triffst dich heimlich mit Gesine.

Sie ist meine Enkelin.

Du hast ihr ein Bild von Max geschenkt.

Er war ihr Vater.

Ein Vierteljude! Ich will nicht, daß sie sich erinnert. Ich will nicht, daß sie sich ihrer Schädigung bewußt wird, sie ist ja noch ein Kind.

Mein Gott, was ist aus dir geworden, sagt Grete verachtungsvoll.

Und Anna antwortet kalt: Die Frau des Ortsbauernführers. Ich muß auf mich halten. Es kann dir nicht entgangen sein, daß Staaf Tiedemanns Steckbrief an jeder Litfaßsäule klebt. Ich wünsche nicht, daß Gesine in der Familie eines Staatsverbrechers verkehrt. Also schone mein Kind, oder …

Oder? fragt Grete und läßt die andere nur für einen Lidschlag aus den Augen.

Anna sagt: Mein Mann könnte dir das Gewerbe entziehen lassen, falls du überhaupt eines hast.

18

Staaf blieb bei den Redepennigs, verschwand des Morgens gegen acht Uhr, die Leute mochten denken, daß er auf Maloche ging, wie man im Ruhrgebiet sagt, abends kehrte er zurück.

In den Wintermonaten war es um diese Zeit noch dunkel, und jedesmal trat der Friseur im angeschmuddelten Kittel in den Schein der Straßenlaterne. Dieser hohlwangige Mensch von trauriger Gestalt blickte ihm aus tiefliegenden Augen entgegen, sagte: Gelobt sei Jesus Christus!, aber sonst kein Wort, und trat zur Seite.

Staaf grüßte mit einem Kopfnicken zurück, schlüpfte ins Haus und hatte den ersten Treppenabsatz kaum erreicht, da hörte er schon, wie sich der Schlüssel kreischend im Schloß der Haustür drehte. Das beunruhigte ihn. Wanda wiegelte ab, der Mann verhielte sich korrekt und sei übrigens ein so guter Katholik wie jeder andere Bewohner des Hauses.

Nach einiger Zeit gelang es Staaf, Kontakt mit Irmgard aufzunehmen, das geschah in den Räumen der großen Stadtbibliothek. Wer sollte ihn unter hundert Besuchern ausmachen? Übrigens hatte er Irmgard den Redepennigs als seine Braut vorgestellt, für die war es selbstverständlich, daß sie ab und an bei ihm schlief, das half aber Staaf nicht lange über die Trostlosigkeit seiner Tage hinweg. Er lebte wie ein Wild im Dickicht der Stadt und war sich nur seines Schlafplatzes sicher. Bald langweilte es ihn, ziellos durch die Straßen zu streifen, er suchte vorsichtig Kontakt zu ein, zwei Leuten, die er aus der Gewerkschaftsarbeit kannte, und schloß sich tatsächlich einer Gruppe an, die im Untergrund eine kleine Druckerei betrieb.

Damals hatten die Baubehörden die Entrümplung aller Dachböden angeordnet, ebenso den Durchbruch der Brandmauern von Keller zu Keller, von Haus zu Haus. Die Regierung richtete sich auf einen Luftkrieg ein, während die Gazetten über deutsche Friedwilligkeit berichteten. Diesen Widerspruch entlarvte die Gruppe mit ihren Flugblättern. Staaf, der sich schon in Klevenow als Redakteur bewährt hatte, schrieb pointierte Artikel, und ihre Wirkung unter den Arbeitern ermutigte ihn. Selbstverständlich wußte er, daß er eines Tages auffliegen könnte, daß er viel zu lange bei den Redepennigs kampierte. Er plante immer wieder, Deutschland zu verlassen, aber die Liebe zu Irmgard ließ ihn bleiben.

Er hatte sich an diesem Abend mit ihr verabredet, die Gelegenheit war günstig, das Ehepaar Redepennig nämlich zu einer Geburtstagsfeier geladen, die Liebenden würden allein in der Wohnung sein.

Mein Gott, stöhnte Staaf, wie lange hab ich dich entbehren müssen, und küßte sie ungeduldig auf dem Weg zum Hause hin, in dem seine Wirtsleute wohnten.

Ein Schauder überlief Irmgard, als der hohlwangige Friseur Pankratius aus dem Schatten trat. Gelobt sei Jesus Christus!

Guten Abend, Meister!

Staaf führte seine Liebste rasch ins Haus, und dann hörten beide, daß sich hinter ihnen der Schlüssel im Schloß drehte.

Irmgard flüsterte: Unheimlich. Wir sitzen in der Falle, Staaf.

Er beruhigte sie, zog sie in die Wohnung, half ihr aus dem Mantel und aus den Kleidern, und als sie sich endlich im Bett umschlungen hielten, geschah das nicht nur in der Leidenschaft, sondern auch zu ihrem Trost.

Er seufzte. Illegal leben, ständig auf der Hut sein, immer ein anderer zu sein, als zu scheinen, wie wird mir das schwer. Aber ich hab keine Wahl. Redepennig ist seinem Gott gegenüber verantwortlich, ich muß meinem Gewissen folgen, und manchmal denke ich, das ist ein und dieselbe moralische Instanz, Gott oder unser Gewissen. Und er wußte mit einemmal nicht, hatte er den Satz gehört von irgendeiner Stimme, von Gesine vielleicht. oder hatte er das selber gedacht und ausgesprochen.

Du bist ein Ketzer, Staaf.

Und du bist das Weib des Ketzers. Ein Trost, daß uns nicht der Scheiterhaufen droht. Trotzdem hab ich Angst um dich, Irmgard. Du mußt fort aus dieser Stadt.

Wohin? Sie weinte mit einemmal, er nahm sie in die Arme, und wäre ihnen mehr Zeit geblieben, hätte ihm Irmgard vielleicht gestanden, daß sie schwanger war und im Zwiespalt lebte. Sie war die Liebste eines Gejagten und wollte ihm nahe sein und ihm folgen, wohin man ihn auch trieb. Konnte sie das mit einem Kind?

Mit einemmal ging die Wohnungstür. Die Redepennigs konnten es nicht sein, die feierten am anderen Ende der Stadt.

Etwa der Friseur? flüsterte Irmgard.

Staaf schüttelte den Kopf, stieg in die Turnhose und öffnete spaltbreit die Kammertür. Eine der Nachbarinnen machte sich in der Küche zu schaffen. Irmgard blickte ihn fragend an. Er begann, sich hastig anzukleiden, dann ging er über den Flur. Er sah den Küchentisch für zwei Personen gedeckt, ein weißes Tuch statt der üblichen Wachstuchdecke, Kerzen, blinkende Weingläser, Leckerbissen.

Die Frau erschrak nicht, als der Mann in der Türe stand. Sie lächelte. Ich wohne in der Etage unter Ihnen und habe versprochen, daß ich abends für Sie sorge, weil, Wanda kann das heute nicht. Und als das Bett am Krachen war, hab ich gedacht, stell mal gleich was zur Stärkung bereit. Na, holen Sie schon Ihre Braut.

Staaf fragte: Woher wissen Sie eigentlich von mir?

Die Nachbarin schmunzelte. Hier im Hause weiß jeder, wer Sie sind, Herr Tiedemann, und sie lobte Irmgard, als sie in die Küche kam. Hübsch und jung, so hab ich Sie mir vorgestellt. Aber so blaß. Bitte, langen Sie zu.

Dann wünschte sie Gottes Segen für das Paar und verschwand.

Irmgard war vom Anblick des reich gedeckten Tisches überwältigt. Es gibt also doch noch ein paar Menschen, die es gut mit uns meinen.

Staaf rückte ihr den Stuhl zurecht, er bediente sie und sagte nach einer Weile. Hier sind wir nicht mehr sicher. Wir feiern Abschied in dieser Stunde.

Als die Redepennigs nach Hause kamen, war die Wohnung aufgeräumt und Staafs Habseligkeiten in einen Rucksack verstaut. Der Maat erschrak und verteidigte sich: Ich bin invalid, Mensch, helf da mal aus, helf dort mal aus. Wanda geht als Putzfrau zu Leuten, das bringt nicht viel, das langt gerade mal für uns beide. Wir waren überfordert, also hat das ganze Haus für dich gesorgt.

Staaf war wütend. Ihr habt herumgequatscht, daß ich illegal bin. Und mit so einem hab ich mal Revolution machen wollen, kein Wunder, daß es schief gegangen ist.

Wanda schmierte ein paar Brote, Wegzehrung für Staaf, der wieder auf der Flucht sein würde. Sie wollte nicht eingestehen, daß Konstantin und sie Fehler gemacht hätten. Jeder im Haus, sagte sie, ist ein guter Katholik. Keiner hätte dich ans Messer geliefert.

Ach, Wanda, rief Irmgard, du hast keine Ahnung von ihren schrecklichen Methoden.

Auch Redepennig trat für die Rechtschaffenheit seiner

Hausgenossen ein. Da ist Pankratius, du hast ihn nicht leiden können, Staaf, du hast ihn sogar verdächtigt. Heut will ich dir sagen, warum er jeden Abend an der Türe stand: Aus Sorge um dich. Er war erst zufrieden, wenn er dich im Hause wußte. Und bei Gefahr hätte er SOS an das Gasrohr geklopft, damit du über den Dachboden fliehen konntest.

Und wer wußte sonst noch von meiner Existenz?

Nur noch der Pfarrer, gestand Redepennig.

Das kann nicht wahr sein. Staaf schlug sich gegen den Kopf.

Jeden Morgen, sagte Wanda ärgerlich, haben wir zwei Mark Taschengeld neben deinen Teller gelegt, und du hast das Geld auch genommen.

Dafür bin ich dankbar, meinte Staaf und versprach, es zurückzuzahlen, sobald er es könnte.

Brauchst du nicht. Das Geld ist vom Pfarrer. Es stammt aus dem Klingelbeutel. Bedank dich bei Gott dem Herrn.

Der Abschied war schmerzlich. Die Paare umarmten einander heftig, und Staaf war gerührt, als er sagte: Wanda, ich hab mir bei dir nicht nur das Fell wärmen können, ich hab mir bei euch das Herz gewärmt, als es draußen kälter und kälter wurde.

Danke!

19

Das Interesse der Dienststelle Obersalzberg Nord, Klevenow als ein Kron- oder Reichsgut des Führers zu übernehmen, war ungebrochen, die Feierlichkeiten zu Erntedank 34 bewiesen, daß sich dort etwas hermachen ließ. Fox' Tönende Wochenschau hatte es dokumentiert, die Bilder im Gleichschritt marschierender, sichelschwingender Jungmänner oder kräftig ausschreitender Landfrauen mit Garben unterm Arm, deren Ähren rhythmisch wippten, waren mit Motiven aus Beethovens Sechster, der Pastorale, unterlegt und reichsweit gezeigt worden, ihr propagandistischer Effekt war groß. Und wenn Jost Graf Schwan auf Klevenow auch immer noch zögerte, oder Obersalzberg Nord gar hinhielt, man blieb der Grafenfamilie gewogen. Schließlich war inzwischen vom dritten als dem tausendjährigen Reich die Rede, man dachte und plante in großen Zeiträumen und brauchte nichts zu überstürzen.

Hin und wider sprach der Kreisleiter Breitfeld vor, streckte seine Stiefel unter den Tisch der Gräfin und ließ sich mit honiggesüßtem Tee verwöhnen.

Der vom Gärtner des Königs, dem genialen Lenné, entworfene Park von Klevenow galt immer noch als der weitläufigste und schönste Landschaftsgarten im deutschen Norden. Leider war er unter der Ägide der Erblandmarschallin Armgard Schwan vernachlässigt worden. Durch Breitfelds Vermittlung quartierte sich eine halbe Hundertschaft des Reichsarbeitsdienstes in der ehemaligen Schnitterkaserne ein. Die jungen Männer fanden Spaß am einfachen

Leben und wuschen sich unter dem armstarken Strahl des artesischen Brunnens, der sich wie vor hundert Jahren in den steinernen Trog ergoß, einen uralten Sarkophag, wie Sachverständige meinten. Gräfin Lenelotte, die einmal vorüberritt, war von dem Bilde angetan und erinnerte sich ihres Gesprächs mit dem Gauleiter. Jetzt hatte sie ihn sozusagen im Dutzend und splitternackt gesehen, den neuen deutschen Menschen.

Die Arbeitsmänner wurden aus der Schloßküche mit derber Hausmannskost versorgt, sie konnten kräftig die Äxte schwingen, um das Unterholz aus den Eichenhainen herauszuschlagen, um die Sichtachsen freizulegen. Sie räumten verwilderte Gräben, säuberten den künstlich angelegten Schwanenteich, zimmerten die hölzernen Brükken zurecht, strichen sie mit weißer Farbe und beendeten ihr Werk am Ausgang des Sommers. Dem Schöpfer des Gartens, Lenné, wäre das Herz aufgegangen, hätte er den Park erblicken können, schön und prächtig, wie er ihn vor hundert Jahren vorausgedacht hatte. Er mußte damals ein, zwei Meter hohe Setzlinge pflanzen, und es war ihm nicht vergönnt, sie zu Bäumen aufwachsen zu sehen. Höchstes Lob also dem Reichsarbeitsdienst!

Was sich der Führer unter Volksgemeinschaft vorstellte, was Kraft durch Freude tatsächlich bedeutete, wurde am Ende des Sommers im großen Saal von Klevenow auf das Schönste demonstriert.

Rechts und links des Mittelganges standen, Reihe für Reihe, jeweils hundert Stühle gestaffelt, auf ihnen nahmen die Männer des Arbeitsdienstes in ihren schlichten Uniformen Platz, der Lehrer, der Pastor des Dorfes, die Beamtenschaft des Gutes, aber auch Träger alter Namen, die Klang hatten in Mecklenburg, die Malzans von Grubenhagen, die von Bassewitz, von Flotow, von Oertzen, die Grafen

Schwerin. Flackernde Kerzen auf den Simsen der Kamine, knisternde Spannung, bis sie endlich, von Gräfin Lenelotte geführt, den Mittelgang durchschreitet. Da reißt es jedermann von den Stühlen, da applaudiert man stehend der berühmtesten Pianistin Deutschlands, der großen Elli Ney. Dort vorn steht sie, längst eine Legende, löwenmähnig ihrem Meister ähnelnd, und neigt sich hoheitsvoll gegen das Publikum. Dann aber die Mondscheinsonate.

Vor Beginn des Konzertes hatte Jost Schwan in seinen Kreisen für Aufsehen gesorgt. Jedermann wußte, daß seine kleine Gräfin Bettine mit einem Komödianten nach England durchgegangen war. Man hatte die Geschichte vor den Kaminen ausgiebig kolportiert. Heut brachte er eine zarte Rotblonde mit, die offenbar schwanger war, aber schön anzusehen wie eine der gotischen Madonnen. Neben Elli Ney die zweite Sensation in Klevenow. Ist das Kind von ihm? Wird sie die neue Gräfin Schwan? Auf jeden Fall ist sie bürgerlich wie ihre Vorgängerin, ihr Name Irmgard Jankowski. Sie wurde von Jost als Bibliothekarin der Familienbücherei bestallt und nahm Wohnung in einer Suite von Schloß Klevenow.

*

Ich bin der Rabe im Baum. Meine Ahnen zählen zu den Auserwählten, die Noah in den Kasten nahm, und mein Urrabenvater, der Gedächtnis hieß, hatte auf Odins Schulter gesessen, er hat uns die Fähigkeit zur Entsinnung vererbt. Ich weiß alles, bis auf das wenige, das Gott für sich selber behielt.

Ich hab es gehört, das Saitenspiel im Schloß von Klevenow, aber von Ferne her schon Waffengeklirr. Es erbittert mich, daß die Völker aus ihrer Geschichte nicht lernen wollen und sich von neuem über andere Völker erheben, was ihnen der Herr bei Strafe des Untergangs verbot.

In einer Stunde kam das Gericht über Babylon, denn auf

Geheiß des Herrn hob ein starker Engel den Stein, er warf ihn ins Meer und sprach: So wird Babylon verworfen sein und nicht mehr gefunden werden, und das Saitenspiel soll nicht mehr gehört werden, und das Licht der Lampe soll nicht mehr leuchten. So steht es zur Warnung der Völker geschrieben, und so ist es geschehen.

Aber die Führer im großen Deutschland versammelten dennoch ihre Heere und überzogen andere Völker mit Krieg.

Staaf Tiedemann entkam. Ich habe im Baum gesessen, als er nach Holland floh. Er mußte immer wieder Angst überwinden, noch manche Grenze überschreiten. Er hörte sich in fremde Sprachen ein und verstand viele Menschen dennoch nicht. Zehn Jahre lang blieb Staaf in der Welt verschollen, aber im letzten Jahr des Krieges hörten wir wieder von ihm und von Hogan, seinem Freund, und anderen Leuten, die ihn liebten oder haßten.

20

Staaf Tiedemann wußte nur ungefähr, wo er sich an diesem Wintermorgen befand. Er lehnte gegen den Stamm einer Fichte am Rande einer tief verschneiten Waldlichtung. Ein paar Schritte weiter stand Valentin, sein Freund. Der hatte mit klammen Fingern eine Zigarette gedreht, schmauchte genüßlich die ersten Züge und hielt Staaf den Stummel hin.

Du auch?

Kopfschütteln. Der Machorka stank widerlich.

Beide Männer trugen die abgenutzte, schmutziggraue Kluft der russischen Partisanen, die abgeklappte Tschapka schützte die Ohren vor sibirischer Kälte.

Wo bin ich? Irgendwo in der Tiefe Weißrußlands, in der Nähe von Brest wahrscheinlich. Die Stadt liegt in Trümmern, Hunderte Kilometer von hier. Was sind Entfernungen in diesem Land? Maßlos die Ebene, maßlos die Kälte, maßlos der Krieg und das Leid, maßlos der Haß auf alles, was deutsch heißt.

Wie lange ist es her, daß ich mit Hogan über die Baltikumer geredet habe, über die schwarze Reichswehr, über den schönen blonden Herrn von Ahrensberg, der einer ihrer Führer war und meinen Bruder Hein erschießen ließ? Das ist vor zehn Jahren gewesen auf adlig Klevenow. Auch Hogan war abgestoßen vom fanatischen Geist dieser Truppe, die behauptete, sie müsse notfalls massenhaft töten, um das Böse auszutilgen, das Undeutsche, und handele gottgefällig wie einst der Ritterorden gegenüber den heidnischen

Wenden oder Preußen. Das hat Hogan verachtet wie ich und mich dennoch gefragt: Bist du im Widerstand?

Ob Nachricht bis Klevenow gedrungen ist, daß die Waffen-SS unweit von Kiew in der Schlucht von Babi Jar zweiunddreißigtausend jüdische Frauen, Männer und Kinder abgeschlachtet hat? Und vielleicht ist es der Herr von Ahrensberg gewesen, der die Erschießungskommandos befehligte. Unvorstellbarer Gedanke, zweiunddreißigtausend Morde an einem einzigen Ort. Deshalb, Hogan, bin ich bis heute im Widerstand.

Wir haben einen Funkspruch Himmlers abgefangen, Sonderbefehl an den General der Infanterie Stapf:

Beim Rückzug in der Ukraine darf kein Mensch zurückbleiben, kein Vieh, kein Zentner Getreide, kein Haus darf stehenbleiben, kein Bergwerk, das nicht für Jahre zerstört, kein Brunnen fließen, der nicht vergiftet ist.

Stapf sollte das Menschenmögliche tun, um die Unmenschlichkeit ins Grauenhafte zu steigern. Er hat es getan. Der Tod suchte auf den Stoppelfeldern.

Maßlos der Haß auf alles, was deutsch heißt.

Ich bin deutsch. Ein Partisan schon seit Jahren, und treibe mich zwischen den Fronten herum. Wir sind ein kleiner, verwegener Trupp, sechs Männer, außer mir nur Russen, ich bin der Älteste von ihnen.

Im Herbst ist es uns gelungen, durch die deutsche Frontlinie zu schlüpfen. Von hier aus stießen wir gegen Munitionsdepots vor oder störten Eisenbahntransporte, die Beute nach Deutschland bringen sollten, die letzten Kühe oder Schafe, den letzten Zentner Korn, die letzte Kiste Wodka.

Tod dem verdammten Hitlerkrieg, das ist unsere Devise. Im Augenblick ist unser Haufen der Wehrmacht sogar voraus, und weit oben im Nordwesten von uns sind die Russen bis Warschau vorgestoßen, sie liegen in Praga am östlichen Weichselufer auf der Lauer, wenn es Zeit ist, treiben sie den Krieg nach Deutschland zurück, seinem schrecklichen Ende zu.

Ich habe hier geholfen, aber nun bin ich weder im Versteck, noch auf Patrouille. Ich warte, ich lehne am Fichtenstamm im tief verschneiten Wald, und dort steht Valentin, mein Beschützer oder mein Bewacher. Er schmaucht schon die dritte Zigarette. Ich soll seine Truppe verlassen.

Ich fühl mich nicht mehr sicher. Jedesmal, wenn wir für Tage rasten müssen, und es glückt uns, ein Quartier zu finden, eine Hütte, die uns zur Not behausen kann, dann suchen wir nach einem geeigneten Raum und tragen Feldsteine herbei, häufen sie auf einen Herd, machen Feuer, bis die Steine glühen, und schütten Wasser darüber, das dampfend verzischt und verspritzt. In dieser provisorischen Sauna schwitzen wir stundenlang und wälzen uns später im Schnee, und manchmal, wenn wir Wodka erbeuten konnten, machen wir ein Fest daraus. Wir trinken und brechen das Brot dazu, wir singen und träumen vom Ende des Krieges, und möchten für Augenblicke zärtlich sein in der eiskalten Welt, die uns belauert. Ich hab seit Ewigkeiten nicht bei einer Frau gelegen, ich möchte wieder einmal einen Menschen in den Armen halten, warum nicht Valentin? Ich tu's nicht, die Russen sind prüde, ich muß mir die Gefühligkeit verkneifen. In ein paar Jahren bin ich fünfzig und zu alt für die Liebe.

Gestern, als wir schwitzend in der Sauna hockten, hat mich Valentin traurig angestarrt.

Du mußt uns verlassen, Staaf.

Warum?

Auftrag für einen Deutschen.

Wann muß ich fort?

Morgen wirst du abgeholt.

Zu viele sind von den eigenen Leuten geholt worden, um

nicht wiederzukehren, zu viele, mit denen ich aus Spanien kam, in den Lagern verschollen, zu viele, die in Rußland Schutz suchten, an Deutschland ausgeliefert worden, weil sich Stalin angenehm machen wollte. Und später dann, als Hitler Rußland überfiel, als die Greuel geschahen in Babi Jar und anderswo, fiel es manchem in Moskau schwer, zwischen einem schutzbedürftigen Deutschen zu unterscheiden und einem, der mit den Eroberern gekommen war. Und anfangs, als ich von der Hinrichtung deutscher Kameraden hörte, hab ich mir eingeredet, es müßten Verräter gewesen sein, die man mit einem Genickschuß getötet hat, bis ich schaudernd begriff, sie waren Opfer des Mißtrauens geworden, das auswucherte bis zur Widerwärtigkeit.

Ich bin Hitlergegner und in Deutschland des Todes gewiß, also muß ich es mit Stalin halten, der mir bis jetzt das Leben läßt. Aber nun hat mich Valentin zum Treff gebracht, zu einer tief verschneiten Waldlichtung, und jetzt kommen sie, um mich zu holen. Ich seh das Panjepferdchen, wie es kopfnickend und dampfend durch den Schnee stapft, zwei vermummte Gestalten in bäuerlichen Pelzen hocken auf dem Schlitten. Ich hab ein Gemälde gesehen, dem dieses friedliche Bild gleicht: Heimkehr russischer Bauern vom Jahrmarkt. Und tatsächlich liegen ein paar Säcke auf dem Schlitten, irgendwelcher Trödel, den die Vermummten mit sich führen. Häscher sehen anders aus.

Jetzt sind sie heran, zwei Leute, und nun weiß ich, es ist ein Mädchen dabei, es springt ab und hängt seinem Pferdchen den Futtersack um. Der Mann taxiert mich, bis Valentin sagt: Das ist er, Staaf Tiedemann, ein Deutscher, für den ich mich verbürge.

Wir geben uns die Hand. Der Mann sagt: Du bekommst nicht nur eine neue Identität, sondern auch nagelneue Kleider.

Warum?

Du gehst nach Deutschland zurück als Kundschafter. Du nimmst Verbindung mit einer Widerstandsgruppe auf.

Das sagt der Mann so beiläufig wie einer, der mitteilt, daß es zu Mittag Pelmeni gibt, und er dreht sich um, weil er den Sack heranzerren will.

Da ist wieder die Angst, die mir bis ans Herz kriecht. Ich sehe dem Valentin in die Augen.

Sinnlos, was ihr von mir verlangt, ein Himmelfahrtskommando. Der Aufstand der Offiziere ist gescheitert, die letzten Widerstandstruppen sind zerschlagen, ihre Mitglieder hingerichtet, die Bluthunde nehmen immer noch die Fährte auf.

Das wissen wir, Staaf.

Und ihr wollt mich trotzdem nach Deutschland schicken?

Tu, was er verlangt, meint Valentin, es ist besser so,

Und dann geschieht Unglaubliches. Der Mann breitet schwungvoll eine Pferdedecke in den Schnee, und das Mädchen zieht, als wäre es Zauberei, Kleidungsstücke aus dem Sack und legt sie, wie für einen Hochzeiter, zurecht, Hut und Wintermantel von bester deutscher Qualität, Jacke und Hose aus Kammgarn, Oberhemden, Strümpfe und Schuhe. Irgendwo im Walde müssen sie das Bäumchen Schüttel dich gefunden haben, das dem armen Aschenputtel die schönsten Kleider zuwarf, als es zum Ball auf das Königsschloß wollte.

Zieh dich um, sagt der Mann.

Also pell ich mich aus, ich bibbere und protestiere. Ich hab mich in Holland herumgetrieben, in Belgien, in Frankreich. Ich hab als Illegaler die merkwürdigsten Dinge erfahren, aber so was hat keiner von mir verlangt, bei zwanzig Grad minus, Mensch.

Bade im Schnee, rät Valentin. Du weißt, daß es wärmt.

Ich entgehe meinem Schicksal nicht, ich kann die Sache nur noch heiter nehmen. Ich reibe meinen alten, hageren, haarigen Leib mit eiskaltem Schnee, und das Mädchen wirft mir lachend ein Handtuch zu. Sie haben an alles gedacht. Daraus kann ich schließen, daß meine Mission gut vorbereitet ist. Ich stehe splitternackt auf einer Pferdedecke und steig nach langer Zeit in eine frische Unterhose. Der Mann reicht mir das Hemd, das Mädchen wollene Socken. Der Mann sagt:

Das Mädchen fährt dich in die Nähe des Bahnhofs von Baranowizi, dort wirst du eine Fahrkarte lösen und den Fronturlauberzug Richtung Krakau, Breslau, Berlin besteigen.

Einfach so?

Valentin hält mir die Hose hin, damit ich bequem hineinschlüpfen kann.

Natürlich, sagt er, einfach so.

Und der Mann reicht mir eine Tasche mit Geld, mit meinen Papieren. Von heute an bist du ein Zivilbeamter, einer der berüchtigten Eintreiber, die hinter der Frontlinie den Bauern das Letzte nehmen. Bald ist Weihnachten. Endlich darfst du heim zu deinen Lieben reisen.

Die Hose rutscht mir. Sie helfen mit einem Gürtel aus. Die Schuhe sind zu groß. Zieh zwei Paar Socken übereinander. Der Mantel paßt. Ich stülp mir den Filzhut auf das Haupt. Schade, daß ich keinen Spiegel habe.

Wie seh ich aus?

Das Mädchen meint: Deutsch siehst du aus, hassenswert.

Da umarm ich sie und küsse ihre eiskalten Wangen.

Der Zug schleppte sich durch stockfinstere Nacht seinem Ziel entgegen, das Deutschland hieß.

Staaf Tiedemann lauschte dem Geräusch rhythmisch schlagender Achsen, sie hörten sich an wie untermalende Musik, zu der man sich eine Melodie denken kann, ein Lied: ... unstete Fahrt, hab acht, hab acht, die Welt ist voller Morden! Und dann wieder quietschende Bremsen, ein Ruck, Halt auf offener Strecke. Die ungeheure Stille, die zu summen beginnt. Oder ist es das Blut, das in meinen Ohren rauscht?

Das hab ich alles schon einmal erlebt, 1918, am Ende des Weltkrieges, als ich mit dem verwundeten Hogan heimwärts fuhr. Ich fror in der Nacht, weil mir der Leutnant im Schlaf den Mantel fortgezogen hatte, ich suchte danach, und Hogan faßte meine Hand, um sie auf seinen Schenkel zu legen. Ich stieß ihn fort und hatte recht getan, denn in der nächsten Nacht wurde ich mit einer schönen Frau belohnt, mit Anna, die mich in ihr Bette zog. Mein Gott, er stand mir und stand, und Anna war im Feuer, beim ersten wie beim letztenmal.

Warum träum ich von der wilden Anna und muß jetzt erst an Irmgard denken, die zierlich ist und zart, milchweiße Haut, wie sie nur Rotblondinen haben, wie gern strich ich mit meinen rauhen Handflächen über ihren nackten Rücken. Ich träum von verlockenden Weibern, bis endlich mal wieder die Hose spannt, und sitze im Sechserabteil zwischen Männern, die mich abstoßen, SS-Soldaten, kaum zwanzig Jahre alt, schwarze Kragenspiegel, Totenkopf über gekreuzten Knochen.

Morgens Halt an der deutschen Grenze, Kontrolle durch die Feldgendarmerie. Ein halbes Dutzend dieser Kettenhunde durchkämmt den Zug. Ausweiskontrolle.

Der Zivilist zuerst!

Die Kerlchen von der SS halten mich, wie gebannt, mit ihren Blicken fest. Gleich wird sich herausstellen, wer dieser alte Mann ist, der sie mit seinem unheimlichen Blick zum Schweigen und zum Kuschen brachte. Ich habe sämtliche Papiere locker zur Hand.

Alles in Ordnung, Herr, bis auf den fehlenden Entlausungsschein. Sie können die Prozedur hier auf dem Bahnhofsgelände nachholen. Also aussteigen, bitte, raus aus dem Zug!

Und dann steh ich also wieder einmal nackt und ziemlich töricht herum, darf aber duschen und mich mit ätzendem Zeug besprühen lassen, während man das Kammgarn durch den Lauseofen schiebt. Später sprengt mein Bizeps bald die Jackenärmel, und als ich nach langer Reise in Berlin auf den Bahnsteig springe, seh ich nicht mehr so elegant aus wie in den weißrussischen Wäldern.

Bis auf den Entlausungsschein hatten sie in Moskau an alles gedacht, er entdeckte in einer Tasche genügend Geld, auch Lebensmittelkarten, die erlaubten, ein Brot zu kaufen, ein Stück Butter, oder in einem der Restaurants eine bescheidene Mahlzeit zu bestellen, eine Gemüsebrühe vielleicht, auf der kein einziges Fettauge schwamm, ein Gulasch mit reichlich salziger Soße und wenigen zähen Fleischbrocken, an denen man lange zu kauen hatte. Er spähte Quartiere aus, Wirtinnen, die bereit waren, seine Wäsche zu waschen, die Hemden zu bügeln, sobald eine mit ihm ins Bett wollte, zog er aus. Keinem durfte er sich anvertrauen, und er blieb nur so lange, bis er eine neue Pension gefunden hatte. Er war auf der Hut und hatte bald gelernt, sich beim Heulen der Sirenen in die Luftschutzkeller zu flüchten, unter fremden Menschen zu kauern, die von Angst geschüttelt wurden wie er. Anderen Tages streifte er durch die Stadt und sah den Rauch über den Trümmern stehen. Er fuhr mit der S-Bahn, morgens und abends standen sie aneinandergedrängt, Fremdarbeiter, zu erkennen an ihren Flecken, ähnlich jenen, wie sie noch letztes Jahr die Juden hatten tragen müssen. Von denen war keiner in der Stadt zu sehen. Er wußte, wo sie geblieben waren, er hatte den Feuerschein am Himmel gesehen. Die Frauen und Männer in den S-Bahnzügen trugen ein Zeichen, auf dem OST zu lesen war oder P, sie drängten sich in den Abteilen, um vom Lager in die Fabrik zu fahren und umgekehrt. Wenn er russische Laute vernahm, hangelte er an den Halteschlaufen näher zu den Leuten, die seinesgleichen waren, und sagte ein Wort, begierig, einen Blick zu erhaschen, ein Lächeln. Bald ist es vorbei! Und anfangs suchte er, wie ihm aufgegeben war, nach Männern aus dem Widerstand, der eine machte das Zeichen des Schweigens, ehe er weiterging, der andere blickte leeren Augens an ihm vorbei. Er war allein unter Deutschen, von allen guten Geistern verlassen, und manchmal wollte es ihn zu Boden drücken, das Gefühl der Verlassenheit.

Eines Tages, als er wieder einmal vor einer Litfaßsäule stand und auf einem blutroten Plakat die Namen der Hingerichteten las, krampften sich seine Hände zu Fäusten, und er schwor sich, nicht unter das Fallbeil zu gehen, um eines sinnlosen Auftrags willen, der ihm aus Moskau mitgegeben war. Er mußte versuchen, sein Leben zu retten, also packte er sein Bündel, bezahlte das letzte Quartier und sagte Berlin adieu.

Der Zug ins Ruhrgebiet ging zu später Stunde. Er hatte Zeit fürs Kino und ließ sich von Marika Rökk trösten. Die »Frau meiner Träume«, jaulende Ziehharmonika und darüber das schrille süße Stimmchen mit ungarischem Akzent:

Schau nicht hin, schau nicht häärr,
schau nur gradeaus,
und was dann auch kommt,
mach dir nix daraus.

Und endlich die große Revuetreppe, Harfenklänge, zwanzig, dreißig Tänzerinnen in blau-goldenen Gewändern schweben die Stufen herab. Und jetzt der Walzer, die Mädchen drehen und wiegen sich im weiten Kreis, und in ihrer Mitte kreiselt die wilde Ungarin auf den Fußspitzen, daß es eine Lust ist, auf die Leinwand zu starren.

Und wieder Weihnachten in Essen, keine fröhliche, gnadenbringende Zeit. Das Geläut vom Turm klingt wie von geborstenen Glocken, totaler Krieg, Verdunklung, kein gelbliches Fenster in der Nacht, kein Tannenzweiglein, kein Silbergeflirr und keine Messe, nur die Ruine des Ostgiebels der Kirche ragt im Mondschein, und das Haus im Industrieviertel mit der Schaufensterscheibe neben der Eingangstür und der Inschrift »Raffael Pankratius« steht nicht mehr.

Wohin, Staaf Tiedemann?

21

Jost Graf Schwan von Klevenow hatte wegen einer gefährlichen Verletzung des linken Unterschenkels und Fußgelenks monatelang in Lazaretten zubringen müssen und gehofft, man würde ihn spätestens zu Weihnachten vierundvierzig entlassen. Die Ärzte rieten ihm aber, sich noch zu schonen. Wenigstens hatte sich eine Amputation erübrigt, ich hab meine Gliedmaßen einigermaßen beieinander, hatte Jost gedacht, ich lebe, warum soll ich mich nicht fügen?

Wenige Wochen später spielten medizinische Überlegungen kaum noch eine Rolle. Die Russen waren mit einhundertdreißig Divisionen von den Brückenköpfen an der Weichsel aufgebrochen, um Polen zu entsetzen und nach Deutschland vorzustoßen, von wo der Krieg gekommen war. Das Lazarett, in dem Jost Schwan der Genesung entgegensah, wurde geräumt. Er machte sich hinkend auf den Heimweg.

Schon waren die Bahnstrecken überlastet, die Landstraßen von Flüchtlingstrecks verstopft. Der Erbe von Klevenow erreichte schließlich Malchin und meldete sich auf der Kommandantur, wo er zu seiner Überraschung auf Herrn von Ahrensberg stieß. Der war inzwischen zum Führer einer Sondereinheit aufgestiegen, die den Volkssturm mobilisierte und die letzten schwachen Kräfte rekrutierte und notdürftig ausbildete, damit man sie den Russen entgegenstellen konnte. Malchin sollte um jeden Preis verteidigt werden.

Jost widersprach aus gutem Grunde nicht, und als er

nach einer Weile die Kommandantur verließ, tat er es als der Standortälteste von Malchin. Die Stelle war durch den plötzlichen Tod des Vorgängers vakant, von Ahrensberg hatte erreicht, daß sie mit dem Grafen besetzt wurde, der sich für die Ehre bedanken mußte, man hätte ihn ja, beinahe genesen, wie er war, an die Front schicken können.

Manches ging ihm während der Heimfahrt nach Klevenow durch den Kopf.

Hier in Malchin bin ich gemustert worden, das ist neununddreißig gewesen, kurze Zeit vor dem Polenfeldzug. Ich war dreiundvierzig Jahre alt, kerngesund, und es gab keinen Grund, mich vom Kriegsdienst zu befreien. Zum Glück verfügte mein alter Herr über Beziehungen zur Generalität, und natürlich war es ein Privileg, daß man mich zu einer Panzereinheit abkommandierte, die von Rommel befehligt wurde. Ich hab ihn kennengelernt als einen edlen Mann und begnadeten Militär und war stolz, daß ich eines Tages seinem engsten Stab angehören durfte. Damals habe ich keine Stunde über Sinn oder Unsinn dieses Krieges nachgedacht, mich beschwerte keinerlei Zweifel, im Gegenteil, ich konnte ihn genießen, den Afrikafeldzug. Als Deutschland den schlappen Italienern beispringen mußte, waren männliche Tugenden gefragt, Tapferkeit, Ritterlichkeit, und die Kriegeslist feierte Triumphe, jedenfalls haben wir den Briten die Cyrenaika abgejagt, Tobruk entsetzt, und als wir schließlich über die libysch-ägyptische Grenze bis El Alamein vorgestoßen waren, konnte Rommel zum Sturm auf Kairo blasen. Es gelang nicht, die Stadt einzunehmen, weil die Alliierten mit sieben Divisionen, glaube ich, landeten. Hitler tobte, entgegen seinem Befehl trat der vernünftige Rommel den Rückzug an. Die Annalen des Wüstenfuchses beschreiben nicht nur grandiose Siege, auch die geordnete Absetzbewegung seiner Armee über zweitausend Kilometer bis nach Tunis hin bleibt ein Ruhmesblatt. Und von Ahrensberg will, daß ich in Malchin mit ein paar alten Männern und Kindern dem Ansturm der Russen widerstehe.

Seit dem Rückzug aus Afrika waren Rommel und Hitler einander spinnefeind. Ich weiß das, ich war auf Tuchfühlung mit dem Generalfeldmarschall. Er war mein Ritter, mein Held und mein Gott und manchmal mein Vertrauter. Kein anderer Armeeführer hatte größeren Rückhalt im Volk, Hitler konnte ihm nichts anhaben. Er hat ihn in die Normandie geschickt, Rommel sollte den Atlantikwall uneinnehmbar machen und die Alliierten, falls sie doch landen würden, ins Meer zurückwerfen. Ich hab den Generalfeldmarschall ins Stabsquartier begleitet und dort, in einem Schloß unweit der Küste, beim abendlichen Kamingespräch gehört, wie gräßlich sich die Niederlage von Stalingrad auf die Kriegsführung auswirken mußte. Und dort erst, am Kamin, das weiß ich genau, hat Rommel erfahren, was in Auschwitz wirklich geschah und welche Scheußlichkeiten sich in Rußland zugetragen hatten, Massenexekutionen, ausgeführt von Mordkommandos der deutschen Wehrmacht. Moralisch war der Krieg verloren.

Auch der Atlantikwall hielt dem Angriff der Alliierten nicht stand. Dem Krieg mußte ein Ende bereitet werden. Hitler mußte weg. Auf Ehre und Gewissen, Rommel und ich waren am Attentat auf Hitler nicht beteiligt, hatten aber davon gewußt. Ich hab es hartnäckig geleugnet, so oft man mich peinlich befragte. Ob es denn Rommel zugegeben hat? Jedenfalls hat es ihn das Leben gekostet. Ich bin einer der wenigen, die wissen, daß der Generalfeldmarschall nicht an den Folgen des Autounfalls verstarb. Er hat sich auf Hitlers Geheiß vergiften müssen, um dem Prozeß vor dem Blutgericht wie seiner schmachvollen Hinrichtung zu entgehen.

Dort hinten, über dem kahlen Eichengeäst, seh ich das Schloß aufragen. Hier ist Klevenow, hier ist es schön. Und dort eilt mir über die Freitreppe meine Mutter entgegen. Sie umhalst mich, sie küßt mich, sie weint. Sie will mich trösten. Du lebst, mein Junge. Was macht es, daß du dich auf eine Krücke stützen mußt, daß du ein wenig hinkst. Sie gebraucht beinahe die gleichen Worte wie damals, am Ende des ersten Weltkrieges, als ich lädiert aus Dünaburg zurückgekommen war. Das gibt sich, mein Junge. Die Zeit heilt alle Wunden. Du bist ja noch jung. Alles wird gut.

Danke, Maman. Ich denke, nichts wird gut, nicht eine der alliierten Heereseinheiten ist bereit, sich Seite an Seite mit den verbliebenen Truppen den Russen entgegenzuwerfen. Sie stehen bereits in Ostpreußen. Nichts wird gut, alles trudelt dem schrecklichen Ende zu, der Apokalypse. Aber erst einmal bin ich daheim auf Klevenow. Ein Bad, bitte, Mutter.

Das alte Grafenpaar und seine Hausgäste verbrachten ihre Tage stilvoll und in Würde, wie sie das ein Leben lang geübt hatten. Gewisse Einschränkungen mußten hingenommen werden. Der Ostflügel des Schlosses mit dem großen Festsaal konnte nicht wie in Friedenszeiten beheizt werden. Man wich auf bescheidenere Gemächer aus, speiste im kleinen Saal, der näher zur Küche gelegen war, erschien aber zur Hauptmahlzeit in Abendgarderobe und kleidete sich besonders sorgfältig, wenn auf Klevenow ein Kunstgenuß zu erwarten war wie heute abend. Die kleine Gesellschaft hatte sich im Sonnenzimmer versammelt, das im Renaissanceflügel gelegen war, berühmt wegen seiner prunkvollen Stuckdecke, und nicht allzu groß. Erstaunlicherweise klang hier der Konzertflügel besser als in der Halle.

Sie nahmen in den Sesseln Platz. Freifrau von Gerstenberg-Zech saß neben ihrer unverehelichten Tochter Ada, die auch nicht weit von siebzig war, was sie nicht abhielt, ein schulterfreies Abendkleid zu tragen. Die Freifrauen hatten von den ostpreußischen Gütern fliehen müssen und gottlob die Juwelen retten können. Ada von Gerstenberg-Zech trug ihre Perlenschnüre mehrfach um den Faltenhals geschlungen. Beide Damen hofften, daß sie das Kriegsende auf Schloß Klevenow abwarten dürften. Neben ihnen saßen die Keyserlings, beide bei Jahren, uralter baltischer Adel, den Russen per Schiff aus Reval grade noch entkommen. Sie hatten eine Freundin mitgenommen, ein Fräulein Lottchen Stein, das nicht von Adel war, wie ihre weitberühmte Namensschwester, Musiklehrerin von Profession, eine stämmige Dame mit bleichem Mondgesicht und roten Strähnenhaaren. Sie würde heute abend Klaviermusik zum besten geben und spreizte schon hexenhaft ihre Finger, um sie geschmeidig zu machen.

Lenelotte Schwan hielt für ein Weilchen die Konversation in Gang und wies den leider schon etwas tattrigen Brümmer an, die Gläser zu füllen. Von den fünf alten Damen, die im Sonnenzimmer versammelt waren, war die Gräfin zweifellos die attraktivste. Sie bevorzugte immer noch lange schmale, dunkle Gewänder, um die sie einen meterlangen grellen Seidenschal drapierte, und hatte sich das blondierte Haar zurechtmachen lassen im Stil von Greta Garbo, als diese die Königin Christine gab. Die Grafen Schwan und Keyserling waren im Abendanzug erschienen, Jost trug Uniform. Und nun die Mondscheinsonate.

Man hatte das Stück von Elli Ney gehört, und selbstverständlich lagen Welten zwischen ihr und Lottchen Stein. Was dieser aber an Technik fehlte, ergänzte sie durch Gefühl, sie schwelgte in den Harmonien, wurde aber nach und nach durch ein Brummen gestört, das von außen durch die Fenster drang. Freifrau von Gerstenberg-Zech, die an Schwerhörigkeit litt, bemerkte es nicht, aber Graf Keyserling, ihr

Nachbar, wollte sie mit lauter Stimme darauf hinweisen: Bomberverbände im Anflug auf Berlin.

Haben Sie Bomberverbände gesagt?

Keyserling nickte heftig, und Lenelotte Schwan blickte mißbilligend, ehe sie sich wieder im Sessel zurücksinken ließ, um Beethoven zu genießen. Da sah sie mit einemmal, daß die Kerzenglühbirnen in den Lüstern zu flackern begannen. Schon blickte die Künstlerin mißtrauisch in die Höhe. Gottlob konnte sie die Mondscheinsonate auswendig spielen.

Unter den Lauschenden breitete sich Unruhe aus, und das gerade beim grandiosen Hauptmotiv. Gräfin Lenelotte erhob sich spontan, machte gegenüber der Pianistin eine Geste der Beschwörung und entzündete die Kerzen in den vielarmigen Leuchtern, als die elektrischen Birnen erloschen. Lottchen Stein konnte enden, das Publikum applaudierte bewegt, und Lenelotte Schwan sagte: Wundervoll!

Sie trat zum Flügel, um der Künstlerin zu danken. Sie sind Beethoven gerecht geworden und haben gleichzeitig eine schwierige Situation meistern müssen.

Ada von Gerstenberg-Zech unterrichtete ihre Mutter noch einmal über die Stromsperre, indem sie scharf akzentuiert sprach: Das Licht flackert jedesmal, ehe Berlin bombardiert wird, dann geht es aus. Die alte Freifrau hatte den Sachverhalt verstanden, sie sagte: Wie unangenehm, und nickte zustimmend, als Graf Keyserling bemerkte, aber die Ardennenoffensive sei ein glänzender Erfolg gewesen.

Leider steckengeblieben, meinte Jost und lauschte dem brummenden Geräusch, das sich verstärkte. Neue Welle. Sie wissen ja alle, daß ich Standortkommandant von Malchin bin. Leider muß ich mich verabschieden. Er küßte artig Lottchen Stein die Hand, es war schön. Er machte sich davon und dankte der Royal Airforce im stillen, weil sie ihm ermöglichte, die Gesellschaft zu verlassen.

Seine Mutter ließ von Brümmer noch einmal Wein nachschenken und hob lachend ihr Glas. Wir werden uns doch nicht durch ein paar klirrende Fensterscheiben aus der Fassung bringen lassen.

Graf Walter war besorgt. Die Front rückt näher, man muß der Wahrheit ins Auge blicken, Liebste.

Bedeutet das, fragte der alte Keyserling nach einer Weile, daß Sie uns raten, wieder auf den Treck zu gehen?

Um Gottes willen! Niemand vertreibt Sie aus Klevenow. Sie haben uns Lottchen mitgebracht. Wir verdanken Ihnen unvergeßliche Abende.

Sie stieß mit der Künstlerin an und sagte bewegt: Immer, wenn ich Beethoven höre, erwacht in mir die Sehnsucht, ein guter Mensch zu sein. Also bleiben Sie, bleiben Sie. Die Russen, das hab ich gestern im Radio gehört, kommen gar nicht nach Mecklenburg.

Graf Keyserling wußte Genaueres. Er versicherte sich, daß Brümmer nicht mehr im Kaminzimmer weilte, und flüsterte verschwörerisch: Deutschland soll in vier Zonen aufgeteilt werden, den Norden und Nordwesten kriegen die Engländer, den Westen die Franzosen, die wollten ja schon immer an den Rhein, die Amerikaner nehmen sich den Süden. Die Russen müssen im Osten bleiben, sie sind ja mit dem Baltikum, mit Ost- und Westpreußen und mit Schlesien bestens bedient. Das habe ich – er sah sich noch einmal sichernd um – das hab ich von Radio London.

Gräfin Lenelotte glaubte der Erzählung nur zu gern. Wir werden englisch, gar nicht schlecht.

Und ihr Gemahl meinte, als machte er sich selber Mut: Man muß kein Prophet sein, um vorauszusagen, daß sich unsere Landsleute aus den östlichen Provinzen zu Millionen vor den Russen retten werden. Wer soll sie ernähren? Im Osten kann keine Ernte wachsen, und die Westmächte werden ganz gewiß nicht unser geliebtes Mecklenburg, die

Kornkammer Deutschlands, den Russen überlassen. Also bitte, bleiben Sie, solange es Ihnen gefällt, unsere lieben Hausgäste auf Klevenow.

Man dankte für den Zuspruch, trank und war guter Dinge, bis die alte Freifrau von Gerstenberg-Zech nach Art der Schwerhörigen mit viel zu lauter Stimme sagte: In Ostpreußen, nicht wahr Ada, ist dem Russeneinfall eine schreckliche Seuche vorausgeeilt, die Staupe. Alle Hunde starben. Und nun wies sie mit ihren Knochenfingern auf Toni, die edle Dogge, hin. Das Tier war von klein auf an Hausmusik gewöhnt und hatte während des Konzerts neben dem Flügel gelegen.

Gräfin Lenelotte schrie auf und warf im Schreck ihr Glas zu Boden, als sie sah, daß sich die Dogge streckte, und die alte Freifrau verkündete wie eine Seherin: Die Russen kommen nach Klevenow.

Jost Schwan konnte den Entsetzensschrei seiner Mutter nicht mehr hören, er tastete sich die steinerne Wendeltreppe abwärts, auch hier brannte kein Licht. Der große Turm verband den Renaissanceflügel des Schlosses mit dem Gemäuer aus dem frühen neunzehnten Jahrhundert, die Stockwerke lagen nicht auf gleicher Ebene. Jost hätte den Weg über eine bequemere Treppe nehmen können, die zum Hauptportal führte, ihm war aber eingefallen, bei Irmgard Jankowski anzuklopfen. Sie bewohnte ein paar Zimmer, die nur vom Treppenturm aus zu erreichen waren, und lebte nun schon an die zehn Jahre auf Klevenow. Beinahe so alt war ihr Sohn, den sie Staaf genannt hatte, ein kräftiger Junge mit feingeschnittenem Gesicht, der seinem Vater ähnelte, nur die hellen Augen hatte er von seiner Mutter.

Eines Tages war sie in Klevenow erschienen, hochschwanger, ein Köfferchen in der Hand und ängstlich.

Jost hatte im Augenblick Bescheid gewußt. Es war ja kaum ein Jahr vergangen, seit er Tiedemann vor dem Nazikreisleiter Breitfeld warnen wollte, und damals hatte Staaf gesagt: Kann sein, daß ich Irmgard allein lassen muß, für eine Weile, für länger oder für immer. Bitte gewähre ihr Asyl.

Jost löste sein Versprechen ein. Es war Jost aber zu riskant erschienen, die schwangere Frau im Gärtnerhaus einzuquartieren, das Staaf gehörte, dieser oder jener hätte Verdacht schöpfen können. So hatte er Irmgard im Schloß untergebracht. Die Bestände waren bald geordnet und katalogisiert, darunter einige Folianten von unschätzbarem Wert. Später nahm Irmgard sich des Gräflich Schwanschen Archivs im Torhaus an, sie sortierte die Urkunden oder fein verschnürten Aktenbündel nach den einzelnen Gütern, nach Jahren und Jahrhunderten, ehe sie wieder in den Gefachen oder Schränken verstaut wurden. Manche Bündel knotete sie aus purer Neugier auf und öffnete den Deckel, dann wirbelte der Staub von Jahrzehnten hoch und kitzelte in ihrer Nase.

Anfangs fiel es Irmgard schwer, sich in die altertümlichen verschnörkelten Handschriften der Chronisten einzulesen, als ihr das aber gelungen war, konnte sie sich ein Bild machen von der Abhängigkeit und Rechtlosigkeit der Schwanschen Untertanen in vergangenen Jahrhunderten.

Eines der Blätter betraf die Familie Tiedemann. Da wurde von Sanne Wollner berichtet. Schade, daß Irmgard Staaf nicht befragen konnte. Er hatte aber oft von Gesine erzählt, das war eine geborene Wollner aus Wargentin, zu seiner Konfirmation hatte sie ein lavendelfarbenes Festkleid getragen, eine achtzigjährige stolze Frau, geschmückt mit einem blutroten Tuch, Gesine hatte wegen angeblicher Hurerei ein ganzes Jahr im Grauen Haus zu Güstrow verbringen müssen und dort ihre Mutter getroffen, und das mußte diese Sanne Wollner sein, von der hier in dem Dokument von 1848 die Rede war.

Einmal in der Woche durften die Leute in der Begüterung zur Sprechstunde in Schloß Klevenow erscheinen, um dem Gutssekretär Schlöpke ihr Leid zu klagen, und der legte ihre Beschwerde einmal in der Woche der Frau Gräfin vor: Und nun ist erschienen Sanne Wollner aus Wargentin und klagt wider den Pächter Haberland, daß derselbe seine Hofgängerin mißhandelt und geschlagen habe. Zugleich aber hat Haberland die Sanne Wollner angeklagt, daß sie ohne Erlaubnis nach Klevenow gegangen, um dort ihre Beschwerde vorzutragen. Die Frau Gräfin bot einen Vergleich an: Schlägt der Haberland, so kann die Hofgängerin Wollner den Haberland im Gericht verklagen. Das hebt ihre unerlaubte Entfernung auf.

Vorsitzender des Patrimonialgerichts war Graf Schwan, vertreten durch den Pächter Haberland. Sanne Wollner zog ihre Beschwerde zurück.

So war das in Mecklenburg, blieft allens bin ollen.

Jost klopfte. Die Frau öffnete.

Abend, Irmgard.

Abend, Jost.

Irgendwann einmal, schon vor Jahren, hatte er gefragt, ob er sie, die Liebste seines einzigen Freundes, beim Vornamen nennen dürfe. Irmgard wußte nichts einzuwenden, und sie waren sich mit der Zeit nähergekommen, wenn auch niemals ganz nahe, aber es gab keinen Menschen, dem der Graf mehr vertraute als Irmgard. Er hatte sie gern.

Wo ist der kleine Staaf?

Der liegt schon im Bett, schläft wahrscheinlich längst. Sie sprach mit gedämpfter Stimme. Wir haben kein Licht, und ich möchte nicht, daß er beim Kerzenschein schmökert. Setz dich, Jost.

Gut, einen Augenblick. Er knöpfte den Mantel auf, ehe er sich niederließ, sie rückte die Kerze näher zu ihm.

Willst du was trinken?

Was hast du anzubieten?

Apfelsaft.

Warum nicht? Er nahm das Glas entgegen und sagte: Ich werde wenigstens einen Teil des Weinkellers räumen und bei dir deponieren lassen. In dieser Wohnung gibt es doch ein paar Verstecke.

Sie öffnete lächelnd eine Tür, dahinter zeigten sich Treppenstufen.

Gut, sagte er. Ein schwerer Barockschrank wird sich finden, den man vor den Verschlag rücken kann.

Du denkst an das Ende?

Er nickte und fragte dann: Wie ist die Stimmung?

Viele Gutsleute fürchten sich.

Die Polen mein ich.

In der Schnitterkaserne von Klevenow waren seit längerer Zeit an die fünfzig Zwangsarbeiter untergebracht und wurden über Nacht dort bewacht. Irmgard hatte sich bereit erklärt, auf ihre Verpflegung zu achten. Die Männer sollten an Nahrung das erhalten, was ihnen zustand, und nicht von der Köchin bestohlen werden wie auf anderen Gütern, und Gräfin Lenelotte, mit der Irmgard darüber gesprochen hatte, daß es sich eine ordentliche Gutswirtschaft leisten müsse, Männer, die zu deren Erhaltung rackerten, ordentlich zu beköstigen, hatte ihr zugestimmt. Seitdem besaß Irmgard einen Schlüssel zur Speisekammer für das Gesinde. Sie versuchte, mit dem polnischen Vorarbeiter freundlich umzugehen, ließ seinen Männern, wenn es anging, eine Sonderration zukommen. Dies war ihr möglich, weil sie als Freundin des jungen Grafen galt. Übrigens verstand sie mit der Zeit so viel polnisch und der Vorarbeiter so viel deutsch, daß sie sich verständlich machen konnten.

Wo steht die Front? hatte der Mann heute nachmittag gefragt, und sie hatte zur Antwort gegeben, die Weichsel sei überschritten.

Wie ist die Stimmung bei den Polen?

Sie warten ungeduldig auf ihre Freiheit, sagte Irmgard. Ich empfinde wie die Polen.

Er nickte zu ihren Worten und dachte bitter, sie ist eine Frau, und die Freiheit wird auf den Dreckstiefeln der Russen nach Klevenow getragen werden, mit aufgepflanztem Bajonett. Er dachte an die Nachricht von den Entsetzensschreien deutscher Frauen, die aus Ostpreußen gekommen war. Er sah Irmgard ins Gesicht, sie war eine schöne Frau. Vielleicht ist es besser, du gehst fort von hier, aus dem Grafenschloß, das todsicher geplündert wird.

Irmgard sagte: Viele Jahre habe ich ungeschoren hier in Klevenow gelebt, das danke ich dir, aber nun sehne ich mich sehr nach Staaf. Wo soll er mich suchen, wenn nicht bei dir? Was wird er zu seinem Sohn sagen? Manchmal denk ich, Staaf kommt mit den Russen. Dann wird er verhindern, was du befürchtest.

Jost erhob sich und knöpfte seinen Mantel zu. Sollte er wirklich mit den Siegern kommen? Sollte ich ihm jemals wieder begegnen, dann werde ich den Kopf senken müssen.

Irmgard küßte ihn zum Abschied. Auf welcher Seite stehst du, Jost?

22

Der Frühling kehrte sich nicht an den Krieg, um die Ängste der Menschen, sondern zog mit prahlenden Farben in Laudeck ein.

Grete Tiedemann und Franzka mußten sich die Zeit stehlen, um die grell blühenden Primeln vom Vorjahreslaub zu befreien, das sie bedrängte. Beide hatten mit der Schneiderei alle Hände voll zu tun, Mangel, den der Krieg im Gefolge hatte, begünstigte das Geschäft, Kleider mußten geändert werden, aus Wolldecken wurden Joppen geschneidert, und manchmal entdeckte eine Bauersfrau im Schrank sogar noch einen Stoff, den sie Grete vorzeigte, um andächtig zu bemerken: Vorkriegsware.

Es ging auf Abend zu. Auf dem großen Familientisch lag der Schnittmusterbogen ausgebreitet, und Grete freute sich, mit welcher Sicherheit die Stumme den Schnitt für ein Sommerkleid herausradelte und schließlich aus dem Papier schnitt. Sie war mit solchem Eifer bei der Sache, daß ihr die Zunge zwischen die Lippen schlüpfte.

Es klopfte.

Grete legte eine Hand auf den Arm der Stummen, deutete zur Tür, machte das Zeichen des Schlüsseldrehens, des Öffnens und beugte sich, Hände auf den Tisch gestützt, über die Papierbögen, um Franzkas Arbeit zu begutachten, ehe sie ans Zuschneiden ging. Sie nahm zuerst gar nicht wahr, wer ihr von Franzka zugeführt wurde, sie stand immer noch, Handflächen aufgestützt, hob schließlich ein wenig den Kopf und starrte den Besucher an, lange und ungläubig, bis Staaf den Hut abnahm. Jetzt richtete sich Grete auf und fragte, um ihre Erregung zu verbergen, zu schrill und genauso, wie sie ihn früher gefragt hätte, wenn er wieder einmal viel zu spät zum Essen erschienen war: Wo kommst du denn her?

Aus, Rußland, Mutter.

Sie stürzten sich in die Arme und umklammerten einander, als wollten sie sich niemals wieder loslassen. Schließlich schiebt Grete den Sohn von sich, um sein Gesicht zu betrachten, das fremd geworden ist, gezeichnet von Entbehrungen und Anstrengungen schlimmer Jahre. Sie fährt mit den Fingerspitzen darüber hin, als müßte sie ertasten, daß es wirklich das Antlitz des verlorenen Sohnes ist. Seit zehn Jahren hat sie auf ihn gewartet, aber sie darf nicht rufen: Lasset uns essen und fröhlich sein, und niemand darf den Reigen tanzen, man könnte es hören. Gretes Sohn ist vogelfrei, und draußen warten die Häscher.

Zehn Jahre hab ich um dich gebangt, mein Junge. Jeden Tag hab ich die Zeitung aufgeschlagen und gesucht, bis ich Meldungen über Todesurteile fand, über Hinrichtungen, und aufgeatmet, wenn dein Name nicht darunter war.

Ich lebe, Mutter.

Wie lange noch, wenn dich einer denunziert?

Staaf versuchte, die Mutter zu beruhigen. Man wird mich in Klevenow suchen oder bei dir. Ich muß mich für eine Weile verstecken, und dann will ich versuchen, mich zu den Russen durchzuschlagen. Die Front ist nicht mehr weit.

Wenig später wurde Franzka mit einer Nachricht zu Anna Binder ausgeschickt.

Die Binders bewohnten das einstige Inspektorhaus, eine geräumige Villa am Rande des Parkes. Die Wirtschaftsgebäude lagen vom Haus entfernt, samt und sonders Stallungen, die einst zum Gutshof von adlig Laudeck gehört hatten. Binder hatte für relativ wenig Geld den Zuschlag erhalten. Die Scheuer war gefüllt, gesundes Vieh stand vor den Raufen, Schwarzbuntes, reinster Herkunft, auf Rasse legte Binder Wert, und zur Pflege der Herden, zur Bestellung der Äcker beschäftigte der Ortsbauernführer mehr Personal als seinerzeit der Patron, junge Mägde, kräftige Knechte, bis auf den Vorarbeiter sprach keiner von ihnen deutsch, das war kein Nachteil, wenn nötig sagt ein Peitschenhieb, ein Schlag ins Gesicht nachdrücklicher als jedes Wort, wer Herr auf dem Binderhof ist. Der Bauer kommandierte an die zwanzig Frauen und Männer, ihre Herkunft war am Zeichen OST zu ersehen, und sie kosteten den Hof nur, was zu ihrer Verpflegung aufgewendet werden mußte. Binder wußte, rund eine Million deutscher Bauern und Bauernsöhne waren zu den Fahnen gerufen worden. Die Lücke sollte notdürftig geschlossen werden mit etwa einer halben Million Ostarbeitern, so hatte es Hermann Göring vom Reichsbeauftragten Sauckel gefordert, aber der überbot Görings Wunsch, er hatte über eine Million Fremdarbeiter aufgegriffen und in das Reich treiben lassen. Nun muß man sich mal vorstellen, wir hätten unter der Führerschaft nicht einen Sauckel, sondern zehn, dachte Binder oft. Wie wäre es heute um Deutschland bestellt? Und hätte Fritz Sauckel statt dieses verräterischen Schweines Generalfeldmarschall Paulus die 6. Armee geführt, wäre uns das Debakel von Stalingrad erspart geblieben. Todsicher.

Binder muß jeden Tag ein paarmal über die Straße hin und her, um auf dem Wirtschaftshof nach dem Rechten zu sehen. Ihm macht das nichts aus, und dem Frieden der Villa ist es zuträglich, kein Arbeitslärm vor den Fenstern, kein Hüh und Hott, kein Maschinengeräusch. Anna kann in aller Ruhe die Gnädige spielen. Sie darf sich bedienen lassen. Wär sie doch besser gelaunt! Bis vor Tagen hat sie über zwei Hausmägde gebieten können, eine für die Küche, die andere für die Zimmer und die Wäsche, eine auffallend hübsche Person, mein Gott, dieser glatte, schneeweiße Hintern. Nächstens muß ich es heimlicher machen.

Anna sieht dem Binder aus dem Fenster nach, Arme unter der Brust verschränkt, verächtlicher Blick. Wäre er ein Kerl, hätte er sich längst an die Front gemeldet. Im ersten wilden Haß hatte sie den Mann bei der Behörde anzeigen wollen, als sie das Verhältnis entdeckt hatte, wegen Rassenschande. Sie kann den Hof auch ohne Binder führen. Aber die Schmach, mein Gott!

Sie kommt einen Zug früher von Frauenburg, Binder erwartet sie nicht um diese Zeit. Sie betritt das Haus und hört das Klatschen und Jammern vom Schlafzimmer her. Sie schleicht sich treppauf, reißt die Tür auf. Da sieht sie den Binder, wie er auf der Bettkante hockt, er hat sich die polnische Schlampe über die Knie gelegt und zerdrischt ihr den blanken Arsch, als müßte er das Fleisch mürbe klopfen, ehe er es auf den Nagel spießt. Selbstverständlich wurde die Hure davongejagt, Anna weiß nicht, wo sie geblieben ist, wahrscheinlich in einem Lager verschwunden. Warum hat sie sich mit dem Ortsbauernführer eingelassen!

Seit der Krieg danebengeht, hat Anna Probleme mit ihrem Mann. Er trinkt zu viel, er macht diese schrecklichen Sachen. Mit Gesine hat es angefangen, mit Annas eigener Tochter. Natürlich ist eine Fünfundzwanzigjährige straffer im Fleisch als eine reife Frau, aber das ist kein Grund, sich an der Stieftochter zu vergreifen. Anna hat die beiden letztes Jahr erwischt. Binder hatte sich entblößt, und Gesine stand zwischen seinen Schenkeln. Der Mutter ist nichts übriggeblieben, als die Tochter aus dem Hause zu bringen. Die lebt jetzt in Frauenburg und hilft Lina Stankowski in der Wirtschaft. Gretes einzige Tochter hat zwei kleine Kinder aufzuziehen. Trotz aller Verbote hatte Gesine immer

Kontakt mit diesen Tiedemanns, soll sie's meinetwegen mit denen halten, ich hab mit meinen kleinen drei Kindern genug zu tun.

Anna Binder, vierundvierzig Jahre alt, gilt als die schönste Bäuerin von Laudeck und als die reichste dazu, aber sie ist nicht glücklich. Sie ist bleich und ein wenig aufgedunsen im Gesicht, und natürlich macht es ihr Angst, daß die Russen im Januar aus den Brückenköpfen an der Weichsel aufgebrochen sind, um nach Deutschland vorzustoßen.

Wann erreichen sie Pommern?

Die Binders saßen beim Abendbrot in der Riesenküche im ehemaligen Inspektorhaus, rundum gekachelt, der Fries mit Holländermotiven geschmückt, Windmühlen, junge Paare in Holzpantinen, Glanz aus herrschaftlichen Zeiten, rustikales Mobiliar, Eckbank, Holztisch, binsengeflochtene Stühle. Marie, die polnische Küchenmagd, bediente die Familie, Rührei mit Speck. Die Kinder aßen mit Appetit, Wieland, der Erbe des Hofes, ist Annas ganzer Stolz, neun Jahre alt, ein hübscher Junge, blond wie die Mutter. Um seinetwillen erträgt Anna die Spannungen in der Ehe und ihren eigenartigen Mann. Die Zwillingsmädchen, Sina und Lina, werden nächstens fünf, blauäugig, blondzopfig, wie konnte es anders sein bei dieser Mutter von germanischem Schlag. Freßlustig ist das hübsche Duo und ein wenig zu drall.

Anna stocherte unlustig auf ihrem Teller herum, sortierte Speck und Zwiebeln aus und mäkelte, die Küchenpolin koche zu fett. Die Schweinerei mit der Zimmerpolin war ja erst von drei Tagen passiert und lag ihr schwer im Magen. Sie starrte unmutig auf Binder, der schon das zweite Bier ausgetrunken hatte und nach dem dritten verlangte, als es klopfte und Franzka in die Küche trat.

Franzka wies einen Zettel vor.

Zeig her.

Anna sagte verwundert: Wir sollen zu Grete kommen.

Binder goß sich einen Kümmel ein. Du weißt, daß ich dieses Haus nicht betrete.

Anna sagte, es ginge auf Tod und Leben.

Und dann die Falle!

Binder und Anna klopften an der Büdnerei, Grete ließ beide ein, führte sie in die große Stube, die Schneiderwerkstatt.

Hinter der Tür stand Staaf.

Anna schrie auf im hellen Schreck, Binder wollte augenblicklich hinaus, aber Tiedemann hielt beide mit gezogener Pistole in Schach.

Setzt euch!

Die Binders mußten gehorchen. Der bleichen Anna stieg die Röte ins Gesicht.

Wir dachten, deiner Mutter geht es nicht gut. Wer hat an dich denken können? Daß du dich hertraust, einer, der mit Steckbrief gesucht wird, ein Hochverräter.

Halt den Mund, sagte Staaf, und Anna schluckte.

Sie starrte auf den Mann, der hundertmal mit ihr geschlafen und sich am Ende kalt verweigert hatte, dort saß er, gelassen, selbstsicher, Hände auf der Tischplatte, zwischen ihnen die Pistole. Binder wirkte zerfahren neben ihm.

Staaf sagte: Der Krieg ist verloren, selbst die Verbohrtesten müssen das begreifen, also auch ihr. Er blickte schräg auf Binder. Der deutsche Name ist mit Blut beschmiert und in den Dreck getreten, weil man dich und deinesgleichen hat gewähren lassen. Muß ich euch sagen, was ich gesehen habe, welche Scheußlichkeiten geschehen sind, in Rußland und in Polen? Mit zwei Toten hat es angefangen, hier in Laudeck, Binder. Heute sind die Toten nicht mehr zu zählen.

Binder krümmte sich wie im Schmerz. Hast du einen Schnaps, Grete?

Sie holte die Flasche.

Binder schluckte und stöhnte. Ich bin aufs Land gegangen, weil ich mich ehrlich machen wollte, mich raushalten aus jeder Verstrickung, mir niemals wieder die Finger dreckig machen, aber Anna, in ihrem maßlosen Ehrgeiz, konnte alles nicht groß genug sein, nicht fein genug.

Die Frau fiel ihm heftig ins Wort. Du trinkst zu viel, Binder. Du kannst mir nichts vorwerfen. Du hast mich gebraucht, wie ich dich damals brauchte. Wir wollten beide aus dem Dreck. Und dir will ich was sagen, Staaf Tiedemann. Seit ich seine Frau bin, hat Binder nichts Schlechtes getan, er hat keinen Grund, sich anzuklagen. Wir sind kleine Leute. Wir haben niemanden umgebracht.

Ihr habt die Lider gesenkt, rief Staaf aufgebracht. Ihr habt geschwiegen angesichts der Verbrechen. Das ist eine Schuld, und selbstverständlich werdet ihr euch verantworten müssen. Wenn irgend etwas zu euern Gunsten sprechen könnte, dann vielleicht, wie ihr euch in allerletzter Minute verhalten habt ... Er zögerte, aber Anna spürte, daß ihr Staaf ein Angebot machen, vielleicht sogar einen Ablaßhandel anbieten wollte.

Sie fragte lauernd: Was verlangst du?

Ich brauche sicheres Quartier für ein paar Tage, ein Versteck. Im Hause des Ortsbauernführers wird mich niemand vermuten.

In diesen Tagen konnte die Beherbergung eines Hochverräters den Kopf kosten. Binder biß sich auf die Lippen. Aber Anna nickte dem Staaf Tiedemann zu. Kein Mensch konnte wissen, was ihr durch den Kopf ging.

Grete war seufzend aufgestanden, sie kam mit dem altertümlichen Buch zurück, das mit metallenen Schließen gesichert war. Schwört mir auf Malas Bibel, daß der Junge sicher ist unter euerm Dach.

Ach, Mutter, Staaf lächelte ein bißchen und zeigte seine

Pistole vor, ich schwöre auf die Waffe. Fünf Kugeln im Magazin, die erste ist für dich, Binder, falls du mich verraten solltest. Erst die letzte Kugel ist für meinen Kopf bestimmt. Und dann sagte er, so locker und selbstverständlich, als ginge es in die Sommerfrische: Pack mir ein bißchen Wäsche ein, Mutter. Nein, bitte nichts zu essen. Ich bin sicher, daß mich Anna nicht hungern läßt.

Und wieder nickte Frau Binder.

In den nächsten Tagen widerstand Staaf Annas dunklem Blick und blieb sicher in seinem Versteck. Im April, als der Frühling die Landschaft heftig überfiel, kleidete er sich wie ein Landarbeiter, machte sich auf den Weg und radelte auf heimlichen Pfaden, die er seit der Kindheit kannte, den Russen entgegen, und es kam ihm zugute, daß er als Partisan geübt hatte, sich zwischen den Fronten herumzutreiben.

*

Kein Mensch erinnerte sich, daß es je einen solch überschwenglichen Frühling gegeben hätte. Es war sommerlich warm, das Schlehengesträuch schäumte in der Blüte über, die Natur drängte zum Aufbruch und lockte mit vielerlei Geräusch, mit Kuckucksruf und Vogelschrei, aus jedem Tümpel quarrte das Paarungsgeläut der Frösche.

Eines Tages wurde es übertönt vom Rasseln der Panzerketten.

Anna hatte längst gepackt. Sie hielt beide Töchter an der Hand und trat vor die Hintertür der Villa, um zu lauschen. Sina und Lina drängten sich an die Mutter, als spürten sie die Gefahr.

Da fiel der Schuß.

Anna schob die Kinder zurück ins Haus. Habt keine Angst. Wartet oben auf mich.

Dann ging sie dem Schuß nach.

Als sie die geräumige Waschküche der Villa betrat, war Binder dabei, den kleinen Wieland, den er im Arm gehalten hatte, sacht auf den gefliesten Boden niederzulegen.

Der Junge war tot.

Anna blickte kalt und beherrscht auf ihren Mann, der neben dem Leichnam hockte. Er stammelte: Ich hab ihm erklärt, daß die Russen kommen, daß nichts mehr gelten wird, was uns heilig war, gar nichts. Ich hab ihm erklärt, daß wir alle nicht unter fremder Knute leben und büßen wollen. Wofür denn? Er hat mit keinem Wort widersprochen.

Er ist ein feiner Kerl, ein tapferer Junge.

Bei diesen Worten erhob sich Binder, griff zur Flasche, trank ein paar Schlucke und wischte sich, wie abwesend, mit dem Handrücken über den Mund, dann über die Augen. Ich hab ihn an meine Brust gedrückt, als wollte ich ihn herzen. Er kann's nicht gespürt haben, als ich die Pistole aufsetzte. Er kann den Schuß nicht gehört haben. Er ist gut gestorben.

Anna bückte sich, um die Pistole von den Fliesen aufzuheben, und Binder sagte: Es war ganz einfach. Aber die Mädchen, die kleinen Mädchen, wie soll ich das machen?

Deck erst mal den Jungen zu, befahl Anna.

Er gehorchte und warf ein Laken über den Leichnam.

Anna streckte den linken Arm aus, um dem Mann aufzuhelfen. Komm, sagte sie. Ich bin stärker als du. Das mach ich. Und es sah aus, als wollte sie ihn an sich ziehen, um ihn zu trösten und zu umarmen, aber sie schoß ihn mitten ins Herz und atmete wie befreit, als er auf den Boden stürzte.

Fort von hier, fort!

Sie prüfte, ob sie sich blutig gemacht hatte. Kein Fleck auf dem Kleid, kein Tropfen auf den Schuhen. Auf jeden

Fall wusch sie sich die Hände. Dann stieg sie ruhig ins Haus hinauf.

Marie, die Küchenmagd, saß bei den Mädchen. Gut so! Habt ein wenig Geduld.

Die Telefonverbindung zum Gutshof funktionierte noch. Anna bestellte die große Kutsche, die war halb überdacht und bot gewissen Schutz bei üblem Wetter. Korrekte Weisung an den polnischen Vorarbeiter, die kräftigsten Pferde, Futtervorrat für zwei Tage, genügend Decken. Ja, hat es der Bauer nicht längst bestellt? Er ist ausgeritten, er wird gleich kommen, und Beeilung bitte.

Sie holte Marie aus dem Kinderzimmer, um mit der Polin unter vier Augen zu sprechen, aber erst öffnete sie die Kleider- und Wäscheschränke und gab ihr den Schlüssel zur Speisekammer. Alles dein, bedien dich, ehe die anderen plündern. Aber tu mir einen Gefallen, in der Waschküche liegt Wieland, Binder hat ihn erschossen.

Jesus Maria, die Polin bekreuzigte sich.

Begrab mir den Jungen auf dem Friedhof.

Die Polin schwor es bei Gott.

Binder kannst du liegenlassen. Nehmt ihn mit, wenn die anderen begraben werden. Sobald die Russen da sind, wird es Tote geben.

Endlich fuhr die Kutsche vor. Hilf mir, die Sachen zu verstauen, reich mir die Kinder hoch. Als sie schon die Zügel in der Hand hielt, streifte sich Anna den Ehering vom Finger und warf ihn der Polin zu. Dann ließ sie die Peitsche knallen.

23

Zuerst schien es Jost Schwan, als müßten sich Flüchtlingstrecks und Wehrmachtseinheiten auf der heillosen Flucht bei Malchin ineinander verknäulen oder verkeilen, aber dann kamen keine Pferdegespanne mehr, als letzter passierte ein Regimentsstab eilig die Stadt, Kradmelder, gefolgt von ein paar Kübelwagen, Funkwagen, Lastautos vom Troß, sogar die Gulaschkanone fehlte nicht. Dann war die Landstraße nach Norden wie leergefegt. Der Kollaps mußte anderenortes erfolgt sein, womöglich bei Neubrandenburg. Wegen heftigen Widerstandes, hieß es, hätten dort die Russen Benzinfässer über die Straßen gerollt und den Stadtkern Haus für Haus abgefackelt.

Leer die Landstraße. Ruhe vor dem Sturm.

Zur Verteidigung des Städtchens hatten sich die Männer vom Volkssturm und die kampfbereiten Knaben der Hitlerjugend samt ihrer Handgranaten und Panzerfäuste vor den Toren in die Schützenlöcher eingraben müssen. Von der Höhe her, hatte man ihnen gesagt, würden die Russen kommen, und sie dann sich selber überlassen.

Jost hatte die Anordnungen von Ahrensbergs nicht verhindern können, obgleich er wußte, wie sinnlos es war, das letzte Aufgebot schlecht ausgebildeter Kräfte zu opfern.

Der Erbe von Klevenow lebte in größter Unruhe. Als Adelssproß stand er in der Tradition: »Die Treue ist das Mark der Ehre«, dieser Ausspruch Hindenburgs galt den Schwänen als Devise. Seine Mutter war eine geborene Ziethen aus dem Busch, und deren Urahn, der Reitergeneral

Friedrich des Großen, hatte seinen königlichen Freund in aussichtsloser Lage mit dem Großen Alliierten hochdroben getröstet, mit dem Herrgott also, der Preußen nicht im Stich lassen würde. Das wiederum hatte Kaiser Wilhelm II. im Jahre 1903 bei der Einweihung des Kaiser-Wilhelm-Denkmals am Deutschen Eck aufgegriffen, als er den berühmten Befehl sprach: Die Augen auf! Den Kopf in die Höhe! Den Blick nach oben! Das Knie gebeugt vor dem Großen Alliierten, der seine Deutschen noch nie verlassen hatte!

Jost fühlte sich als Nachkomme bedeutender Militärs zur Loyalität gegenüber dem obersten Dienstherrn verpflichtet, aber er konnte die Verbrechen der Hitler-Clique nicht übersehen.

Er hatte nicht verhindert, daß sich die alten Männer und die verwegenen Kerlchen vor der Stadt eingraben mußten, aber dann am Rathausturm weithin sichtbar die weiße Flagge hissen lassen. Das bedeutete kampflose Übergabe. Die Verteidiger krochen aus den Löchern.

Jost fühlte mit einem Male, wie die Unruhe von ihm wich. Er hatte sich eines Bibelspruches erinnert: Alles hat seine Zeit, und jedes Geschehen unter dem Himmel hat seine Stunde, Geborenwerden hat seine Zeit, und Sterben hat seine Zeit. Jetzt endlich war Zeit für den Frieden.

Jost stand aufrecht im Rathaussaal, die Türen zum Balkon waren geöffnet, und er konnte die vielen Frauen vor dem Hause sehen. Sie drängten schweigend aneinander, als suchten sie Nähe und Schutz.

Er sprach mit Breitfeld, dem Kreisleiter, der bei dem Versuch, sich anzubiedern, oft seine Stiefel unter den Teetisch der Gräfin Lenelotte gestreckt hatte. Dieser Breitfeld war in der Stadt geblieben und trug tapfer die Uniform der sogenannten Goldfasane.

Da stehen sie, sagte Jost, vor dem Rathaus, vierzig, fünfzig Frauen mit der weißen Fahne.

Weiber, meinte Breitfeld verächtlich. Ein einziger Schuß vor die Beine, und sie zischen ab mit flatternden Röcken. Breitfeld war mit Herrn von Ahrensberg im Bunde.

Der trat ein, begleitet von Feldgendarmen, die zum Zeichen ihrer unumschränkten Macht ein glänzendes metallenes Schild auf der Brust trugen und so den Liktoren der alten Römer glichen.

Von Ahrensberg fragte: Stimmt es, daß der weiße Fetzen am Turm auf Ihr Geheiß aufgezogen wurde?

Jost sagte: Tausende von Flüchtlingen sind in der Stadt, Kinder, Frauen, Alte, in ihrer Mehrzahl hilflose Menschen. Ihr Leben zu schützen, das ist mein Auftrag. Er ist zwingender für mich als ein unvernünftiger Befehl.

Von Ahrensberg schrie: Es ist ein Führerbefehl!

Jost dachte noch, Herr, es ist Zeit, dies ist die Stunde, und sagte: Hier vor Ort befehle ich, der Standortkommandant, Major Graf Schwan von Klevenow. Die weiße Fahne bleibt am Mast.

Da hatten die Büttel den Grafen schon gepackt, sie legten ihm eine Schlinge um den Hals, knüpften das Seil an die Brüstung und warfen ihn vom Balkon.

Die Frauen wichen nicht, als sie das Schreckliche mit ansehen mußten. Sie drängten näher zueinander, und ein paar von ihnen, in der Mitte des Haufens, umklammerten den Schaft einer Fahnenstange, an die das weiße Tuch gebunden war. So standen sie, als von Ahrensberg und der Kreisleiter Breitfeld die Beiwagenkräder der Feldgendarmerie bestiegen und in letzter Minute das Weite suchten.

So standen die Frauen noch, als die Russen kamen.

Irmgard Jankowski hatte zu Jost gesagt: Manchmal denk ich, Staaf wird mit den Russen kommen.

So geschah es tatsächlich. Er kam eine Stunde zu spät, aber das konnte er nicht wissen, als er im offenen Kübelwagen einem Panzer folgte, der gegen Mittag den Marktplatz der Stadt erreichte. Staaf trug die Uniform der Roten Armee, er saß neben dem Fahrer, dem er den Weg wies, auf dem Rücksitz hatte ein Offizier der Fronttruppe Platz genommen.

Der Panzer hielt auf dem Markt, und der Kübelwagen umfuhr vorsichtig den Haufen der Frauen mit der weißen Fahne und stoppte vor der Freitreppe.

Vom Balkon hing ein gehenkter Offizier, seine Stiefelspitzen berührten beinahe den Boden. Staaf verständigte sich mit dem Truppenoffizier und trat zuerst zu den Frauen. Angst war ihnen ins Gesicht geschrieben, als sie sahen, daß Lastwagen vorfuhren, von denen Soldaten sprangen, einige mit asiatisch geschnittenen Gesichtern, wie man sie von Greuelplakaten kannte.

Staaf sagte: Geht nach Hause. Es ist vorbei.

Solange hatten die Frauen tapfer ausgeharrt, nun liefen sie eilig davon. Einige blickten zurück in der Furcht, Männer mit Mongolengesichtern könnten ihnen folgen, um ihnen Scheußlichkeiten anzutun, wie man es vorausgesagt hatte. Aber die Soldaten besetzten das Rathaus.

Staaf wollte ihnen eilig nach. Als er die Freitreppe hinaufstieg, drehte sich der Leichnam im Wind und zeigte das Schild: Ich bin ein Volksverräter, und wies ihm das entstellte Gesicht.

Staaf schrie: Nein! Und die Tränen schossen ihm aus den Augen.

Inzwischen hatten zwei Soldaten die rote Fahne auf dem Rathausturm gehißt, andere erschienen auf dem Balkon. Staaf zertrennte mit dem scharfen Seitengewehr die Stricke, mit denen Josts Hände auf dem Rücken gefesselt waren. Er riß ihm das Schmähschild vom Leibe und legte die Arme um den toten Freund, dessen Kopf neigte sich über Staafs Schulter, wie bei herzlicher Begrüßung, als einer der Soldaten auf dem Balkon das Seil zerschnitten hatte.

Staaf tappte mit seiner Last Schritt für Schritt zur Kirche hinüber, die sich nur ein paar Steinwürfe weit vom Markt erhob.

Soldaten streiften, Gewehr im Anschlag, durchs Geviert, um das kampflos eroberte Rathaus zu sichern. Dort war ein deutscher Offizier erhängt worden, sie hatten es ohne Emotion wahrgenommen, vielleicht sogar gedacht, die Deutschen machen sich gegenseitig nieder, gut so, aber nun sahen sie, daß Staaf Tiedemann, den sie als einen der Ihren kannten, den toten Offizier davontrug, so behutsam, als könnte er ihn wieder zum Leben erwecken, und das wunderte sie. Ein paarmal hatte Staaf erklären müssen: Mein Freund. Das wollte ihnen noch weniger in den Kopf, aber sie ließen den Deutschen gewähren.

Staaf dachte: So hab ich dich schon einmal getragen, damals vor Dünaburg war noch Leben in dir. Ich hatte mir deinen zerschundenen Leib wie einen Sack über die Schulter geworfen, du hast geschrien im Schmerz und im heiligen Zorn, als du begreifen mußtest, ich wollte dich bei den Russen in Sicherheit bringen. Kehr um, Staaf, oder wirf mich ab, laß mich liegen und verrecken. Lieber das, als bei denen um Schutz zu betteln. Und ich hab dich in meiner Verzweiflung angeschrien: Hätte ich dich nicht auf dem Halse, Graf Schwan von Klevenow! Wir haben uns oft gestritten, Hogan, das konnte nicht anders sein. Du warst ein Adelsherr und ich ein Büdnerjunge, aber das Schicksal wollte, daß wir füreinander einstehen mußten, und zuletzt bist du auf meiner Seite gewesen, das hast du mit dem Leben bezahlt. Und nun trag ich dich wieder, Hogan. Ich leide, ich weine um dich und schlepp dich zur Kirche hin, weil ich dafür sorgen will, daß du nach deinem schmachvollen Tod in allen Ehren bestattet wirst.

Er stieß mit der freien Schulter das Kirchenportal auf und trat ins Dämmerlicht, an das sich seine Augen gewöhnen mußten, aber bald zeigte ihm eine Sonnenbahn, die aus dem Buntglasfenster des Chores fiel, den Weg durch den Mittelgang.

Viele Menschen hatten im Gotteshaus Schutz vor dem Russensturm gesucht, der ihnen erspart worden war. Sie erhoben sich ängstlich, als sie den russisch gekleideten Soldaten sahen, der einen toten deutschen Offizier trug. Vorn, am Ende des Ganges, nicht weit vom Altar, stand der Pfarrer im Talar, den er wohl zu seinem Schutz trug, denn Gottesdienst war nicht angesagt. Staaf Tiedemann legte Josts Leichnam vorsichtig vor dem Altar nieder.

Ich muß weiter, Herr Pastor, und vertraue Ihnen diesen Toten an. Es ist der Stadtkommandant Jost Graf Schwan von Klevenow. Viele verdanken ihm Obdach und Leben. Die Stadt hat Frieden. Läuten Sie.

Als Staaf wieder ins Freie trat, dröhnten die Glocken, und er war vom Sonnenlicht geblendet, daß er die Augen schließen mußte, und wie geblendet schien er auch, als er Irmgard gegenüberstand. Vielleicht war er aber auch nur für eine Weile tränenblind und taumelig vor Glück und Trauer.

Halt mich, Irmgard.

Sie umschlang ihn heftig. Ich laß dich niemals wieder los.

Sie wiegten sich, bis sie sich endlich voneinander lösen konnten, und Staaf preßte wie ein kleiner Junge die Fäuste in die Augenhöhlen, um sich die Tränen abzuwischen. Er sagte: Hogan ist tot, aber dich hab ich endlich gefunden. Du mußtest in Klevenow sein, ich hab mich auf den Freund verlassen.

Er umschlang sie von neuem, um Trost zu finden und Wärme, und erzählte, wie er das Kriegsende in Laudeck erlebt hatte und wieder einmal Angst niederkämpfen mußte, um sich zur Roten Armee durchzuschlagen mit seinen falschen Papieren, wie er vierzehn Tage in einen Keller gesperrt wurde, bis sie herausfanden, wer er wirklich war. Wohin willst du, Staaf Tiedemann? Nach Mecklenburg. Nehmt mich mit, als Ortskundiger kann ich nützlich sein.

Da bin ich. Er lachte befreit und hatte endlich Lust, sie zu berühren.

Mir ist nach warmem Wasser, nach Seife. Ich möchte besser riechen, wenn ich dir endlich näherkommen darf.

Der Graf hatte Irmgard geraten, das Kriegsende nicht im Schloß, sondern im Gärtnerhaus zu erwarten. Vor Zeiten hatte hier der alte Jörn seine dicke Gräfin Armgard empfangen, jedenfalls gab es eine Wanne, die von einem kupfernen Badeofen gespeist wurde, der war rasch zu beheizen.

Staaf riß sich die schmutzigen Kleider vom Leib und Irmgard bediente ihn im Bade, sie wusch ihm das Haar und wickelte ihn schließlich in ein riesiges Frottiertuch. Noch triefte sein Haar, das Wasser tropfte ihm von der Nase, als er begann, sie gierig zu küssen.

Trockne dich, Staaf.

Er fragte: War es schlimm all die Jahre?

Ich habe im Schatten gelebt, sagte sie, aber ich bin ja nicht allein gewesen. Sie wollte ihn auf seinen Sohn vorbereiten, aber Staaf konnte nicht begreifen, worauf sie hinaus wollte.

Jost hat dir geholfen, sagte er. Aber jetzt bin ich wieder da. Er breitete übermütig die Arme, um sich anzupreisen. Ich bin blitzblank gewaschen. Du kannst mich küssen, wo du willst. Wo steht das Bett?

Sie riet ihm, sich zu bedecken, und führte ihn hinauf zum

Schlafzimmer. Es war spät in der Nacht, als sie die Tür öffnete und das Licht anknipste.

Der zehnjährige Junge richtete sich verschlafen im Bett auf.

Es wird ein bißchen eng werden, sagte Irmgard lachend.

Staaf staunte. Mein Gott, wer ist das?

Das ist dein Sohn.

Da mußte Staaf Tiedemann die Hände vor das Gesicht schlagen, weil ihn das Deckenlicht blendete oder weil er tränenblind war.

24

Der Krieg war schrecklich zu Ende gegangen, drei Menschen, die zueinander gehörten, hatten sich zum Glück wiedergefunden, und hier könnte die Geschichte enden, weil eine andere beginnt.

Wir müssen aber noch erfahren, was aus der Tiedemannschen Büdnerei in Laudeck geworden ist, um derentwillen Gesine und Mala ihr Leben lang gedarbt, gespart und gelitten hatten, bis ihnen das Haus endlich zu eigen war.

Eines Tages, im Frühling fünfundvierzig, erschien ein polnischer Beamter, der von einem Dolmetscher begleitet wurde.

Grete stand mitten in der Stube, und Franzka, die ein Gespür für das Außerordentliche besaß, hatte sich neben die Hausfrau gestellt, um sie zu stützen, denn tatsächlich war es Grete, als risse man ihr die Beine weg, als sie hörte, was die Polen verlangten. Auf Beschluß der alliierten Mächte müßten alle Deutschen das Dorf Laudeck verlassen, auch dieses Haus sei unverzüglich zu räumen.

Franzka rückte Grete einen Stuhl zurecht, die ließ sich nieder und wies zur Truhe hinüber.

Hol mir die Bibel, Franzka.

Den Herren von der Behörde sagte sie: Die Tiedemanns, wissen Sie, haben sich an die hundert Jahre geplagt für dieses Fleckchen Heimat, aus dem sie niemand vertreiben sollte. Es gehört uns. Ein Pole hat das Haus gebaut, Roman Koschoreck, und meine Schwiegermutter Mala hat Groschen auf Groschen legen müssen, bis ihr die Büdnerei endlich zugehörte.

Die Stumme hatte ihr die Bibel auf den Tisch gelegt, Grete schlug sie auf und tippte mit dem Zeigefinger auf die Eintragungen: Mala Rosenzweig, genannt Tiedemann, hier, sie war jüdisch.

Aber Sie sind deutsch, bemerkte der Dolmetscher nachdrücklich. Man wird Sie nicht anders behandeln als jeden Deutschen. Das Haus muß in zwei Stunden geräumt sein.

Ausgeschlossen, Grete schüttelte den Kopf. Ich stehe im zweiundsiebzigsten Jahr, hier tut mir was weh, da tut mir was weh. Sie faßte nach der Hand der Stummen, um sie zu tätscheln, und fuhr fort: Diese hier, Franzka, ist manchmal mehr auf meine Hilfe angewiesen, als daß sie mir eine Stütze wäre. Sie ist taub. Mit einemmal war Grete der rettende Gedanke gekommen, sie lächelte und redete eifrig weiter: Sie ist taub, und sie ist polnisch, polnisch. Bitte, überzeugen Sie sich. Kennkarte, Franzka, Kennkarte! Sie deutete mit Daumen und Zeigefinger beider Hände ein Rechteck an.

Franzka verstand, und der Dolmetscher sprach mit dem Herrn von der Behörde über die veränderte Situation und erklärte am Ende: Sie darf bleiben.

Grete fiel ein Stein vom Herzen. Du, sie zeigte auf Franzka und deutete dann mit dem Zeigefinger nach unten, du bleibst hier. Ich schenke dir das Haus. Ich schreib es in der Bibel fest.

Aber Franzka verstand nur so viel, daß Grete sie allein zurücklassen wollte und geriet in große Aufregung. Sie stieß ängstliche Laute aus, und die Herren verstärkten ihre Unruhe, indem sie ihr auf polnisch erklären wollten, wie sie entschieden hatten. Sie spürte Gefahr, klammerte sich an Grete fest, bis die das arme alte Mädchen tröstete. Nein, wir trennen uns nicht.

Sie dachte, wenn doch Staaf bei mir wäre, und blickte zu den Herren hoch. Mein Sohn hat gegen Hitler gekämpft.

Der Dolmetscher grinste unverschämt. Mit einemmal sind alle Deutschen gegen Hitler gewesen.

Da begriff Grete endlich, daß ihre Vertreibung besiegelt war und daß sie sich fügen mußte. Sie schlug mit der Faust auf die Bibel. Ich hasse den Krieg, wer auch gewinnen mag, wir Weiber sind die Verlierer, wir müssen die Männer hergeben, die Söhne. Zwei sind mir genommen worden, und bei Gott, ich hatte sie nicht aufgezogen, damit man sie schlachtet. Wann hat das ein Ende!

Grete erhielt keine Antwort.

Die Verbitterung und die Ratlosigkeit waren ihr ins Gesicht gegraben, die Mundwinkel senkten sich, und sie saß immer noch vor der Bibel, als die Herren längst gegangen waren. Dann zupfte Franzka zaghaft an ihrem Ärmel, und Grete begriff, daß ihr die Zeit davonlief. Sie erhob sich ächzend und legte zurecht, was beide Frauen mitnehmen durften, nur soviel an Kleidung, Wäsche und Bettzeug, das in zwei Koffer paßte, und aus dem Schrank die Glaskugel, in der heftiger Schneefall stattfand, sobald man sie bewegte.

Als Franzka auf die Nähmaschine deutete, mußte Grete lächeln. Beide hatte das gleiche gedacht. Die Singer war ihr kostbarstes Gut und würde helfen, ihnen in der schwersten Zeit ein Zubrot zu verdienen. Bald war sie auf den Handwagen gehoben.

Da fuhr der Lastwagen vor. Es hockten schon Leute aus dem Dorf darauf, alle mit zersorgten Gesichtern. Grete reichte die Koffer hoch, man nahm ihr sogar die Nähmaschine ab, wegen des Handwagens gab es Ärger. Er behinderte andere auf dem Lastauto. So alt Grete war, sie verteidigte heftig das winzige Geviert auf der Ladefläche, das sie und Franzka beanspruchen konnten. Die Herren hatten geraten, zusammenzuraffen, was auf einem Handwagen zu verstauen war.

Erst als der Kirchturm von Laudeck den Augen entschwand, weinte Grete. Ihr war in den Sinn gekommen, daß sie in der Hektik des Aufbruchs versäumt hatte, von ihren Toten Abschied zu nehmen, von ihrem Sohn, von Mala und Gesine. Sie schämte sich.

Unweit von ihr hockte der greise Pastor Wegener. Er hielt seine gebrechliche Frau im Arm. Ob er einen tröstlichen Spruch parat hatte? Gott hatte das deutsche Volk abgestraft, wie er Israel einst strafte, indem er die babylonische Gefangenschaft verhängte. Keiner durfte zu Hause bleiben, alle mußten nach Babylon, um in der Fremde ihren Hochmut zu bereuen. Wohin würden Grete und Franzka fahren? Erst einmal bis zur neuen Grenze.

Von dort aus wollten sie sich nach Klevenow durchschlagen. Die beiden Frauen hatten manche Anstrengung auf sich genommen und mehrmals umsteigen müssen, bis sie schließlich auf ihrem Zielbahnhof Malchin ankamen. Der Güterzug hielt, krachend wurden die Schiebetüren bis zum Anschlag zurückgeworfen, die Menschen drängten hinaus und versuchten, ihre Kisten und Kasten auf den Bahnsteig zu schleppen, der vollgestellt war mit der Habe von Wartenden, die später mit diesem Zug weiterfahren wollten.

Unruhe auf dem Bahnhof, Geschrei. Grete und Franzka hatten ihre Koffer fest im Griff, niemandem würde es gelingen, sie ihnen zu entreißen. Zwei alte Männer hoben den Handwagen auf den Bahnsteig.

Nun noch die Nähmaschine, wenn Sie so nett sein wollten.

Hier ist keine Nähmaschine.

Grete sagte: Ein leerer Wagen zieht sich leichter. Komm Franzka! Es kann nicht weit bis Klevenow sein.

Nach ein paar Stunden hatten sie das Dorf gefunden,

und es war das richtige Haus, an dem sie schließlich klopften.

Ein Junge spähte mißtrauisch durch den Türspalt.

Grete fragte: Wohnt hier Staaf Tiedemann?

Der Junge nickte.

Sag ihm, seine Mutter steht vor der Tür.

Da war auch schon Staaf, der die beiden erschöpften Frauen in die Arme schloß. Kommt rein.

So wie Grete und Franzka waren sie zu Hunderttausenden durch Mecklenburg gezogen, Flüchtlinge und Vertriebene auf der Suche nach einer Bleibe, und Staaf Tiedemann, der neue Landrat von Malchin, sah es als wichtigste Aufgabe an, ihnen nach Kräften zu helfen.

Viele gelangten bis Klevenow. Dort erhob sich das hundertfenstrige Grafenschloß. Staaf ließ das feste Haus vollziehen bis unter das Dach und staunte, wie rasch sich das Umfeld veränderte. Klevenow war einst im vergangenen Jahrhundert vom Gärtner des Königs von Preußen dem Gesetz der Schönheit unterworfen worden. In der Nachkriegsnot galt das nicht mehr.

Das Schloß behauste fünfunddreißig Familien, sie richteten sich auf den Winter ein, fällten die Bäume im Park, um Brennholz zu hacken, und bauten im Rosengarten Kartoffeln an. Für all dies brauchten sie Gelaß, Karnickelställe, Hühnergehege, Schuppen für Kohle und Holz. Auch der Unrat mußte in der Nähe ausgeschüttet werden. Auf solche Weise war Schloß Klevenow zwar nicht hinter einer duftenden Dornröschenhecke versteckt, wohl aber umgeben von einem Wall windschiefer Scheuern und Schuppen, aus denen es bei Sonnenschein übel roch.

Als am 3. September 1945 in allen Ländern der sowjetischen Besatzungszone eine Verordnung über die Durchführung der demokratischen Bodenreform erlassen wurde, der keine der Siegermächte widersprach, hoffte Staaf Tiedemann auf eine Wende auch in Klevenow. Die Neubauern würde es aus dem Schloßpark auf den freien Acker ziehen, um dort Feldwirtschaft zu betreiben.

Anfang September sammelten sich auf der Flur vor Klevenow viele Leute. Es waren die Familien derer, die sich um eigenes Land beworben hatten. Heute sollten die Lose gezogen und die ersten Feldstücke vergeben werden. Staaf Tiedemann sorgte dafür, daß es nach Vorschrift geschah. Er schlug den großen Zirkel, Irmgard hielt die Lose in der Mütze. Grete und Franzka verstärkten die Schar der Neugierigen, auch der kleine Staaf war dabei, sogar der neue Pastor von Klevenow, ein junger Geistlicher aus dem Baltikum mit wehenden blonden Locken, segnete die Reform, und da die Sache den Leuten Gewinn versprach, waren alle guter Dinge.

Da stieg eine Frau vom Grunde herauf, sie war groß und stattlich, ging aber gebückt unter der Last, einem Seesack mit ihren Habseligkeiten, den sie auf der Schulter trug, hinter ihr trippelten vier kleine Mädchen, zwischen fünf und acht Jahren, die Rucksäcke buckelten. Die Kleinen hatten die letzten Blumen am Feldrand gepflückt, eins der Kinder hielt ein Kätzchen im Arm. Der Frau war die Steigung beschwerlich. Sie schob das Kopftuch aus dem Gesicht.

Da sah Staaf Tiedemann, daß es Anna Binder war, die näher kam.

Bald standen sie voreinander.

Anna warf das Bündel ab und richtete sich auf, indem sie mit den Händen das Kreuz stützte. Sie keuchte ein bißchen.

Staaf gab den Zirkel an den Pastor weiter, Irmgard die Mütze mit den Losen an dessen Frau, und die vielen Leute gingen mit dem Zirkelschläger, um aufzupassen, daß sich der Pastor nicht vertat.

Die Tiedemanns waren für sich auf dem weiten Feld, und eine ganze Weile war es so, als wären sie alle miteinander der Sprache beraubt wie Franzka. Die Frauen starrten wortlos auf die Mädchen, die sich gegen Anna drängten. Zu wem gehörten sie?

Schließlich räusperte sich Staaf die Kehle frei. Du wagst dich nach Klevenow?

Und Anna darauf: Wohin hätte ich sonst gehen sollen? Ich war sicher, daß sie sich hier finden würde, die Familie.

Wieder kerbten sich Gretes Mundwinkel. Sie wiederholte höhnisch: Deine Familie …

Anna wich Gretes Blicken nicht aus. Ja, sagte sie, zuerst hab ich deine Tochter Lina gesucht, dann Gesine, deine Enkeltochter. Beide sind tot.

Grete verbarg das Gesicht in den Händen, und Staaf fragte kalt: Ist es wahr, daß du dir nicht die Zeit genommen hattest, deinen Sohn zu beerdigen?

Anna nickte. Ja, das ist wahr. Dafür bin ich der Totengräber in Frauenburg gewesen. Nur noch Kranke hausten in den Trümmern der Stadt. Viele starben an Typhus, wie deine Schwester, zuletzt auch Gesine, meine Tochter. Ich habe sie wie alle anderen zum Friedhof gekarrt, ich habe sie alle begraben, drei Schaufeln Kalk, ein Vaterunser. Gott hatte mich aufgespart, damit ich diese vier am Leben erhalten konnte, zwei von ihnen sind Linas Kinder, deine Enkel, Grete. Ich bring sie dir.

Sie schob die beiden Kleinen zu der Alten hinüber, aber die Kinder wollten rasch genug zu Anna zurück und klammerten sich an deren Röcke.

Dann hörte man eine Weile nur den Wind, der über die Felder ging.

Als Grete bemerkte, daß der kleine Staaf hinüber zu den

Mädchen auf der Gegenseite trottete, um das Kätzchen zu streicheln, sagte sie mürrisch: Ich hab dich aus dem Haus geworfen, weil du es nicht besser verdientest. Nun muß ich dich wieder annehmen, um dieser Kinder willen, die an dir hängen. Aber ein Haus besitze ich nicht mehr.

Anna wies auf die Leute um den Zirkelschläger, die langsam von der Höhe des Ackers heruntergewandert kamen und sich den Tiedemanns näherten.

Das Gut wird aufgeteilt.

Staaf Tiedemann konnte seinen Groll noch immer nicht bezähmen. Und nun verlangst du dein Teil?

Ja, sagte Anna mit großer Selbstverständlichkeit. Ich kann arbeiten, das wißt ihr ja.

Der Landrat muß dir helfen, rief Irmgard mit gewisser Belustigung und freute sich, daß die Kinder miteinander zu spielen begannen, und Staaf rief der Frau des Pastors zu:

Ein Los für Frau Anna Binder!